閱覽本書前請詳閱警語

- 本作著者與出版者並無黨籍立場。
- 本作內含諷刺、批判、荒謬、黑色幽默。
- 本作含有不分黨籍之政治批判性，請小心服用。
- 具有強烈政治立場者、情緒控管障礙者、孕婦、孩童，慎入。
- 本作內容純屬虛構，若有雷同實屬巧合。

本故事純屬虛構

如有雷同，實屬巧合

王幼華

超·禁忌！社會荒謬劇

福爾摩沙疲憊

自序　神聖的和諧

青春期的時候讀到羅曼．羅蘭（Romain Rolland）的《約翰．克里斯朵夫》，當時雖然讀不懂書中許多部分的意思，但被文中洋溢的奮鬥意志所感動，在青春行路中，常常引用書中的文句自我激勵。羅曼．羅蘭在年輕的時候就認爲藝術的首要目標在「和諧」，雖然他的作品經常在表達人與人之間的矛盾與衝突，描述善與惡的鬥爭、誠實與虛僞的對比，然而終究以「神聖的和諧」將那些「差距」努力彌平，文中那些動人的鋪陳，激昂的情緒，讓人感受到一顆偉大的文學心靈的躍動。他在最後一部作品《欣悅的靈魂》上說：「和諧是一切夢幻的女王，也是我畢生的夢。」羅曼．羅蘭用正面的，充滿光輝的文字，振奮人心的敍述，要人們征服人生的苦難，迎向荊棘遍佈的人生道路，成爲一種獲得最後勝利的英雄。這樣的想法和我所學習到積極應世，追求和諧的、秩序的儒家精神，有很多契合之處。

在青春的末期我感到人間的面貌，並非表面的「和諧圓滿」，也無法用這樣的意識統合所經歷的種種。那麼浪漫的情志，並不足以讓我克服諸多扞格，於是曾有的英雄高塔，在諸多懷疑和挫敗經驗後，逐漸崩壞成支離破碎的瓦片。後來接觸到沙特（JeanPaul Sartre）和卡繆（Albert Camus）作品，對存在主義闡述的懷疑與批判感到興味，卡繆再三言說的「荒謬」這個關鍵詞，主旨指向的是「一個清醒的人」遇到毫無理性或錯謬的世界，產生出來的難以言喻、難堪的感覺。面對荒謬，只好以荒謬的行爲反抗這個世界；因爲反抗的思想和行動，才感受到自身的存在。他說藝術家生活在充滿奴隸和臭味的船中，「他還是不得不屈居這艘船中」，只能親身的搖槳「努力的活下去而且創造下去」。卡繆這樣的人生認知與姿態，影響了我的創作心理與眼光。其後讀了魯迅，被他鬱熱的心態，冷冽的文字感染，也想成爲一位傲慢的，以審視社會之病爲務的知識份子。至於他召喚人們成爲鐵屋子中覺醒者的呼籲，使我成爲一位莽撞的拆解者，以尖銳的爪牙，面向不了解的世界而去。

2000 年左右我陸陸續續閱讀盧卡契（Georg Lukács）與阿多諾（Theodor Ludwig Wiesengrund Adorno）的著作，對阿多諾言說的不少觀點很有會心之感。在消納之後，藉由他的論述檢視了當下所處的台灣情境，也省察了自己寫過的作品。例如：阿多諾闡釋的「意識形態」一詞，在政治人物操弄之下，大部份變成虛假的東西，「其真正的目的就是為了維護當政者的權力」。不斷的操作之下，使得意識形態變成災難，那些用語「主要在於不可告人的政治用心，在對於話語權力的壟斷性，在於對於公衆利益承諾上的迷惑性。」甚至成爲禍患之源。這樣的論列，足以解說解嚴之後政治語言紛陳、喧囂的現象，也揭示了其中暗藏的欺瞞與詭辯的詭詐性質。在藝術的商品化方面，阿多諾提出這樣的批判：「做為商業，藝術只要能夠獲利，只要其優雅平和的功能可以騙人相信藝術依然生存，便會繼續存在。」而創作的純粹性、理想性，不再是被歌頌、被肯定的精神產物。藝術家爲市場、爲客人服務，主要目的卽是利益；而人們樂於接受這樣虛假的「藝術品」，市場上充斥造作的優雅，欺瞞性的假象，創作者與群衆之間的關係已淪爲德國諺語「世界甘願受騙（mundus vult decipi）」的狀態。在台灣這種包裝與過度包裝的僞藝術與庸言俗語，籠罩著主流市場，渴望藝文的群衆，確實是被一系列的銷售計畫、餵食計畫所主導、所制約。偉大情操，可貴的理想已被白領階級需求的日常小確幸所主宰、所取代，尋求的只是短暫的刺激與安慰。事實上氾濫的訊息，多變的價值觀，疲累的體制內工作，已使得上班族體力耗盡，心靈虛無，不再確信什麼。而狹小的電子空間成爲人們職場不可或缺的工具，手機已是隨身的器官，是無法離開的電子鴉片，人們的心智隨其所供應的訊息，無法自拔的耽溺於其間，受其支配。此外，阿多諾在藝術表現的「痛苦意識」說：「不該用預言拯救真理，給人安慰與希望，而應該表現現實的無希望性與不可改善性。」藝術創作不必給人們安慰和希望，要表現的是絕望與不可能改善，其次是「必須表現生命的痛苦，社會的不人道和現實的醜惡。」

阿多諾的論述（前歐美經驗）與台灣的狀況頗多相應，也恰可解說多年來我所堅持的某部分創作理念。個人以爲寫作者的任務之一，是掌握當代的糾葛與悖謬，以敏銳的知覺，呈現群衆的無感或耽溺，並明確的鋪陳出來。我的作品《騷動的島》（1996年）所描述的正是1990年代前後臺灣黑金橫行，街頭政治抗爭不斷，公權力癱瘓，社會秩序失控的場景。那種慾力橫行的騷動，顛倒錯亂的言論，是典型的台灣式民主症候群。書中表達人與人之間不可被「交換價值」所主導，不應被文化工業污染，當自我警覺「不至被物化並淪為商品。」《騷動的島》對人的「物化」、「異化」，政治、善惡、愛情、意識形態、論述……的「商品化」、「市場化」感到焦慮。人們應該從娛衆式的消費型式裡解脫出來，不必成爲意識形態的俘虜、隨從者，甚或是謀取「正義利益」的打手。

這部長篇《福爾摩沙疲憊》承續《騷動的島》等作品的寫作路線，以干預生活、介入社會、批判視角等，進行相涉主題的創作，目的在呈現個人體認及觀察下台灣近十幾年來的日常；僅是日常。全文以諷喻或寄寓爲基調，描述所見所聞，扣緊時代的風潮與脈動，期望這部作品能忠實反映；多方見證台灣當代的精神面貌。

然而，這樣的批判式小說是否合乎時宜？閱讀者禁得起這麼沉重的語境嗎？如此貢高自慢（自以爲清醒）的人間負荷，帶有厭世眼神的映照，是否會成爲另一類的選擇性編造？或許是羅曼·羅蘭的召喚從未消逝，仍想證明神聖和諧的重要？或者是用另一種理想主義的情懷，淑世利他的驅力，鼓舞自己意志昂揚，堅持的寫出契合自己生命特質的作品？本文結尾應該選擇的是問號還是句號，便由閱讀者選擇了。

※本作內容純屬虛構，如有雷同實屬巧合。

目錄

序章

▲火車站大廳

每天有來自國內外的五十萬人進出台北火車站，台北站又與捷運、高鐵連結共構，因此各樓層旅客川流不息。室內以一樓售票大廳爲中心，寬廣的空間，也規劃有多功能展演區，很容易成爲人們聚集的場所。大廳的地面是大塊菱形黑白方格，四周商家五顏六色，各類燈光晶瑩透亮，繽紛撩亂。「迴日報」記者高敏仁坐在大廳地面黑色的方格內，和聚集在這裡的外籍移工談話。一群來自東南亞的移工圍著他，年輕、皮膚黝黑的男子，比手畫腳地向他說著什麼；另幾個包著白色、艷黃色頭巾的女子，不斷的點頭，高敏仁低著頭在平板電腦上快速的打著字。不遠處另一塊白色方格內，來自越南的看護阮氏花和美髮師柳錦絮，手上拿著礦泉水，和幾位來自故鄉的人坐在那兒，興奮的聊著天，黃褐色的臉上洋溢著歡樂。穿著美軍野戰服，精神奕奕的串流青春男 streaming，聽說這裡要被禁止席地而坐，四周將要圍起柵欄，便拿著攝影機來到這裡，進行直播，他隨機採訪，東問西問……不少移工也拿著手機，拍攝現場的景況。頭髮灰白，面貌斯文的萬亨金控總經理歐陽光輝，和西裝筆挺的旭日企業洪朝偉總經理，服飾隆重優雅的財金副主委宋雅君三個人，由火車站東二門走了進來，身邊緊跟著兩位提公事包的隨從。他們準備搭高鐵一起到台南開重大建設的會議，經過大廳看到坐滿了來自各國的移工，皺起了眉頭，嘴裡發出悉悉嗦嗦的聲音。他們一面用手指指這些人，互相交換了眼神，一面搖頭，慢慢地穿過大廳，口裡仍說著些什麼。

▲ 互相不知道的交會

地政事務所股長侯正雄開著車，要去縣政府開會，車上的CD播著流行歌手五佰的「挪威的森林」：

讓我將妳心兒摘下　試著將它慢慢融化　看我在妳心中是否仍完美無瑕

他一面在方向盤上打著節拍，一面入神的跟著哼唱。車子來到金椅里的下坡路，這段下坡路長達兩百多公尺，右側是知名的太君廟及寶塔，左側則是層層疊疊的墓葬區，橫跨在前方的是高速鐵路雙向高架橋，厚實的水泥橋彷彿跨越了天際一般，顯得雄偉壯觀。侯正雄的車穿越高架橋時，正好有一列南下的高鐵急速地通過，發出轟隆隆的聲音。他緊急的踩了剎車，把速度降到五十公里，因為下坡路有一支測速照相機，這個測速機會經使他損失過一千兩百塊；開在前面好幾輛車，大概沒注意到標示，仍超速的往前衝。因為警覺到這個狀況而及時慢下來，避免了罰款，讓他高興起來，繼續哼唱起五佰的這首歌。……在高架橋上疾駛而過的灰白色高鐵，第三車車廂內的5D坐著胡春興教授，他要到高雄某大學參加研討會，正低下頭看著會議論文。他多次主張嚴禁香港及東南亞移民進入台灣的論述，遭到另一批政治學者抨擊，這次會議上可能會遭到這派人嚴厲的挑戰。胡春興在論文上不斷作筆記，汗流浹背，預擬了幾個對方可能會攻擊的題目，準備對方提出時強力反駁。第七車6A坐著○○縣文化局長駱文峰，今天要到台南文化局參加古蹟保存的會議。這次被長官點名，要報告縣內最近兩起古蹟保存發生問題的事件，尤其是剛提報古蹟就被家屬拆除的溫家老宅，由於處置不當，加速老宅滅亡，報紙連續幾天都在報導，縣長很光火，要他好好檢討、處理，準備一套說辭，否則要他看著辦。

另一列北上的高鐵列車，在三十秒後也急速的通過這座高架橋，坐在第八車車廂 3A、3B 的麥慶夫和妻子，要到台北參加朋友孩子的婚禮，他看到同車廂內 7A、7B 穿著花襯衫，戴墨鏡的人有點面熟。坐在這人旁邊面無表情，身材魁梧的年輕人，懷裡抱著一個大型黑色皮包，像是貼身保鑣。這人是誰？一時想不起來。眼珠躲在墨鏡後的洪朝偉心裡很不舒服，但又不便發作，上車沒多久就認出麥慶夫了。多年前曾被他的雜誌社勒索過，雜誌社派人過來，拿了公司逃漏稅的資料，還有賄賂官員的照片和銀行來往帳戶，討價還價之後，洪朝偉付了一筆錢打發。沒想到竟然在這裡見到這個人，今天不方便，因為皮包裡有些重要東西，等會在桃園站有人要來接手。過了桃園站要怎樣，他還在猶豫，這筆帳說實在也該算算了。列車急速的向前進，麥慶夫微微地笑了笑，這人應該是某個酒店的經理，沒有就是個建商，一起喝過酒的，他對自己能夠想起來，感到高興。

▲向下凝視台灣

新淨汙水處理廠的組長莊孟賢，第一次有機會坐在飛機左側窗口，雲層很低，飛機沿著西部海岸飛行，可以由高空往下看到在台灣都市的景象。密密麻麻的人居，馬路上行駛著各色各樣的車子，顏色灰濁的溪流，快速流動的雲霧，那些工廠、辦公大樓、公寓，擠滿了人的地方，讓他感到很不舒服。人們聚集的地方就是紛爭多，是非恩怨糾纏不停，處理不完的事務，讓人疲憊不堪，眞希望飛機趕緊飛離這樣的地區。……傍晚時分，一架由雅加達飛回來的班機上，由相反方向來到這個航道上。串流青春男streaming看到晦暗島上的萬家燈火，眼淚浸濕了眼眶，終於回到台灣了。這架班機在南海上空遇到亂流，顛簸得不得了，甚至把氧氣罩都震下來，掉在人們眼前搖晃，有位空姐還跌在走道上。每次劇烈的顛簸，機艙內尖叫、哀號聲不斷。座位上的人好幾次要彈出座位，場面驚心動魄，光裸的頭刮傷了好幾處，streaming覺得自己這次大概沒命了，身心陷入歇斯底里的恐慌中。還那麼年輕，未來還那麼多有趣的事，想要去追求、探索的，怎麼就這樣喪命呢！終於，一段時間之後，飛機穿過重重充滿雷電的雲層，平穩地回到台灣上空，之後慢慢降落，在輪胎觸及地面的瞬間，讓他覺得這裡的一切實在太美好了。

▲人人可能發生車禍

日本來的節目製作人千葉優子騎著摩托車，在新化里十字路口左轉，沒有理會正前方剛亮起紅燈。她迎面撞向一輛富豪的轎車，轎車很快煞住，停不下來的千葉優子翻身摔倒，車燈破裂，車前殼掉落，許多車停下來或繞過出事的現場。一會，開車的人緩緩打開門下來，是晉德高中的湯前校長。千葉優子坐起來，摸著頭，機車倒在地上，流出一些黑色的油。湯校長走向前，雙手由後方扶著腰，低下頭問她的狀況。十字路口的車子堵了起來，許多人圍觀，有人向這邊走過來。……双城市黃龍禮儀社的何老闆，正好開著車經過十字路口，瞥了一眼，覺得那個校長是個麻煩人，又沒有生意做，就直接離開了。

▲綜合醫院

戴著印有「天應農藥廠」遮陽帽的資深媒體人麥慶夫，來到署立醫院掛號，準備檢查眼睛。眼科在二樓第五診，這位醫生很年輕，三十多歲，聽說對黃斑部病變和青光眼很拿手。麥慶夫覺得眼睛昏花的很嚴重，閉眼的時候，黑暗中一直出現閃光，讓人很焦慮。市內陳眼科的醫生說那會自然好，只要多休息，也不用點藥，比手畫腳講了很多眼內細胞的理論。但麥慶夫不放心，再來看第二位醫生。……署立醫院三樓第八診，年輕、面貌姣好的春桃，臉色凝重地坐在婦產科的候診椅上。螢幕上的號碼才到二十二號，她是三十五號。可能是懷孕了，根據優生保健法：因懷孕或生產將影響其心理健康或家庭生活者，她是可以用健保合法手術引產的。是否要保留，對方很遲疑；她倒是很堅決，總之就是不要結婚，不要孩子，要給她一筆錢，暫時辭職不工作，就看這次檢驗的結果了。……第六樓以上是病房，萬亨金控總經理歐陽光輝在十二樓708室做五天的健康檢查。外界聽到的是他糖尿病情況嚴重，一定要住院治療；如果狀況不好就要提早退休，專心養病了。708室內的電視機正播放著政論節目，幾位名嘴針對著某部長涉嫌關說，任用親友，是否應該下台，激烈的辯論著。歐陽光輝心情很是愉快，和太太有說有笑。剛才接到經濟部老長官的電話，新職位已經確定了，是一個投資公司的董事長。長官說像這樣的人才若是退休了，將是國家重大損失，這個投資公司交給他領導，相信短時間內就會有驚人的績效，而這個職位正是稱病前所期待的。

▲歡樂的喜宴

金彩飯店的「春喜廳」內，正舉行莊府和黃府的婚宴。全智精密機械業務高手錦城和幾位親戚坐在一起。侄兒的婚禮，不來參加不行，既然坐在一起，親戚間不得不說些假假的場面話。婚禮現場很是熱鬧，賓客約有三十桌。侄兒工作機關的女性長官顏處長擔任證婚人，這位精神奕奕，聲音響亮的處長很會說話，不時引起台下的笑聲、鼓掌聲。當她祝福新人百年好合，互相扶持，愛到永遠的時候，錦城坐在那兒很是侷促不安，嘴巴喃喃的唸著些自己都分辨不清的話語，其中有幾個字好像是「鬼」和「扯」。對他見怪不怪的親戚們，歪過頭去假裝沒聽到。……帶著酒意的呂國賢議員從「幸福廳」走進來，由里長陪著一桌桌敬酒。一位濃妝豔抹，半露酥胸，大腿裸露的小姐，手裡舉著「双城市最認眞的議員」牌子跟在後面。呂國賢議員則口齒不清的向大家說今天好日子，跑了五攤了，「我不只是最認眞的議員，還是最會喬事的議員，哈哈哈！來來，大家一起來乾一杯！」「眞的很認眞，常常看到議員在我們那邊走動。」「有服務啦，幫忙服務很多。」呂國賢議員摸著厚厚的肚子，憨憨地笑「有事找議員就對了，什麼事都可以喬！」里長說。「高票當選！」錦城抬起頭看著這位面孔浮腫，汗水滿臉的議員，親戚七嘴八舌的讚美，讓他從原先的嫌棄感改變成有興趣起來。

▲不同的道路不同的遭遇

議員秘書德欽駕駛的ToyotaCamry卡在北上高速公路五十三公里處，幾百輛車塞在路上，車行龜速。有人變換車道，有人由路肩超車，走走停停。不多久四十九公里處又匯來了一批車子，慢慢地插進進車隊中。……學生運動的主將楊美航也在車陣中，原來她在德欽車後兩三百公尺遠，但她不時在縫隙中突圍，變換車道，硬擠向前。她這台裕隆近二十年的CEFIRO老車，褪色得很嚴重，刮痕、撞傷處處。硬要擠，其他車也不甘不願地讓開；她要超過德欽的車時，還向他按了幾聲喇叭，要這始終和前車保持安全距離的車子能夠讓路。……對向南下的車道倒是車輛稀疏，一路順暢。準備去繁花山莊看櫻花盛開的百貨公司專櫃小姐朱婉柔，載著請假沒去上課的兒女，輕快地哼著五月天的「倔強」：

當　我和世界不一樣　那就讓我不一樣　堅持對我來說　就是以剛克剛

我　如果對自己妥協　如果對自己說謊　即使別人原諒　我也不能原諒

她慶幸自己判斷正確，在恰好的時間南下；要像對面車道這樣壅擠，她一定會抓狂的。美好時光浪費在車流中，是最沒價值的事。不過兒子的臉色很是難看，擔心老是上課期間請假，已經被老師唸了很多次，國語課跟不上，桌球隊因爲缺席太多，被除名了。媽媽說國語自己唸就可以，數學、英文才重要，出來玩也很重要。台灣的教育就是爛，補習班教的比學校好多了，才藝班訓練得更有效果。「媽媽，聽蔡依林的『玫瑰少年』好嗎？老爸老是聽趙傳，老媽老是五月天，可以換蔡依林嗎？」女兒說。

「還沒，還沒，等我唱完才輪到你。」婉柔繼續唱：

最美的願望　一定最瘋狂　我就是我自己的神　在我活的地方

我和我最後的倔強　握緊雙手絕對不放

……

第壹章

神與罪

▲一、白媽祖

據說這座隱藏在巷弄內的宮廟，有著很奇特的神像，主事者也很少和其他宮廟往來，然而香火還是很興旺，用這樣的方式經營一間宮廟不容易。

富安宮建在市郊一處丘陵緩坡上，附近兩平方公里左右，散居了百來戶人家，還有七間奉祀不同神祇的宮廟。七間宮廟中除了富安宮，有五間是土地公，另一間是光復後才遷來的三山國王廟。清代中葉以前這裡是十分荒僻的，人煙稀少，草木蓁莽，加上漢人、原住民相持，不時衝突，所以土地公廟比較多。七間中比較不同的便是富安宮。

在陰晴不定，蚊蟲飛舞的五月，一個悶熱的午後，「迌迌日報」記者高敏仁由供養嬰靈、淨化嬰靈的湖潭宮開車，在鄉道間幾經輾轉，來到這座宮廟，想要採訪這座傳說中的神像。

宮內一樓是個大廳堂，看起來開會，辦活動，聚餐都在這裡。有位清瘦，短髮，穿藍長袍的年長者，坐在辦公桌後，低下頭專心的在簿子上寫著什麼。兩位婦人，在旁邊整理金紙、香燭和水杯。前陣子才辦完法會吧，四壁掛滿信徒捐款的紅紙。

高敏仁看到左側牆壁上看到鑲嵌了一塊青藍色的石碑，石碑上的字是陰刻的。最上端的「沿革」兩個字，塗著金粉，敍述的文章則是白色的，十分顯眼。石碑上說：

有位男子傍晚時分，在牛崎山看到一位穿白衣服的女子，獨自行走。因四下無人，便上前輕薄。

事後男子感覺身體不適，返家後久病不癒，不知如何自解。其後有一老人前來告知，白衣女子為觀世音化身，得罪菩薩，病將更重，生命不保。然後又給了一支黑布令旗，要他有所作為。男子領悟，便發願贖罪，建立小廟供奉觀世音，日夜誦經懺悔，病情方才漸漸痊癒。……

建宮的緣由，雖然跟許多宮廟一樣玄奇迷離，應該是可靠的吧？

一位臉色憔悴，眼眶發黑的婦人跟高敏仁說：來拜拜嗎？到樓上去吧，觀音和媽祖在樓上，她指著一個樓梯說。

二樓主神是尊白色玉石雕刻的媽祖，旁邊是木雕的黑褐色的千里眼、順風耳。三樓的觀世音菩薩也是白玉刻的，善財童子和龍女站在兩側。

有幾位年紀不等的女子，穿著黑色、醬色的寬大海青，低著頭，專心的唸著手上的佛經，口中發出嗡嗡喃喃的聲音。

三樓右側的大桌上則是幾排功德主的牌位，牌位前安坐著地藏王菩薩。

讀了讀功德主的牌位，大概知道這是蔣氏家族奠定的基業，那個冒犯白衣女子的就是蔣家的前人吧。

禮敬之後，便仔細的觀察起來。

兩座神祇的神龕四周都有燈，讓神像看起來明亮，清晰。神像的正上方也有一盞投射燈，那燈的亮度較四周更強，集中的照在神像的臉龐上，使祂發出瑩瑩的光輝。

網路上一篇介紹這座寺廟的文章說：這座宮最早原本只是茅草寮，後來蓋成小小的石板小廟，供奉白衣大士。這廟本來少有人知，曾被異常者破壞過，又遭過水患，幾乎是要廢棄的。後來這廟因爲對男女間不正常的事，特別能感通，只要虔誠祈禱，用心懺悔，便能找到出路。因爲有這樣特別的靈效，在口耳之間相傳，逐漸的興盛了起來。小廟在十幾年內改建成三層樓的建築，且在二樓增加了媽祖。

爲何引進了媽祖呢？觀音和媽祖在同一座宮中是否合適？下了樓，問了在一樓廳堂，坐在辦公桌前的清瘦老人。他只在喉嚨間發出了幾聲乾咳，遞了一張名片給高敏仁，上面寫著「藍龘師傅」和地址、電話，吱支唔唔了一陣，並但沒有聽到明確的答案。

一位頭髮灰白的婦人說：觀音是佛祖，比較大。

爲何是白色的呢？

怎會問那麼多問題？另一位婦人瞪著眼說。

……

先生有心事，拜就好，佛祖和媽祖會幫助你。頭髮灰白的婦人說。

沒有事，男人來這裡幹什麼？當然是有事，對嘿？臉色憔悴，眼眶發黑的婦人說。

高敏仁的心頭一震，臉頰發熱，轉過臉去。

先生旁邊好像跟著兩個嬰靈，等下師傅會跟他說。頭髮灰白的婦人說。

啊，作孽的世間人，阿彌陀佛。另一位婦人跟著說。

裝作沒聽見，還是向老人問：

三樓的觀世音造像，沒有特殊之處，白色的頭巾、天衣、外披、腰帶，鑲有各色珠寶的頭飾，和大部分的造像都類似。但爲何二樓的媽祖也要是白色的呢？

清瘦的老人眼睛亮了起來，精神奕奕地說：二、三樓的神像都是宋代的造型，是最古早的模樣，絕對與本市其他神像不同。要知道最早的媽祖像也是石像，木頭雕刻的粉面、金面、黑面的，不是眞正的媽祖。二、三樓的神像是同一塊玉石雕出來的，非常靈驗，只要誠心膜拜，就會有感應。

同一塊白色石頭？

看沿革就知道，白衣大士下凡塵，先人有眼不識泰山。

有幾間大廟好像也有白玉雕的媽祖？我問。

不一樣，跟我們發懺悔心不一樣，白衣大士來渡化，有罪就要認罪。沿革上有寫。

你們不去繞境，回娘家嗎？高敏仁再問。

那位臉色憔悴，眼眶發黑的婦人臉色發白，額頭冒汗，腹部起伏，高敏仁覺得她等下將要神靈附身了。

問過媽祖的，就在地成神就好，不必回去。白色的媽祖跟觀音一樣，沒有去繞境、出巡，最早的媽祖也沒有這樣，不出門的，不用跟其他宮廟交陪應酬。聞聲救苦，聞聲救苦就好！清瘦的老人很自信地說。

在藍飆師傅還未說出其他話之前，那位婦人開始打嗝，高敏仁知道她將要代神靈說話了。向三人點點頭，打聲招呼，便匆匆地離開了富安宮。

▲二、鄂將軍祠

死於自己人之手的鄂將軍，是一個難以說清的故事。高敏仁看了一堆資料，覺得畢竟是說不清的。

鄂將軍祠建在卵石溪河堤邊，廟後方是車輛日夜奔馳不停的高速公路，前方是另一條五米寬的馬路。馬路過去，便是離行水區不遠的幾間廢棄物回收場。

所在的地方聲音是喧囂的，空氣是混濁的。

那是個政權轉換的時代，神、鬼、人都陷入苦惱之中。

要戰？要降？要逃？靜默待變？怎樣才是對的？

大清皇帝竟然將祖輩們辛苦墾拓出來的土地，拱手讓給東洋倭人，倭人吶！怎敢不自量力，侵擾天朝。

島上許多有識之士忿忿不平，倡言要保國衛土，義不帝秦。號召北部丘陵地區的鄉人們奮起，抵抗東洋人的入侵。

台灣知府組成的新軍團，命令鄂將軍帶著兩營軍隊，和地方頭人集結的義勇鄉人，將前進禦敵，寸土不讓，戰鬥到底。

義勇的鄉人在官府率領下平過匪亂，剿殺過番人，也經常分類械鬥，自家人相殺，並非泛泛之輩。

鄂將軍告訴大家，朝廷會供糧食，發軍費，也會暗中派大軍來支援。只是表面上不能敲鑼打鼓，過於張揚，畢竟是李中堂和日本人開過會，簽了約的。

只要官兵和義勇們打得贏，消滅了來犯的日本人，他們自會退回，土地還是大家的。
劉永福、林朝棟指揮過的兵士，可是打敗過法國軍的，對付蠻夷非常厲害的。
然而糧食、軍費、支援的大軍沒有來。
日本軍來了，兵士向前，義勇的鄉人也跟在後面戰鬥了。
然而，大清的正規軍都打不贏的，鄉勇們能戰贏嗎？
朝廷三令五申不要你們抵抗的，已經割讓了，誰說要抵抗的？
鄂將軍啊，眞的要戰下去嗎？你會不會逃走？朝廷眞的要你戰的嗎？
頭人被殺了，各地的軍士、義勇被殺了，很多大官逃走了，各地都傳來戰敗的消息，日本軍的裝備眞好啊！
打不贏還要打嗎？逃吧！
我們要逃了。
鄂將軍我們的親友被殺了。
不逃大家都會死，我們不想死。
鄂將軍你怎麼用刀砍了自己人，殺自己人也沒用，實在戰不下去了啊！
逃吧，逃也不行嗎？
向前死，向後也死，鄂將軍你害慘我們了。
鄂將軍你死吧！

一位滿臉恨恨的鄉勇，竟由背後偷襲，開槍襲擊。那子彈應該是打向東洋敵人的。頑固的鄂將軍倒地，仰身躺在野地裡。悔恨聽信謊言的的鄉勇，射出了子彈，終結了這帶來災難的人。

鄂將軍你究竟為何要戰！

究竟為何要戰！

根本打不贏，為何要戰！

被背叛者射出的傷口鮮血四濺，然後汩汩流著，鄂將軍睜著憤怒的雙眼望著藍色的天空。

你害死我們了！

許久之後，煙硝散去，幾位鄉勇重回棄守地，用戰旗包裹已經開始腐爛的身體，離開戰地。走了很遠的山路，渡過幾道溪流，來到一處隱密的山林裡，草草將他塞在一個石洞內。

背後開槍的人覺得沒有做錯事，他的親人、同伴死傷那麼多。不打死這人，死傷將更慘重。但是打死朝廷武官，該當何罪？這人基於民族大義，不畏不逃，與鄉勇共同奮戰，捨身保國衛土，怎可下此毒手！不忠不義的行徑，豈能不愧咎嗎？

日本人不多久便統領了台灣，被查知的「匪徒」鄂將軍的遺骨，只得四處移轉。

政權轉換的時代，神、鬼、人都陷入苦惱之中啊！

要戰？要降？要逃？靜默待變？怎樣才是對的？

不知降伏，順應時局，一意抗爭的下場就是如此；懂得知機轉變，還可以保存生機，不是嗎？那些早早獻土降伏的，不是安穩過日子了。

不少親身參與戰事的餘卒，帶著憤懣、悲傷的情緒，隱姓埋名，遠遁他鄉。有人秘密持著統領的令旗，招來魂魄，立了神主牌，建了小祠。

日人統治再嚴苛，查緝再兇險，也是要崇祀這樣的英靈。

據某鸞堂扶乩的諭示，忠義的鄂將軍還成了中台灣的城隍爺。

後來，盛有遺骨的金斗甕，幾經輾轉，回到原來葬處附近，與一些不知名的遺骨同歸在一個墓塚中。

在那有些雜亂的，喧囂的環境裡，小小鄂將軍祠外貌，用紅色、金色、藍色油漆塗飾得熱鬧繽紛，生氣盎然。

或明或暗傳述百餘年的故事，仍持續低聲的訴說，灰沉沉的室內，香火，靜靜地燃燒，繚繞。

▲

三、兵福廟

許姓商人買到河邊的一塊沙磧地，做好了規畫，畫好了圖，準備蓋透天厝。選了黃道吉日，派工人去整地，做了沒有幾天，竟挖出了一副蜷曲的人身。

這人死亡有些時日了，骨頭沒有完全壞掉，人的形狀很完整。

身上腐爛的衣服，看得出是暗綠色的軍裝。頭顱的髮很短，牙齒很多，年紀二、三十左右。

這人是誰呢？工程停了下來。

向派出所報了案，前地主、老里長、殯葬社，附近的人都來了。在網路上看到消息的高敏仁，開著車子，奔波了一百多公里來到這裡。

議論紛紛，拼拼湊湊之間，人們記起了這件事，可能是被槍斃之後，挖了坑就埋葬的。

民國四十年代初期的事吧。

那時候局勢不太好，風聲鶴唳，情況緊張。

這人跟部隊來的，沒有親人，犯了勒索人民，搶劫金飾的罪，因此很快被槍斃了。

軍方再三訓令駐軍，不准有擾民、犯罪的事件，如有就直接軍法審判。

然而兵士衆多，良莠不齊，難免紛紛擾擾，像是白吃、白喝、白拿，偷竊，打架等事還是不時發生，民怨很多。

由里長帶人到部隊告了狀，事情鬧得很難堪，主官調閱了這位軍籍資料不完整的士兵，決定爲了貫徹軍令，殺雞儆猴，很快判了死刑。

槍斃那天，駐軍全員拉到現場，排排站好，還公開給在地老百姓參觀。當時現場擠滿了男女老幼，因爲如此，所以很多年紀大的人記得這件事。

讓人印象深刻的不只如此，據說這位士兵是被冤枉的。

事情發生的當晚，是個寒冷的冬天，這位士兵和兩位同伴出去竹森里附近巡邏，防止有人趁夜偷、搶，甚至集結製造騷動。不意在竹林裡，遇見了幾個私宰豬隻的男女。經過盤查，告誡之後便放了他們。臨走時，拿了他們送的幾斤豬肉。

那幾位男女第二天一大早，便去部隊喊冤，控告這位軍人對女子騷擾，故意碰觸身體，還搶了她身上的金飾。

主官立刻派人逮捕這人，經過搜索，確實在這人大衣外套口袋，搜出了金飾。還在廚房那兒，找到一塊生豬肉。

士兵雖然極力辯護，同去的兩位士兵也作證並無此事。

有人說，這幾個人害怕私宰豬隻，會被抓到派出所，不但豬肉沒收，還要罰錢；有時還直接關拘留所。懇求三位軍人手下留情，因此就用女子脖子上的金飾賄賂他們。三位軍人當場拒絕了，雙方互相推拉了一陣子。

有人說，那金飾是女子偷偷塞進軍人口袋的，慌亂中，士兵根本不知道大衣口袋裡，被塞進金飾的事。

另一個說法是三人中有人收了金飾，但不是這個被槍斃的人。

那塊還來不及處理的生豬肉，就是這三人接受賄賂的鐵證。

控訴者說，寧願被警察處罰，也不願受到污辱。

什麼是眞相？

反正槍斃了。

彼時河邊的沙磧地很荒僻，槍斃外鄉人，埋了，沒什麼人知道。

一位安家在這裡的退伍老兵說：曾在報紙看到，兵士在大陸的家人登報要找他。

老里長說：這幾個栽人贓的男女，家裡後來都不太好。霉運連連，破產、車禍、癌症，老少不安。他們曾經去找過沙磧地兵士被埋的地方，想替他改葬，只是挖到的不是這個人。

許姓商人自認倒楣，請道士做了法，將遺骨放到殯葬社。

過了一陣子，有人願意來承領，迎了金斗甕，放進他管理的廟裡。

那原本是間收藏無主骨骸的有應公，因爲迎來了這人，便改稱了「兵福廟」。

衆人皆知兵福廟對信徒來問雞鴨走失，婚姻不順，官司纏身的很有靈驗，給的籤十有八、九有用。

這間小廟不知爲何，常常會有無名氏大筆的捐款，因此內外乾淨整齊，香火不斷。歲時祭祀除了唸誦經文，行禮如儀，還會請布袋戲、歌仔戲，甚至歌舞女郎來酬神，場面很是熱鬧。

第貳章

福爾摩沙疲憊

▲一、坐在路邊石椅上的男子

手機「叮」、「叮」的響了幾聲。

侯正雄停下腳步，由公事包側袋拿出手機，用食指點下去，滑了開來，暗暗的螢幕慢慢亮起來，然後顯示出一行字：

「你去看那間房子，覺得怎麼樣？」

看到人行道上有張石椅，便走了過去坐下來。想了想，低下頭開始回覆。

「朱婉柔啊，太貴了，一千三百萬。」

對方幾乎是立刻有了回覆。

「那你要多少？火車站附近，有保全幫忙看門，不買就被人訂走了。」

「不會那麼快啦，還有四、五棟沒賣掉。」

「這間才好，向東，跟老公你的命格還相配。」

「不過——」

「到底要不要買，這個房子我住不下去了，小孩都怕得要命，你女兒已經十歲了。」

「婉柔，那個人被警察鎖定了，不敢啦。我們住的公寓，賣不到四百萬。」

「誰說要賣？租人就好啊。你自己說的，我看你也怕得要死，那種人惹得起嗎？」

「好啦。」

「什麼好？那麼多錢被他拿走，太可惡。要不是SOGO禮劵的號碼被對出來，那些警察永遠也抓不到小偷。」

人行道上幾隻髒髒的麻雀在那兒跳上跳下，竄來竄去，牠們和地面的顏色很像，不注意看還以爲是老鼠。

「保險箱有人要嗎？」

「我在公司說要轉賣，被人家笑。」

「是嗎？以前的人——」

「家裡放保險箱就是告訴小偷，貴重的東西全部放在那裏，只要偷保險箱就好。」

「是耶魯牌的保險箱，算了。他也眞厲害，快五十公斤，他一個人。」

侯正雄在派出所見到那個人，年紀大概五十多歲，中等身材，穿灰色的毛衣，牛仔褲，腳上是破爛的涼鞋，身上不時發出微微的臭味。他歪著頭，斜著眼珠盯著他們夫妻看。

手機響了一聲清脆的「叮」，她傳來一張吐著舌頭的黃色圓臉圖片。

「你怎麼知道他一個人？」

「里長說這邊要多架兩支監視器，巷口那隻先調到我們這裡。」

「有用嗎？你是笨蛋嗎？有用嗎？那天在派出所錄影帶都調出來了，他還是不承認。」

瞬間，手機「叮」的一聲，傳來的圖是一個黑線畫的瘦長的人形，這人彎下腰由嘴裡吐出大量的廢物。

「那天你跟他說話太兇了。」

「不兇？損失兩百多萬，你是怎樣？我那些手飾黃金是偷來的？還是搶來的？」

「沒有這麼多啦——」

「怎麼沒有？我陪嫁的手鐲和金項鍊，你賠我，全部賠我。」

「好啦，好啦。」

他左下邊的牙齒，隱隱作痛，很想去超商再買一杯咖啡，不過今天已經喝了兩杯大杯拿鐵。胸口不舒服，腰也痠麻。

那個人有點面熟，應該在哪裡見過；就是見過才麻煩。

如果在街上見到會怎樣？

「侯正雄！你一個男人，一個男人，不敢——」

「怎樣？你要怎樣？」

「嗚，嗚。」

「你上班又傳信息，不怕被樓管督導抓到記點，現在沒有客人到你的櫃位買衣服嗎？」

「在洗手間，你管那麼多。」

手機「叮」的一聲，傳來一張黃色圓形的臉，那臉充滿怒意。

「那種人有幫派的，又知道我們住在這裡，那天在派出所他不是這樣說嗎？」

「那是議員說的，那個呂國賢什麼的，太噁心了。這些民意代表和小偷都是一夥的。」

「好像跟里長也很熟。」

「警察抓到他半小時，里長就來了，我們到的時候，議員也來了。到今天被偷兩個月了，什麼消息也沒有。」

「有啦，上次社區辦母親節活動，他有來和我講話。」

「呂國賢嗎？太噁心了，這些人都是同夥的。還有天理嗎？明明就是他，早上抓到，下午就放掉了。」

上次小叔開車撞死人的糾紛，保民巷二十弄的水溝清垃圾的問題，里長和呂議員都有幫忙。尤其是車禍的事，談判好多次，問題才解決，要跟他們翻臉很困難。還有最近有人檢舉他利用公務之便，把土地所有人的資料賣給鄭代書的事情，人評會說要處分，呂議員還在幫他喬。

「沒有直接證據，警察說要直接證據，他是慣犯，可是沒有直接證據。」

「屁啦，這麼多證據，SOGO 禮券上的號碼就是，監視器也有拍到，那天下午那個小偷明明就出現在保民巷十八弄那邊。」

「你怎麼一買就二十萬，手筆也太大了，也沒跟我說。」

「那是我自己的錢，關你什麼事，這次要不是禮券，根本不知道誰偷了我們家。」

手機「叮」的一聲，傳來一張灰黑色大老鼠的圖片，那老鼠渾身長著刺刺的毛，模樣令人很不舒服。

「警察說他是跟別人買的，跟誰買的他不肯說，這個人也太厲害了。」

「善良百姓怎麼活下去，怎麼活下去啊！」

「沒有直接證據，警察、法官都沒辦法，人權，要保障人權。警察、法官正派的也很多。」

「保障惡人啦，殺人都不死刑，那些強姦的，殺人的，殺小孩，殺爸媽的都不會死刑，怎麼辦？怎麼辦啊？」

他腦中浮起了百貨公司隨意擄童割脖案，入侵校園殺人案，搶劫殺害老夫婦案……。報紙和電視上那些正義凜然的人物，振振有詞的說：先進國家都是廢死的，台灣太落後了。殺人的確實不會死，監獄裡還有一堆遲遲不執行槍決的死刑犯。

「朱婉柔啊，社會很複雜，你不懂。」

「侯正雄快搬家啦！」

「很多事很複雜。」

「我快要死了，我要回娘家去，太可怕了，我爸爸說要幫我出面。」

「好啦，好啦。不要動不動就找你爸爸。」

「民意代表勾結黑道，我們怎麼活下去。」

「婉柔，好啦，好了啦。」

「我要去跟他拚了，我要去他家放火，我爸爸說要找流氓教訓！」

「我明天去和仲介談，一千三百萬，你眞的要買嗎？貸款七百萬利息一個月二萬多歐。」

侯正雄覺得非常疲憊，腰酸背痛，心臟微微的刺痛。

「不管啦，我不要住這裡。」

「忍不住的人會輸，殺價要有耐心，我跟仲介再殺二十萬好了，沒有就扣他的傭金。代書跟我說，這個建設公司有跟地下錢莊借錢，多拖一天，他也受不了。」

「你又去找鄭代書是嗎？」

「是啊，她消息很靈通，小學同學啦。」

「那個女人你也敢跟他來往？什麼同學！」

「她才有辦法，獅子會、青商會、扶輪社都有走。」

「死了先生，不安分，專門勾引別人丈夫。」

看到這行字，他頭腦發昏，胸口堵塞，心臟不舒服了起來。

「別亂講，她現在跟匯豐銀行的趙經理在一起，沒有其他的。」

「這種女人你也敢，是啦，是啦。」

「不要亂講，要在社會混就要多交朋友，何況我在地政股。」

「天啊！」

「我們老實人，只好這樣。她算有義氣，算公道。」

「不管啦，趕快搬，你不去，我要找娘家的出來跟他拚了。」

「……」

「當初有人勸我，嫁給像你這樣的沒有用。」

「怎樣？又要說離婚了是嗎？」

「這次是你先說的喔！你要記住。」

螢幕出現已讀。

不一會，手機「叮」的一聲，傳來一張圖，是剛才出現過的瘦長人形，這人嘴裡吐出大量的廢物。

他舉起手指，按了幾個字：

「我奉公守法。」

遲疑了一會，沒有傳出去。

他抬起頭，覺得非常疲憊，費力地從石椅上站起身，把手機放進褲袋。他朝便利商店走去，吞了吞口水，還要來一杯大杯的美式咖啡，否則，沒有力氣走下去。

▲二、阮氏花錄到的影像

阮氏花忍不住說：

「你不要再推他了，他會跌倒，腳沒力氣，會跌倒啦。」

「每次都拉在上面，受不了，那麼臭，講不聽。」許櫻說。

「老盧沒辦法，他漸凍人啦。」

「裝的啦，唉呦，可惡，快要發瘋了，每天聞這種臭味。」許櫻猛的擰了老盧的手臂一下，那枯瘦的胳臂有好些地方已是青灰色的了。

老盧皺起眉頭，嘴歪到一邊，痛苦的側著身。

「一條紙尿褲多少錢你知道嗎？真是債主，一天要換多少個。」

「不要打他，我來換我來換。」

「可惡又可恨，不趕快去——。」

許櫻揮起手掌，猛的打了老盧的嘴巴。

「啊啊啊。」

阮氏花一面熟練的換紙尿褲，一面伸出手肘阻擋許櫻。

「眞倒楣，還要請一個人照顧你。」

許櫻喘著氣，一面罵。

「又要吃又要住。」

老盧垂下頭。

「你說他頭腦壞掉，哪裡有？明明是假裝的。」

「不要生氣，老闆娘不要生氣，好了，換好了。」

「藥吃了嗎？」

「有，有，等一下推他去外面。」

阮氏花把紙尿褲摺好，放進一個大塑膠袋，又費力地抬起老盧的屁股，用濕紙巾幫老盧擦拭。

「去外面做什麼？」

「說要找老江。」

「你看我就知道，他是裝的，還知道到要找里長。」

「沒有啦，老闆娘你去休息好啦——」

忽然，許櫻的手機響了起來。她接起來，貼在左耳，側過頭聽。

「怎麼樣，你快到了歐。」

「……。」

「快點，快點。」

「……。」

許櫻收起手機。

「那些書整理好了歐？」

「就在那裏啊。」

許櫻走過去看了看，阮氏花把老盧桌上，書架上，抽屜裡的書、雜誌、報紙和信件通通整理出來，用紅塑膠繩綁好，放在客廳角落裡。

剛才許櫻也從房間裡提了兩個皮箱出來，阮氏花默默地看著那兩隻舊舊的箱子，心理覺得很不安。

「看這些亂七八糟的書、雜誌，花那麼多錢買，要賣也賣不了多少錢，一點也沒有用。」

許櫻走過去看了看，翻了翻，有一本藍白色封面的舊書，用紅塑膠繩以十字架方式綁住，放在最上面。許櫻費力的讀了讀上面的字：

「被污辱——被損害的——這是什麼書，書名那麼長，外國人寫的，看得懂嗎？還俄國的。」

老盧表情木然地看著妻子。

許櫻抬頭，瞄了瞄牆壁上掛著的鏡框，裡面是一張褪色，四角泛黃的蔣中正戎裝照片，胸前掛滿了各式各樣的勳章，照片上寫著「永懷領袖」四個黑字。

「喂，這是要賣的，不是丟垃圾車，什麼慈濟功德會來收的，也不要給他們，我們沒有在做慈善事業。」

「知道，我知道。」

老盧枯乾的眼裡，忽然流出一行眼淚。

「等一下，我就來提出去。」

「好啦，好啦。」

許櫻向外面瞧了瞧，走了出去。

老盧在床上動了動，掙扎著想要站起來。

「小心，我來扶你。」

「啊——我，啊。」

好不容易由床上起身，阮氏花扶著他，緩緩的跌坐在輪椅上。

許櫻和一位留著平頭，長得壯壯的中年男子走了進來。

「營長好，營長好，嘿嘿。」

那男子嘻皮笑臉的舉起左手，向老盧打招呼。

「你幹什麼，趕快幫忙搬這些東西。」

「我們營長咧，大官，大官咧。以前我們這些小兵，看到有梅花的就怕得要死了，老盧你記得我嗎？」

「啊，啊。」

「嘿嘿嘿。」

「來人啊，來人啊。」老盧忽然用沙啞的聲音喊了起來。

「來人啊，哈哈哈，他以爲自己還是大官。」

「叫什麼叫！」

許櫻上前用手指戳了戳他的額頭。

「媽的，這些老芋仔欺壓我們這些憨百姓，幾十年，他們住房子有津貼，水電半價，生病看免錢，每個月還領退休金。欺壓我們這些憨百姓，現在不會動了厚。」

「以前都以爲他們多厲害。」

「打不贏日本兵，又被共產黨趕到台灣，只會欺負我們這些人。」

「來人啊。」

「啊哦——叫什麼叫。」

許櫻又伸手打了老盧的臉頰。

「老闆娘，不要打他啦，不要打啦。」

「怎樣？要你管。」

「囂張不起來了厚，哈哈，來人啊，哈哈哈。」

「我二十歲就被他騙了，五萬塊賣給他，害了我一生。」

「不要了，不要了。」老盧張著殘留幾根牙齒的嘴，搖搖頭，用沙啞、顫抖的聲音說。

「你爸爸不錯啦，賣給他比賣給妓女戶好，賣給妓女戶你就慘了。」

「啊——啊——」

「妳嫁他給你吃給你穿，還教你認識字，小孩也不錯啊。」

「小孩有什麼用，跑去台中上班，不回來，爸爸也不顧，錢也不拿回來。」

「有啦，有寄錢回來。」阮氏花說。

「你插什麼嘴。」

「有終身俸，又有這間房子，不錯啦。」

「人家以爲我偷懶，不肯做，才去嫁老兵，比我老爸還大一歲，那時候還騙說差五歲。」

「嘿嘿嘿，阿兵哥錢多多，你們也是貪他有錢。」

「現在要死不死。」

忽然有股臭氣瀰漫出來，阮氏花臉色變了。

「又來了，又拉了——」

許櫻暴怒起來，抓起旁邊的塑膠衣架，猛的打向他的頭。

「不要啦，不要啦。」

「好啦，不要這麼狠，你老公耶　。」

中年男子看老盧的臉上、手上出現一條條紅痕。

「不要打啦，我要報警。」

「報警！」

「你一直打他，一直打他，每天都打。」

阮氏花哭了起來，褐色圓胖的臉上都是淚水。

「哭什麼，你明天不要來了，滾出去。」

許櫻把手中的衣架朝她扔過去，向前拉扯她的頭髮。

「你給我滾回去越南，爛人！」

「不敢了，不敢了啦。」

阮氏花抱著頭一面哭一面說。

「這個外勞仔，沒有教訓不行。」

男人向前，用膝蓋頂了一下她的肚子。

「不敢了，老闆娘、老闆，我不敢了。」

阮氏花痛得彎下腰，眼淚、鼻涕滴在地上。老盧的臉色鐵青，兩眼發直。

「死，死，都去死！」

「好了，好了，會驚就好，會驚就好。」

「領我的錢，吃我的飯，還敢叫警察，要威脅我。」

「趕她走，換人要兩三個月，你也麻煩。」

「就是要給她教訓，上次還想拿手機拍我，被我搶下來，都是那些同鄉教壞她的。」

「這麼惡劣喔，厚厚這樣還得了，關起來，不要給她出去。」

「對啊，已經一個月不給她出門。」

「老盧，盧大嫂——。」

門外忽然傳來了一個老年男人的聲音。

屋內靜了下來。

「老盧啊，盧大嫂——。」

一位留著平頭，頭髮稀疏、花白的人走進來。

「歐，里長，里長伯，這個外勞——。」

里長四處打量了一番，皺著眉頭，雙手插在腰際，他的年紀雖然很大，但眼睛發亮，看起來精神很好。

「給伊一點教訓。」

「你們每次聲音那麼大，大哭小叫的。」

「是隔壁去報告你的？」

「真多事。」

「這兩隻皮箱，還有書、報紙，拿一拿就走了，緊啦。」

「好啦，這麼重，這麼多。」

「快一點啦，囉嗦。」

兩人彎下腰，開始一前一後的把東西搬出去。

「阮氏花辛苦你了。」里長說。

「老盧又大便了，我要幫他弄一弄。」

「別跟他們計較。」

「不會啦，我有時候很傷心，一直打老盧，心很壞。」

「別跟他們計較。」

許櫻和那個男子來來回回幾次，把一綑綑書、報紙，還有兩隻皮箱搬出去。

他們把東西抬上一輛藍色的小卡車。

「現在紙的行情不錯。」中年男子說。

「幾百塊也是錢。」許櫻說。

「那個里長也是他們老芋仔，士官長。」

「知道，知道，這個很熱心。」

「伊那個太太癌症又憨呆，士官長顧伊顧十幾年，抱上抱下，實在神經病。」中年男子說。

「死掉才好，累死人。嫁給他的是鐵枝伯的女兒，伊還有一個弟弟在市場賣雞肉。」

「上次我跟他介紹一個大陸來的，伊很精，說不要。」

「這個見過世面，騙不到他。」

「眞的騙不到，嘿嘿嘿。」

「七老八十，也差不多了。」

「嘿嘿嘿，過兩年看看，看有多勇。」

「好了，走了，走了。」

兩人上了車，發動引擎，小貨車排氣管冒出一股青黑色的煙，離開了。

里長向老盧和阮氏花說了幾句話，沉著臉走了出來。

原來停車的地方，有張報紙掉在地上。

他低下頭撿起來，是張舊報紙，打開來，上面寫著：

馬王政爭三部曲完結　英九大敗

馬王政爭鬥了將近兩年，今天終於分出勝負，立法院長王金平成功守下國民黨黨籍，……

他看了看，嘴巴緊繃起來，一會，把報紙捲起來，插在背後的口袋，垂著花白的頭，歪斜著身體，走向前去。

阮氏花在大家離去後，走到擺放神明的架子上，把錄影機拿下來。伸手揉了揉眼睛，低下頭，按了按上面的按鍵。

前半小時的畫面很清楚，連聲音都錄得很清楚。

她拿著錄影機轉身坐回老盧的輪椅旁邊，眼淚又忍不住開始流了下來。

怎麼辦呢？錄到了，要怎麼辦呢？

她覺得很疲憊，家裡需要錢，兩個孩子在唸書，老家房子蓋到一半，不能沒有工作。

「阮氏花，啊，啊——」

老盧伸出巍巍顫顫的手，拍拍她。

「不——要——哭。」

「嗚——」

阮氏花垂下頭，一隻手拿著錄影機，一隻手掩著臉，淚水由指縫中滲出，大顆大顆的滴到地面。

▲三、砍了五百萬人

在双城市國立〇〇高級中學，三樓的視聽會議室裡。

「這間會議室味道怪怪的，牆壁發霉了。」

「校長想要重蓋啊，老師們反對，說是古蹟。」
「他想要整棟大樓拆掉，心太大，五、六千萬。」
「反正校長要做甚麼，李肇青那批人就反對。」
「教務主任不給他做，換陳英華，不甘願啦。」
「那批人也撈了不少了。」
魏組長匆匆忙忙地走進來，對站在那裏的兩位女性工友說。
「兩位麻煩，電風扇打開，窗戶開一開，桌椅排一下。」
「魏組長，等一下有幾個人？」
「附近學校的教師會代表六、七位，好像還有其他公家單位退休的，十個左右。」
「要講多久？」
「一個小時差不多吧。」
「要泡茶嗎？還是咖啡？」
「茶總務處會泡。」
「好啦。」
「麻煩你們整理一下，我等一下再過來。等下謝老師就會過來，她現在是學校代表。」
魏組長交代完，匆匆忙忙地走了出去。
「他整天忙進忙出，我看總務處他最辛苦。」

「校長重用啊，紅人啊，準備要升官了。」

「是啊，沒有這麼認眞，是做歹命的歐。」

「你的假啊，組長準了嗎？」

「他不肯我這樣請，說每星期才五天，我每星期五請，每星期才上班四天，不可以。」

「沒有違法啊？」

「我先生胃潰瘍，糖尿病；我子宮肌瘤，脊椎拉傷。又不是故意這樣，家裡還有兩個老人家常常要去醫院拿藥。」

「去告啊，教育部，勞工部。」

「有去找議員。」

「你看那些老師比我們還混，比我們還會請假，什麼育嬰假，事親假，有人請快三年了，長什麼樣子都不知道。平常溜班的一大堆，那個紹萍老師在市場買菜被人檢舉，還拍照。」

「校長要他們老師爲學生多上一些課，不要，多做一點事，不肯，現在年輕人錢不要賺，只要少一點工作，只要這裡玩那裏玩，上課期間還跑出國玩。」

「沒有啦，英文、數學老師都要家教，家教賺的比學校薪水還高。」

「還一直罵我們工友，這個謝麗嘉眼睛長在頭上，先生是開飛機的，每次說她教書只是打發時間，在家裡太無聊。」

「老師上課每天也沒幾個小時，比我們還會請假。」

「最會算，出差費，少一點就不行。上次那個吳老師有沒有，出納跟他算錯一百塊，吵了兩個禮拜。」

「工友不是人嗎！」

「咦——校長那天巡堂看到你，不是叫你八點要到校。」

「我每天從大甲來，開車要四十分鐘，要是塞車，下大雨哪裡有辦法。家裡餐廳工作每天也要到晚上一兩點才弄完，哪裡有力氣早早爬起來。秘書八點就會來了啊，他會開校長室的門。」

「小心送考績會。」

「前兩年已經一次乙等了，沒在怕。」

「眞的歐。」

「工友不是人歐！他們賺這麼多，我們賺他們一半，像我們這麼認眞工作的有幾個？」

「是啊。」

「椅子給他排一排好了。」

「這裡有點灰塵，等下我拿抹布來擦一擦。」

「不用啦，拍一拍就好。」

「平平都是工友，那幾個男的啊，每天一大早就在泡茶。修桌椅說不會，砍樹怕掉下來，鋤草拖拖拉拉。還敢說身體不好，鋤草要大家分配，還叫我們爬樹，我們是女人耶。」

「他們身體比我們還差。」

「李福金在山上養雞，賴桂山做油漆，黃明亮在清潔公司上班，這麼忙，來這裡哪有力氣在工作。」

「那裏掃一下好了，有垃圾。」

「很不甘願，聽說來開會的都是要去上街抗議的，說政府砍他們的退休金太多。」

「參加教師會的，很多都是問題老師，整天鬧事，不好好教書。」

「很不甘願。」

「總務主任罵我們工友都在兼差，學校事都不肯做。」

「他自己家裡山上也種柚子，上次拿來賣，要學校出錢買來送大家，什麼中秋節禮物，有夠敢。」

「他還好啦。」

「我們不兼差要怎麼生活，做了二十年，一個月才三萬多。老師賺這麼多，校長、主任還有加給，工友怎麼這麼可憐。」

「砍退休金他們很不爽，上次就一堆人去總統府那邊抗議，今天來的說還要去，要全省大串聯。」

「那些軍公教鬧太兇了，說有五百萬個人，要衝進立法院。那邊都是鐵絲網，那麼多人鬧，打來打去，電視轉播看了會怕。」

「五百萬？哪有那麼多？」

「很多啦，家屬加一加，不只，每一家算五個人。」

「我以爲你說去立法院抗議的有五百萬。」

「沒有啦，鬧十幾天了，下大雨也在那裏，不肯走喔。」

「教書有那麼認眞就好了。」

「退休的那些啊，一星期放假七天，領七萬，這麼好，大家很反感。」

「所以說是米蟲。」

「我鄰居邱老師，他太太也是老師，兩個人退休領很多，整天沒事幹，到處遊山玩水。我說他們領太多，應該要砍，結果他翻臉，竟然說我什麼年輕時候不讀書，才會當工友。還叫我現在去讀大學，我哪有辦法！」

「看不起人。」

「桌椅排這樣可以嗎？」

「差不多了，來的是要去抗議政府的，又不是什麼正當的事，這樣就很好了。」

「組長也不敢得罪教師會的。」

「誰敢，他們人那麼多，行政的人少。他們常常也在辦公室罵校長，罵主任，講得很難聽。成績算錯又不承認，被家長告，還敢說校長沒有保護他。」

「我請假的事，我跟總務主任說你不要逼我，逼我我就退休，他竟然說好啊，要幫我辦退休，氣得我好幾天睡不好。」

「這樣說啊，太過分。」

「跟他吵架很累咧，眞的很累，有時候眞的想不要做了。」

「別傻了，這麼好的工作哪裡找，你到私人企業去厚，三天你就累到中風。這裡好太多了，還可以到六十五歲，沒有出大錯，誰敢趕你。」

「是啊，我也是這樣想，所以一直忍耐。身體真的吃不消，在體育室睡覺，被抓了好幾次。」

「你實在喔！」

「去物理實驗室睡也被人打小報告，被人趕，他們根本沒在做實驗啊，根本空在那邊。」

「你的假有算清楚嗎？超過就不好了。」

「請主計還有秘書幫我算過，休假、事假、病假，一年可以請幾天有算過，沒問題的。」

「說實在，要是我們退休，看他們怎麼辦。現在工友遇缺不補，以後他們要自己掃地，除草，送公文，讓他們做做看，才知道辛苦。」

「工友不是人歐，我們也要上街頭。」

「說實在，也有老師對我們很尊重，教書也很認眞，還是有啦。有幫我們爭取福利，過年節發禮品，有想到我們，聯考搬桌椅，也有分到錢。」

「沒有啦，那幾個也是想拉攏我們，對抗校長啦。」

「你想太多了，是眞的好心啦，像白家慶就是。」

「反正有人要討好就讓他討好，不拿白不拿，自己權利要顧好就是了。」

「是啊，不能吃虧，你不鬧沒人要管你。做到死也沒有人會關心你，老實人不會出頭。」

「是啊，這個時代就是這樣，就是這樣。」

「沒錯，就是這樣，走了，走了。」

「不用等組長來喔。」

「等什麼，趕快走。」

兩位工友一前一後的走出會議室。

一會兒，魏組長走了進來，看了看，搖搖頭，嘆口氣。

走向前把桌子調了一下，椅子對齊，再去拿了抹布，在桌面上認眞地擦拭起來。

▲四、顏處長的歡送會

會議室中央的上方，掛著一幅紅布條，布條上白色的字寫著「顏處長妙如榮調歡送會」。布條底下的長條辦公桌上放著一盆鮮花，幾瓶礦泉水，還有兩個小型的紀念匾。主席桌後擺了四張椅子。兩側是兩張長條形的會議桌，中央排了三列鐵椅子。主席桌和鐵椅上，放著一本剛印製出來的小冊子。冊子五顏六色的封面上寫著：「顏妙如處長800個日子的豐碩成果」。

門口的小桌子上放了一本簽到簿，建設處的工作人員，三三兩兩，陸陸續續地走了進來，會場內有人站著，有人坐著。

「愛搞的，下場就是這樣。」

「看多了。」

「『迫迌日報』登那麼大，還是全國版，那個記者姓高的有沒有，來訪問了好多次。」

「高敏仁啊，我知道很有名，對了，房志勇會來嗎？」

「他老婆氣得要死，面子問題。」

「搞成這樣，大家都丟臉。」

「內部流出的照片喔，嘻嘻嘻。」

「到底誰幹的啊？」

「別亂說，不能亂說。」

「還會有誰，下一任處長是誰，會提拔誰當科長，不就知道了。」

「副處長喔，可能嗎？」

「笨蛋，用得到他出手嗎？」

「副座這樣搞太不聰明了，聽說縣長非常不爽。」

「副處長不是這樣的人，他很會放炮，但不會搞這個小動作。」

「你怎麼知道？」

又有一些人走進來，互相打著招呼，尋找適合自己的位置。

「往前坐，往前坐。」土木科長老張招呼大家：「等下照相才好看，拜託拜託。」

「有做事啦，為大家爭不少福利，效率真的高很多，第一位女性主管，做得算不錯。」

「上次那個佐理員用三字經當面訐譙，她面不改色呢，沒有在怕，厲害。」

「不搞錢，算正派。」

「女生不敢搞錢。」

「出名是 124 縣道，死也是 124。」

「真的很辛苦，弄了一年多總算動工了。」

「又卡住了。」

「卡住了，監察院，調查局，政風室，什麼立法委員辦公室都來盯了，誰敢動。」

「還沒開始歐。」

「兩分鐘，還兩分鐘，歡送會開始。」

「當初硬要提拔房志勇當科長，才惹出這麼多事，人心不服。」

「沒人要幫她做事啊，只好抓個年輕的替她賣命。」

「老的不是不幫她——只是——。」

「奴才比人才好用。」

「工作增加兩三倍，命都快被她收去。」

「什麼主動出擊，考核再考核，檢討再檢討。」

「天怒人怨。」

面無表情的人事主任走到會場中央的主席桌來，拿起麥克風，向大家說：

「上級長官因爲高速公路塞車，大概會慢十分鐘，請大家再等一下。」

「人事的應該很高興，檢舉函會少很多。」

「要去擺平那一段的地主，不簡單，二十幾個。」

「每家都去六、七趟，被趕出來，放狗咬都有。」

「這個查某真有耐心，聽說婚喪喜慶都有去跟。」

「工程科長房志勇天天跟著她跑，家都沒有顧，難怪那麼生氣。那張照片報紙一登，臉書一傳，她好像說想要去自殺。」

「女處長和她的小狼狗抱在一起哭。」

「嘻嘻嘻。」

「幹！眞爛。」

「那天我也在場啦，是出車禍，被追撞，童小蕙受傷那次，爆料的截圖只截一部分，有夠差。」

「那條路搞了十幾年，能不能通車眞的很重要，每天流量三、四萬人次，總算開工。」

「怎麼這麼久還不開始，長官是怎樣？我還有公文要處理。」

「我也要出門，跟水公司的講好了，要配合遷管線。」

「唷，你什麼時候變那麼認眞了。」

「這個處長來才變的，二十多年了，眞的。」

「每天叫去處長室講話，誰受得了。」

「聽說還問你她送大家的書，內容在講甚麼。」

「媽的，什麼《改變你的一生》、《你的價值自己創造》，五、六本耶。」

「怕人不讀書，好像只有她在讀書。」

「我只改變了我的下半身。」

「聽說半夜想到她都被嚇醒。」

「哈哈哈。」

「你們還不知道，這個痟查某的先生也抓狂。」

「蛤？什麼。」

「她先生很早就聽說有事，在她的車上裝竊聽器，還去拷貝行車紀錄器。」

「……。」

「有查到什麼嗎？」

「聽說很精采。」

「家裡的事不做，天天跟男同事東跑西跑，又吃又喝又唱卡啦ＯＫ，沒有事才奇怪。」

「你太太這樣你願意嗎？。」

「這才是縣長要她走的重點，否則這條路打通，也是縣長的大功勞。」

「縣政府裡面這麼拚的沒幾個。」

「你怎麼知道？」

「報社記者手裡都有資料。」

「查到什麼？」

「聽說——不曉得。」

「夭壽，做這樣的官值得嗎？」

「愛做，死好。」

「太愛炫，記者不是都和她很熟嗎？過年過節都去送禮，有的沒的，巴結得要命。」

「出事，還是報那麼大。」

「記者也不得已，你不報別人會報。」

「就是啊。」

「那條路搞太久，出了五、六次車禍，里長、代表陳情好幾次，拉白布條。」

「那次搞道路不是這樣，有什麼稀奇。」

「就是有人要搞她才會這樣。」

「地主裡有幾個刁民，想再多弄點補償費，勒索啦。」

「幹！」

「弄得到人去抗議，就是厲害啊。」

「少數幾個啦。」

「管它幾個人，搞得起來就贏。」

「幹！」

「以前是會做事的贏，現在是會鬧事的贏。」

「房志勇進來了。」

「臉色這麼差。」

「聽說每天都要吃安眠藥。」

房志勇低著頭，頭髮蓬鬆，神情疲憊，沒跟人打招呼，自顧自走到第一排長條桌旁，拉開椅子坐下來。

「縣長沒有來，人事主任主持。」

「來了，來了。」

總局來的副組長、顏處長、人事主任、秘書四個人走進會議室來，相互謙讓一下，然後左左右右在主席桌坐下來。

「看起來還不錯嘛。」

顏處長的頭髮是剛做的，臉上畫著濃妝，身上穿著寶藍色正式的套裝，看起來精神奕奕。

人事主任拿起麥克風，敲了敲，清清嗓子說：

「總局的邱副組長，顏處長，秘書，各位同仁大家好。顏處長在二年多的任期中，任勞任怨，功勳卓著，有目共睹，是公務員中的典範。這次因爲身體狀況不好，申請改調到總局擔任專門委員，準備好好調養。我代表縣長贈送一面獎牌，感謝顏處長兩年多來的犧牲奉獻，功勳卓著。」

人事主任放下麥克風，拿起桌上的獎牌，顏處長也站起身，面帶笑容地伸出雙手去接。

現場響起一片掌聲。

「接著請土木科長代表建設處，致贈紀念品。」

現場又響起一片掌聲。

「現在，請遠道而來的邱副組長致詞。」

「顏處長，人事主任，秘書，各位科長，各位同仁，大家好。很抱歉剛才遲到，下高速公路轉縣道的時候，交通有點堵塞，車流量太大了。這個情況不禁想到我們的顏處長，這兩年來很努力要爲地方交通服務，打通各地堵塞的車道，實在不容易。顏處長勇於任事，不屈不撓的精神，大家都很敬佩，這次調回總局，可以襄助我們總局長做非常多的工作，我代表局內表達歡迎之意。」

「顏處長老公沒有來？」

「沒看到。」

「鬧成這樣了。」

「剛才我匆匆翻了一下桌上的這本冊子，顏處長的八百個日子，發現處長眞的是做了非常多的事，還得過幾次中央的模範公務員表揚，記功嘉獎無數次。另外每年考績都是甲等，眞是了不起。據我所知，顏處長是因爲身體檢查，發現腎臟有幾個囊腫，需要做更詳細的檢查，相信吉人天相，天道酬勤，一定會平安無事的。以上向大家報告。祝大家身體健康，闔家幸福。」

衆人一面鼓掌，一面交頭接耳。

「喔，眞的嗎？」

「沒聽說。」

「什麼時候檢查的？這麼累，有可能。」

「謝謝，現在請榮調的顏處長來和大家臨別致詞。」

人事主任把麥克風遞給了顏處長。

「謝謝邱副組長，韓主任，李秘書，還有工作團隊的好朋友們，感謝你們來參加。」

現場忽然安靜了下來。

「我一直強調建設處——」顏處長吞了吞口水，然後說。

「——是一個大家庭，大家都是好兄弟姊妹。這八百個日子，如果有一點成績，做出一點成效，都要歸功於大家的努力。雖然我必須離開這個我喜歡的工作崗位，但是不論到那個地方，我都會懷念這裡的點點滴滴，以及一起打拚的兄弟姊妹。不斷努力，不斷前進，追求卓越是我的座右銘。回憶二十多年前我剛進入這個工作領域，很幸運地遇到幾位優秀的長官，他們期望我爲國家爲人民做一番事業，不要辜負國家的栽培。確實，人生短暫，自己的人生價値要靠自己創造——」

「眞會講，一張嘴呼累累。」

「不知道她帶病了。」

「不知道眞還是假。」

「建設局百分之九十都是男性，我生爲一位女性，要獲得長官與同事的認同，只有加倍努力，加倍付出。一方面要顧家庭，一方面要發展工作，確實需要三頭六臂，相信在座的女性同事都有同感。」

在場的幾位女性同仁發出嗡嗡聲，鼓起掌來。

「我在這裡學習到非常多，這個經驗永生難忘，我會記取教訓，但不會被擊倒，不論是內在或外在——請大家繼續給我鼓勵和指導。以後不論到那個單位，我會不忘初衷，繼續奮鬥下去。最後，祝大家工作順利，家庭幸福！」

會議室內響起熱烈的掌聲。

坐在前排的房志勇還是低著頭，輕輕的鼓著掌。

顏處長放下麥克風，向大家深深的鞠了一個九十度的躬。

人事主任拾起桌上的麥克風：

「顏處長每次說話都讓人熱血沸騰，讓人想要好好地做一番事業，相信她到總局後更能發揮所長，對國家社會做更大的貢獻。那麼，今天簡單隆重的歡送會就到這裡了。」

人們紛紛起身，房志勇站起來，頭也不回，快速離開了會場。

有人捧著一大束花走向前，有人拿著手機、照相機要和顏處長合照。

「哈哈，小娟，謝謝你們，這麼漂亮的花。」顏處長笑著說。

「處長，處長，眞捨不得啊。」

「我不會忘記你們的。」

處長和兩三位女同事互相擁抱。

「來來，處長看這裡。」

「我也要和處長照一張。」

「來來來，大家一起來。」

顏處長笑得很開懷，一面招呼圍在身邊的同事。

「副座沒有來。」

「看起來要法院見了，處長去提告了。」

「工程呢？」

「排水道繼續，其他全部停工。」

「要等通知，現在不准動了。」

「那些用路人眞倒楣。」

「處長，處長，有記者要訪問你。」

「歐，好啊，是那位記者？」

「處長好。」

「原來是麥大哥啊，我才要罵你，把我寫成那樣，眞沒良心。中午我在『鮮綠坊』請大家吃飯，一起來吃飯，我再跟你詳細說明好啦。」

「記者又來訪問？」

「這個姓麥的記者還不錯，不會亂寫。」

「麥慶夫不是退休了嗎？這麼老了還不安分。一二四縣道停工喔，我每天要經過。」

「麥慶夫還有在寫，好像是地方特派的記者，兼差的。這種事沒有要怎樣？誰敢去施工，你敢嗎？」

「急不來啊。」

「氣象局說有兩個颱風要來。」

「十個也沒辦法。」

「我看，停一兩年都有可能，看這個樣子。」

「誰接她的位子，都要收拾爛攤子。」

「爛攤子很多啦，蓋好沒用的蚊子館也很多啦。」

「全國幾百個，怕什麼，我們沒事就好，土木科、工管科的麻煩了。」

「哈哈，說得也是。」

「結束了，走了。」

「走了，散了，散了。」

▲五、選上了再說

黎主任坐在客廳的沙發，翻著手上的通訊錄，那本通訊錄裡的人名被塗了三種顏色，藍色是死忠的，黃色是機會很大的，紅色是恩怨很深的，紅色的不必考慮，黃色是有機會爭取的。黃色的總共十八位，算一算已經聯絡了七位，感覺效果不錯，今天要連絡三個人，第一位是施博眞，聯絡不到就第二位何宏欣，再不行就謝以馨，根據這次幫他抬轎商學院的嚴德欽說，謝以馨已經差不多了，基本上願意支持他，雖然以前爲了排課問題有點紛爭，但憑她的聰明是知道，他選上校長的機率是很高的，親自打給她只是禮貌和固盤而已。黎主任拿起筆在筆記簿子上寫了幾個重點，閉上眼，想了一下，然後開始撥手機。

「喂，喂，施教授嗎？打擾了，方便說話嗎？」

「喔，黎主任，可以，可以，請說，請說。」

「不好意思，打擾了。」

「請說，請說。」

「我上次跟你提的，那棟 AIB 大樓如果颱風來或者雨下大一些，一定會崩塌。」

「有，有，你 email 上有寫。」

「我幹建築召集人的時候參加過五、六棟這種大樓的工程，也去當過很多公共建築的審查委員，幫忙檢測過幾個災難現場。他們這種蓋法，一定出問題。」

「你是專家，他們會參考你提的意見。」

「根本不理我，狗吠火車，我帶你去現場，眞的，我跟你解釋，你就會明白。」

「我是支持蓋 AIB 大樓的，我們現在這棟大樓太老舊了，功能欠佳，教室陰暗，學生很不喜歡。以學校的發展性，未來性來說，還是要蓋新建築，學校好不容易爭取到經費。」

「蓋是要蓋，但是這樣的大樓不行，要改地點，改方式。」

「已經投資上億了，蓋到三樓了，前面兩棟也快完工了，要停嗎？」

「立刻停止，太危險了，山坡地不穩，棟與棟的距離又太遠。」

「謝謝主任，有機會會在會議上和學校單位說說看。」

「到時候發生事情，別說我沒警告你。」

「謝謝好意。」

「大樓蓋好，原來的三十多位教職員要遷過去，大部分不願意，你知道吧？反彈聲很大。」

「我知道，只要有變動就會有反對，也算正常，好像愈資深的愈多反對，他們習慣了，不想動。」

「你是少數你知道嗎？」

「我知道啊。」

「不過你說話很有影響力，你的學術成就高，得過幾次傑出研究獎，有目共睹。」

「不敢當。」

「對了，舊校區拆遷補償金連署的提案，你有去簽名了嗎？」

「還沒有。」

「這樣好了，晚上我們幾位同事和朋友，在站前路『禪』日本料理吃飯，你知道在哪裡嗎？過來吃飯聊一聊。」

「晚上啊？」

「幾個你都認識，彭榮富，莊德樹，還有你們單位的徐欽明。」

「主任，你覺得那個連署會成功嗎？」

「我拜託了蕭若軌還有杜仁超幫忙，藍綠兩個大砲型的立法委員去幫我說話，教育部次長說要來親自說明，他們根本是違法亂拆，沒有公聽會，沒有同意書，膽大妄為，如果申訴成功，補償金至少兩三億，這個數目根本不多，對我們六、七十戶受害者來說，只是一點損害救濟。」

「會成功嗎？我們當時有領一些補償金，簽了收據。」

「被騙了，校方當時沒有跟我們說淸楚，說是爲了擴大校園，重新規劃整建，結果那邊全部變成綠地，宿舍只剩幾間還要抽籤，停車也要繳費，這是什麼世界，強盜一樣。」

「總務長好像不贊成連署。」

「我們已經去法院告他了，告他瀆職。」

「……這樣好嗎？」

「他不但不支持我們的連署，還告訴我們不可行，阻撓連署活動，出言恐嚇，有位同事有錄音起來。」

「錄音歐，要這樣搞嗎？他也是有壓力，聽說教育部要他向老師們解釋，不要老找立委給他們壓力。」

「他要站在我們這邊啊，後來被我逼的開了兩次說明會，竟然站在教育部那邊，官腔官調，太惡劣了。」

「好吧，祝你們成功。」

「他太不識相，一定要搞走。」

「主任，你眞的爲老師們盡心盡力，眞是熱心，要注意身體喔，我看妳身體狀況不太好，眼睛黃黃的，臉孔很憔悴。」

「大風大浪經過很多了，沒什麼。眼睛黃那是天生的，身體沒問題，很好，很好。」

聽到施博眞說這樣的話，黎主任不自覺的用手抓住扶椅，確實，最近睡眠狀況不太好，吃不下飯，很容易緊張，沒走幾步路就很疲倦，喘不過氣來。

「黎主任，你這次確定要出馬競選校長嗎？」

「還在考慮啦，大家好意推舉我。」

「下週三截止，大家很關心。」

「要是確定了會和大家說，到時候要請你大力幫忙。」

「是、是，這次有台大的李建興，清大彭偉哲，中央黃襄助來的應徵，很競爭，來的人學術和研究都很強。」

「外來的不適合啦，上次台大的那個，鬧得全校亂糟糟，差一點被罷免。外來的不了解我們學校老師的狀況，一直要那些年紀大的老師去進修，唸博士，去升等，那裡有辦法？分明是要趕人家走。」

「現在各學校競爭很激烈，新科博士也很多。」

「激烈，也不能欺負弱勢者。」

「弱者？他的理念不錯，可惜太急了，情緒又不太穩定。」

「現任的跟他差不多，任用了一些低能又不會做事的傢伙，那個主任秘書，那個教務長，眞受不了。教務長竟然要辦『全國化學學會年會』，要化學系去辦，化學系那些人怎麼會有辦法，很久沒有做研究了，突然趕鴨子上架，要提高學校學術聲望，不是用這種方法。」

「確實有些措施，要再深謀遠慮一點。」

「沒那個屁股，不要坐那個位置。」

「聽研發長講，系所合併你也反對嗎？。」

「合併不了啦，我跟你保證，要被併的那幾個系一定會跟學校拼命的，他們已經擬了聲明書，草案我有看到，哲學系和社會系的幾位老師找我談了幾次。」

「情況你比較了解，不過我看招生問題很大，不合併恐怕……」

「還早，報到率還有七成，眞的有狀況再說。」

「這樣啊，主任秘書不是你的死黨嗎？幾十年的老朋友，我聽人家說的。」

「換了位置換了腦袋。」

「不太了解。」

「你知道他竟然和人事室合作，推什麼教師在校積點制，要老師每週至少在校三十個小時。用APP記點，太不尊重老師了。」

「這個不太恰當。」

「這些傢伙，算起來十大罪狀還不夠。」

「我聽說這個做法是造謠的，他們沒有要這樣做，有人故意要抹黑。」

「是挨罵了，覺得苗頭不對才收回去的吧。」

「黎主任啊——我覺得——」

「怎麼？請你坦誠的說，給小弟指教，給小弟參考。」

「不敢啦，你是前輩。我個人覺得你什麼都反對，有些事我覺得還好，還是該推動，其實你也知道，將來要是你當校長了，怎麼辦？」

「這個校長和他的團隊太爛了，該做的事也不要讓他做，更不能讓他連任，竟然還想連任，再給他搞四年還得了！」

黎主任覺得情緒有點激動，眼前一陣黑，金星游動，眩暈，很不舒服。

「要是選上了，怎麼做啊？」

「選上再說。」

「得罪不少人。」

「西瓜靠大邊，選上就不一樣，怕得罪人就不用選了。」

「對！常常是這樣，不過你選上 AIB 大樓要蓋嗎？」

「選舉就是選舉。」

「校園停車，本校教職員不收費，暫停教師評鑑兩年，系所合併不合併，這樣……。」

「您贊成合併是嗎？」黎主任突然放大聲音說。

「沒有、沒有，不能亂說。」

「就是啊，大家都是同事。」

「你不能亂說歐，不要亂傳話歐。」

「不會啦，放心啦。」

「你沒有錄音吧？」

「施教授，請不要懷疑我的人格，我黎某人不會做這樣的事。」

「是是，我收回剛才的話。」

黎主任深深地吸了一口氣，想辦法讓自己平靜下來。

「選舉是你們這批人的強項，眞的。」

「不要說你們，我們，感覺我們好像是學校一個黨派，專門拉幫結派，在學校興風作浪。」

「抱歉，抱歉。其實每個公司行號、每個單位，都需要像你們這樣熱心的人才好。」

「憑良心，做任何事眞的是憑良心，眞的，是爲學校爲學生著想。」

「是、是、是。」

「不過既然要選就是要贏，其他以後再說。」

「說得也是。」

黎主任看看茶几上攤開的黃曆，今年屬牛的大吉，三月的運勢最佳，他用紅筆重重的畫了幾圈：

吉星高照喜隨人，逞貴三台景福新。甲第連登財路裕，聲名特達賢名臣。

過年的時候去池府王爺廟問前途，結果求到上上籤，那張籤就壓在書桌的玻璃墊下，時時可以鼓勵自己。黃曆和王爺都這樣指示了，雖然每天吃不好，睡不著，身心疲憊，但天意如此，剩下的是人爲了。

「我們這幾年推了兩屆校長候選人，都選上，這次推錯人了，有給他機會施政了，老是執迷不悟，不能怪我們了。」黎主任緩過氣來，用穩定的語氣說。

「支持的人還是有。」

「頭腦不清楚，對了，你太太的心臟好了嗎？」

「非常感謝，主任介紹的謝醫師眞的很不錯，看了兩次，狀況改善很多。找出問題癥結，是濾過性病毒感染，以前醫生都沒找出病因。」

「那個醫師眞的很有經驗，國內外知名，我們十幾年的老朋友了，要有點耐心，這個病不簡單。」

「是、是。」

「施教授，說實在，你是講道義的人，我一向很看重你。」

「不敢當，不敢當。黎主任最熱心，全校教職員工都知道。」

「當初你要進學校，我是支持另一位澳洲大學回來的，那時候不知道你這麼優秀。」

「不敢當，不敢當。黎主任照顧我很多，非常感謝，要買什麼設備，增加什麼人手，你都一口答應。」

「說實在——。」

「怎麼？」

「你對行政工作有興趣嗎？」

「這個——」

「四十多歲，正是要做事的年齡，大有可爲。機會錯過了，就沒有發揮的空間了。」

「這個——」

「說實在以後我也需要人幫忙，晚上一起吃個飯，大家聊聊，喝個酒。那個院長賴自雄也會來，你們很熟的啊。」

「院長也要來嗎？這樣啊——」

「賴院長也是有心人啦，來吧，來吧，大家聊一聊。」

「好吧，幾點？七點嗎？我會去。」

「太好了，說好了，這次我請客。」

「那我帶一瓶酒去好了。」

「好，好，我這些好兄弟太會喝了，你帶一瓶來，剛剛好。」

「OK，那待會見了。」

「知道地方嗎？」

「知道，知道，『禪』日本料理，沒問題。」

黎主任放下電話，閉一下眼睛，讓心情平復一下。

等一下應該去量一下血壓，最近天氣太冷，今天只有十三、四度，確實要小心一點。

今年的運勢已到，不論如何要放手一搏，快五十五歲了，再患得患失就沒機會了。好一會，拿起連絡簿，準備撥給下一位工業工程系的何宏欣。

這個人當組長四、五年了，太老實了，幾次升官沒他份，對研發長應該很不滿。雖然何宏欣對自己大肆批評學校行政，不時在會議上砲轟，感到不滿，但是只要給他一點希望，給一點承諾，應該是可以爭取到的。

施博眞由研發大樓研究室走出來，準備到餐廳用餐，經過恢復施工的AIB大樓前，看到黎副校長戴著白色的安全帽，手上拿著施工圖和兩位工人比手畫腳地在討論，看起來情緒很激動。烈日炎炎，在這樣的氣溫中工作眞是辛苦。新任的彭偉哲校長八月一號就任後，在八月五號就請人事室發布任命案，請具有工程專長的黎教授擔任副校長，將要負責AIB大樓的盡速興建完成，以及員工舊宿舍拆遷補償協調案等重要工作。據說他從任命開始，每天在學校各處進進出出，跟這個單位協調，跟不同系所的教師餐聚，非常忙碌。黎副校長眼角的餘光掃到施博眞，連忙向他揮揮手。施博眞朝副校長笑了笑，看這位新官這麼拼命做這做那，感覺這位彭校長智慧確實頗高，未來推動校務應該會很順利的。

▲六、錦城桃花

（一）夢中春桃

錦城換了高功能的智慧型手機，許多幾乎沒有聯絡的人，忽然出現了，這樣的情況讓他有點擔心。

趕緊滑了一下，許多曾經打過電話，聯繫過的果然一一出現了。是方便多了，排列得清楚明白，不過有些感覺麻煩的，不想再有瓜葛的，還是跑出來。滑了一會，系統竟然也連上了她的臉書。忍不住點了一下，那是春桃的近照，她頭上戴了一個用白色桐花編成的花環，背後是綠葉繁密的樹林，地上青草茵茵。再點了進去，看了看上面的一些照片，個人獨照、親友合照，還點了點有與她經常聯繫的好友，大部分是不認識的。

這幾年情緒壞的時候，最常想到便是她。

春桃因爲公司裁員，她也在被裁名單，錦城雖曾力保，努力奔走，向長官求情，還是無法挽回。

點進去瀏覽了幾次，春桃應該很快便知道，錦城在看她的資料。

愛情都是階段性的吧？想了很久，還是去留言了。

「好久不見，你現在在那裡工作？」

等了二十多分鐘，回信了。

「還在迅創電機啊。」

「沒換工作，有開車嗎？」

「去年買了一部，有時開，有時搭公車。」

「對啊，下雨天，寒流來不方便，你工廠那邊不是有很多出租公寓？」

「算不合，住家裡省多了。」

「要嫁人了嗎？」

「沒人愛，我媽說再拖下去，就去嫁鰥夫，死太太那種。」

「歐，你是說我嗎？」

「哼。」

手機響了，錦城接電話，一面還是打字。

「你這麼漂亮，怎麼還是？」

五分鐘左右才回。

「個性太強，你說的。」

「就是嘛。」

「改不了。」

手機又響了，錦城先把字打完。

「你那個猥褻男呢？不是住在他那裏一陣。」

錦城看螢幕，是中信企銀來的，他接電話。

春桃沒有回覆。

「對不起。」錦城按了這三個字。

和中信企營的業務談了三，四分鐘之後，又過了幾分鐘。

「趕快去工作。」春桃回覆。

「好吧。」

錦城看著她的照片，還是覺得難以自拔。

春桃告訴錦城，她第一個工作是在醫院當行政助理，當時暗戀一位精神科的醫生，可惜沒結果就離職了。她說的那醫生曾被請來公司演講，黑暗的演講廳裡，錦城看她站在後牆，雙手反折疊在腰際，牙齒咬著下唇，專注的看著演講者。醫生長得斯文，談吐文雅，演講中他秀出了家庭照，妻子端莊大方，還有一對漂亮的子女。她是難過的。

離開醫院後，在幼教班當老師，一位學生家長愛上春桃，展開不能控制的，瘋狂的追求。那人是個公務員，妻子也是。癡迷的家長不斷的打電話，寫簡訊，渴望和她見面，說話。那人的妻子也約她談判了幾次，三人都陷入歇斯底里的狀態。鬧了好久，最後出動了三方家長，機關首長，寫了和解書，才比較平息下來。

那麼，我們呢？錦城問。

算是爛桃花吧，我不要和你在一起。

好吧。

錦城收起手機，站起身，推開椅子，走出辦公室，要去十樓開會。

為何會想念她，是和最近的副理升等案有關嗎？論資歷和業績他都是第一人選，該打點的也打點了；除了已經表態不支持的，很多人都向他恭喜，他也準備好了。只是人事命令沒下來，令人心煩氣躁。

春桃畢竟還是太機靈了，不會有不顧一切的，那種令人激狂的；昏盲式的愛情。

這位曼妙的女子爲自己設的條件太多，但也聽說她去地下舞廳，或那種一夜情的酒吧，畢竟是忍不住的。

聽說了春桃的行爲，母親逼迫她去相親，對方是鄰居，一位老實得有點木訥的化工廠工程師，年紀大了點。

她抓狂的拒絕，工程師不懂美妝，時尙品味，名牌包包。不了解人體刺青，指甲彩繪，海葡萄保濕面膜。韓國花美男裴勇俊，Rain，李敏鎬，宋仲基，一個也不認識。

春桃媽媽說：你最後只有去嫁死了老婆的，再拖啊。

冗長的會議開了兩個多小時，除了高層，沒有人敢開手機，也不敢低頭看手機。

下午三點多了，會終於結束了。回到辦公室，遲疑了一陣子，還是去打了字。

「你在嗎？」

等到五點多。

「忙，再連絡。」春桃說。

至少回信了，錦城很想跟她說：

妻子已經像路人了，她不會先死掉，自己比較會。能夠再見面嗎？

（二）跳河的妻子

「喂，是錦城先生嗎？你太太在家嗎？」

「是，歐，孫警官你好，怎麼了，她又怎麼了？」

「不在家齁，我們員警在福氣橋發現一輛摩托車，車上的置物箱有你太太影印的證件。車子旁邊還有一雙拖鞋，我把現場照片傳給你，請你確認一下好嗎？」

「好——」

「應該是你太太的，這輛車我有看過。」

「又不知道搞什麼鬼，我先找找看好了，別理她好了，車明天我去牽回來。」

錦城打開LINE，警察傳來的照片，雖然背景暗黑，但閃光燈曝照下的車牌號碼很清楚，就是她的。

「不行啊，有人報案，我們還是要處理。」

「要處理？要怎麼處理，該不會找潛水夫下去撈吧？」

「是啊，現場肉眼看不到什麼，水太混濁了，已經動員五個員警在現場了。」

「天啊，她不弄死我是不甘願的。」

「李先生你先連絡看看，如果都找不到她，請你也到現場來一下好嗎？」

「在哪裡？你說在哪裡？」

「福氣橋，阿，大概是南下第四個橋柱這裡。」

「天啊，她不弄死我是不甘願的。」

（三）久違的情人

手機響起來，號碼是陌生的，但有點熟悉。

錦城遲疑了一下，這兩天要聯絡幾個客戶，雖然有點擔心，還是接了。

「是我——」

「啊，是你，好久沒聯絡了。」

「我離婚了，跟你說一下。」

「怎麼會這樣，那孩子呢？」

「跟我，他不要。」

「怎麼這樣，不好吧，畢竟——」

「是啊，我也告訴他不要這樣，不肯聽，還找人來威脅我。」

「怎麼這樣，威脅？」

「是啊，好兇惡，財產分給他不少，他沒有吃虧。」

「怎麼這樣？」

「是啊，我很顧家，他也知道。」

「還有上班嗎？」

「有啊，沒有要怎麼生活？你放心，他不知道你。」

「這樣啊？」

「知道的，他都去鬧了。」

「曖，搞成這樣。」

「可以見面嗎？」

「這個——」

「我去找你。」

「不方便。」

「你——他眞的不知道你。」

……

「嗯——」

「你太太和你——」

「還好。」

「聽說分居了。」

「沒有，你聽誰亂講。」

「有空談一下。」

「……」

「好啦，好啦，不煩你了，想我的時候打給我，我已經自由了。」

「嗯。」

「不煩你了，反正你也跑不掉。」

……

錦城放下手機後，低下頭，讓混亂的思緒整理了一會。渾身僵直緊繃的身體，慢慢地緩和下來。遲疑了一會，然後去查了「正元法律網」資料庫。輸入她的名字後，很快就查到資料了。判決書上寫得很清楚：

【裁判字號】一〇四，婚，九六〇

【裁判日期】民國一〇五年 一 月二十九 日

【裁判案由】離婚

【裁判內文】

臺灣新北地方法院民事判決　　　　一〇四年度婚字第九六〇號

原　　告　陳鼎

訴訟代理人　翁〇〇律師

　　　　　王〇〇律師

被　　告　黃〇芬

上列當事人間請求離婚事件，本院於中華民國一〇四年十二月十八日言詞辯論終結，判決如下：

主　文

准原告與被告離婚。訴訟費用由被告負擔。

事實及理由

一、原告主張：

（一）緣原告陳鼎與被告黃○芬爲配偶關係，被告黃○芬九八年間在特菲通訊器材公司擔任會計助理工作，被告蕭○勤則於同年十一月間進入該公司擔任主管，被告黃○芬爲其下屬。被告蕭○勤於一○一年三月間離開特菲通訊器材公司，在原告協助下成立南通資訊公司，並聘請被告黃○芬到該公司工作，擔任其秘書，迄至一○三年三月六日。原告因被告黃○芬在南通公司任職期間，時常藉口外出及不明費用支出以及謊報上班時間，懷疑有第三者介入。遂趁隙查看被告黃○芬汽車之行車記錄器，及手機通聯記錄。遂發現有第三者存在。原告於一○三年四月九日在中壢火車站錄影，看到被告蕭○勤從被告車輛下車，參以被告黃○芬與被告蕭○勤對話中的曖昧關係，方確認第三者爲被告蕭○勤。

（二）自被告黃○芬行車記錄器之錄音及譯文，可知被告二人間有不正常關係：

一○三年四月一日九時十五分：被告蕭○勤與被告黃○芬之對話：「我是把你認定爲我的家人，就只有妳，未來的路還很長，一起努力好嗎？不要離開我。」……「你是怎麼跟我說的？你們的婚姻是假的，只是表面，只是等誰先開口而已，結果呢？」

……

「要乖乖睡覺喔」、「好捨不得離別，眞想你——」、「剛剛打手機嚇到你了厚！……只是想記一下你的聲音——哈哈——」、「眞的好想你喔」、「希望馬上飛到你身邊」、「洗澡別忘想我」、「宇宙無敵超級想你。天吶！我覺得我是不是生病了——」……

……

「你真心愛我，我知道。我也真心誠意，渴慕成為你心愛的女人。我真的很愛你，與你在一起任何事情，是不需要理由的。」

「你知道我每天都很想念你，渴望見到你嗎？我知道你工作忙碌，我選擇了靜靜的等你，我發誓不要給你負擔，讓你煩惱……」

匆匆看完內容，許多話看起來好熟悉，竟然是在一起那段時間，彼此曾經說過類似的話語，錦城感到一股熱燥和混亂。她太大意了，竟然被錄到兩人的聲音和影像。

剛才打來的電話，她有錄音嗎？錦城回想起來，手機中的聲音感覺有點怪，不時有些雜訊和嗶嗶聲。不過沒說什麼具體內容，也沒有真的見到面，沒發生事情，如果要勒索，證據還不夠。只有舊情而已，舊情到什麼地步，可以各說各話，如果要，就這樣，黃〇芬是不能打贏告自己官司的。

改手機號碼，換臉書，取消 LINE，離開公司，甚至改名，應該都沒用。黃〇芬要查還是查得到。除非他，得了重病，癌症，中風，或是破產了，她才會不再找吧。如果遭到那些不幸，她還願意來陪伴，那真的是應該在一起的。不過誰會這麼傻呢？連親生父母都不願照顧的大有人在，何況是？

那麼該怎麼辦呢？偶爾去找她吧，畢竟曾經那麼纏綿的在一起，不過那時年輕，感情可以取代一切，不顧一切的貪戀，現在複雜了。

一個收入不多的會計，帶著兩個孩子的離婚婦人，尋找舊情人，要的是什麼？

（四）妻子的禮物

「錦城先生嗎？我是一樓警衛蔡保泰。」

「是，我是。」

「你訂的一百五十個便當來了，要請他們送上來嗎？」

「什麼？我哪裡有訂便當！」

「這樣啊？『見利港式燒臘店』的。」

「沒有，不是我，搞錯了！我訂一百五十個要幹嘛？怎麼有這種事！」

「這樣啊——我問一下——」

……

「是你沒錯啊，上面有名字，地址。」

「叫送便當的來跟我說，什麼狗屁！」

「來，來，你跟他說。」

「錦城先生嗎？我是『見利港式燒臘店』外送的，我這裡有你的訂單，昨天早上十一點來訂的，姓名，地址，電話都有。」

「昨天早上十一點我出差去南部，沒有來上班，我怎麼可能——」

「是一位太太來訂的，還付了五百塊訂金。」

「一位太太——」

「先生，你看要放哪裡？」

「一百五十個便當，天啊——」

「要送上去嗎？」

「總共多少錢？」

「特餐一百個，三十個三寶飯，二十個素的，總共一萬四千塊，扣掉訂金，總共一萬三千五百塊，老闆說訂這麼多打一點折，算一萬三千塊。」

「……」

「可以付現也可以刷卡。」

「……」

「現在給您送上去嗎？先生？」

（五）男女男女

「聽說你對劉坤成升副理的事很不滿意。」

「嗯，是啊，我在公務版的 LINE 說了很多，大家都知道。」

「我們有考慮過你。」

「如果是姚明旂我還可以接受，科長也當六、七年了，劉坤成不夠格。業績跟我們差遠了，才進公司沒有十年，怎麼會是他？能力夠嗎？」

「你是第一人選，公司沒有幾個人能跟你比，只是——。」

「真的不服。」

「你有爭議。」

「爭議？誰沒有，全公司一兩百個人誰沒有爭議？只是不要用我，找個理由。」

「你太太的問題。」

「公司和我一樣年紀的，十個六、七個有問題，只是我太太會鬧。邱德堃，葉鵬霄兩個人的事，是我找律師解決的。沒結婚的事更多，現在這種事算事嗎？又不是公眾人物。副總，酒店可是你帶我去的，那時候我什麼都不懂。」

「好了。」

「我可知道不少。」

「沒有要離婚嗎？」

「離婚？她不肯，我也懶得弄。副總——米莉寶貝的事——」

「你想幹什麼？」

「沒有，沒有。」

「只是跟你溝通一下，如果你的態度還是這樣，下次有機會也不可能了。」

「嗯。」

「這裡有二十幾封信，都是檢舉你的。」

「什麼？」

副總把桌上的一疊信遞給他。看到這一堆信，錦城呼吸急促起來，身體發著顫，快速的把信從信封中抽出來。

才看了一封，他就臉孔脹紅，滿頭大汗。

「胡說八道，全部是胡說八道。」

看了七、八封信後，就把信丟在桌上，其他的不想看了。

「罵人很痛快，被人罵很難受。」

「有陰謀，眞的有陰謀，裡面很多重覆的字，用詞都很像，字體像同一個印表機印出來的。」

「我們也有發現，不過——」

「不招人忌是庸才。」

「你太有爭議了，自己不知道嗎？」

「公司不是最在意營業績效嗎？男女的事重要嗎？大家只是有沒有表面化而已。」

「公司人事以穩定爲主。」

「奴才和庸才最穩定。」

「好了，不要亂講話。」

「嗯，我了解了。」

「……。」

「謝謝你們沒有解聘我。」

「總經理希望你不要再寫 LINE，開會也不要亂放砲。」

「……。」

「好了，回五樓去吧。」

「就這樣？」

「別亂爆料，很多人要告你。」

「告啊，法院我常常去。」

副總皺起眉頭，左臉頰一陣陣抽搐。

錦城站起來，推開椅子，轉身準備離開。

「錦城，不要以爲沒有人支持你。」

「歐。」

錦城轉回頭看著副總。

「男女的事別再搞了。」

「現在的人誰不是這樣？大家沒輸贏。」

副總瞪著他，臉色難看。

「好，好，我道歉，我道歉，副總你也知道是我先戴綠帽子，兒子養到七、八歲才知道不是我的。

你知道，他知道，大家都知道！」錦城有點歇斯底里，語氣很激動。

「……。」

「好吧，我認了，能怎麼樣？」

「回去上班吧。」

錦城回過頭，轉身出去了。

副總重重的吐了口氣，覺得很疲憊，深呼吸了幾次，低下頭，拉開辦公桌的抽屜，拿出一個白色小鋁罐，倒出一粒藥。

長官是要開除他的，找好了律師，準備圍剿，讓他待不下去。不過解聘的話，終究說不出口。接下來呢？副總肚子很餓，很想找個地方好好吃一頓，喝幾杯。

錦城拖著沉重的步子，慢慢走到電梯那兒。

電梯的燈由十二樓下來，十一樓，十樓，門打開，幾個人出來，他走進去。電梯繼續下降，經過了五樓，他沒走出去。

春桃，妻子，黃○芬的影像繽亂，在他的意識裡快速而重疊的出現。

電梯繼續下降，開門，關門，有人進有人出。下到地下室二樓後，再往上升。

手機震動了幾次，幾個客戶要談簽約的問題，那幾個合約將爲公司在兩年內賺幾百萬，但不想接。

他覺得喉嚨乾澀，胸口堵塞，頭腦昏茫，不確定自己下一步要做什麼。

▲第參章

議員的一日風塵

▲一、議員服務處

穿過双城市的交通主要幹道是三十米寬的大正路，這條路一天到晚機車、汽車囂囂的川流不息，空氣中布滿灰塵。呂國賢議員的服務處位在大正路的中間段，人來人往熱鬧滾滾。服務處左邊由近到遠依序是機車行，自助餐，水果攤，花店……，右邊依序是檳榔攤，自助洗衣店，寵物店……。

早上八點，呂國賢議員穿著印有「玄虛門」三個鮮紅大字，米色的體育服，走進服務處，大聲向秘書德欽，助理阿娥姐打了聲招呼，便來到室內右上方供著關帝爺的神龕，合掌拜了三拜。然後坐到辦公室的椅子上，戴上咖啡色膠框老花眼鏡，低頭翻翻桌上的公文，一會，拿起筆在上面寫了些字。服務處的牆壁上掛著「衆望所歸」、「服務鄉梓」、「國之大賢」、「熱心公益」、「慈善德昭」等等大大、小小橫的、直的匾額。

跟隨議員十幾年的助理阿娥姐，給他倒了杯茶來。阿娥姐梅果棕色的頭髮，許久沒去整理了，看起來灰灰暗暗，稀疏褪色，頭頂的中線露出銀白色的髮根。

坐在一旁的，穿著一件平價灰色格子西裝，身材瘦小，頭髮微禿，是秘書德欽，他開口說道：

「議員，陳銘利又說要找你到天興王爺宮發誓，這次選舉絕對不買票。」

「神經病！誰要理他，講笑話。」呂國賢微微抬起頭說。

「還是去比較好，上次那件事很多人在說。」

「說什麼？說什麼？」

「說你擲筊輸了，還是出來選。」

「誰選到比較重要，他沒選到就是神明的意思。」

「就是這樣講嘛。」穿著圓領紫色碎花上衣、灰色長褲的阿娥姐說。

「那次眞精彩。」德欽說。

「丟七次前三次都是我贏，後面竟然連四次輸掉，太神奇。」呂國賢拿起茶杯喝了一口，悠然地說。

「說要砍雞頭。」德欽說。

「這是什麼東西，什麼時代了還來這一套。現在什麼保護動物聯盟，什麼生態學會，什麼愛地球碗糕團體要是知道了，就死得很慘！」

「沒辦法，那要不要去？」

「去就去啊，上次他也作弊啊，你忘了。」呂國賢說。

「什麼事？」阿娥姐表情疑惑的說。

「我們兩個說好大家不買票，結果呢？」

「他一面跟王爺發誓，右腳在地上打叉，說這一次不算，老江湖的步數。」德欽用手緊了緊喉嚨的領帶，嘻皮笑臉的說。

「哎喲，就是這款人。」阿娥姐說。

「被我們的人抓到，說他不誠實，結果竟然說他在走七星步。」德欽說。

「聽說是義仔抓到的，現場差點打起來。」阿娥姐說。

「大家都是在江湖走闖的，騙來騙去，他要去找神明說什麼？」呂國賢說。

「就是這樣嘛。」德欽說。

「詛咒有效嗎？要去就來去，反正陪他玩。不去好像我在怕他們。」呂國賢拍了一下桌子說。

「天興宮都是他的人，不過我們也沒有在怕，那個廟的人比我們的玄虛門帝爺宮少很多。」德欽說。

「玄虛門帝爺宮一年進香團來來去去幾十團，他那個王爺是撿人家放海流不要的來拜的。那種王爺神像都是帶煞的啦，王船上面的，大家都知道伊的廟興不起來，這樣鬧也沒有用。」呂國賢說。

「要怎麼回他？」德欽說。

「叫他定時間啊，講好我就去啊。」呂國賢說。

「還是要叫他來我們帝爺宮。」德欽說。

「不用啦，我們的關聖帝君沒有在管這個。」

「沒有去媽祖廟好了，慈善宮。」德欽說。

「你是在頭殼壞去嗎？我是慈善宮媽祖的義子，那裡不能去！」呂國賢的聲音變得很嚴肅。

「這樣啊？」德欽伸手搔了搔半禿的前額。

「去天興宮好，我沒在怕，當天多找一些人去就好。」呂國賢說。

「好，就去跟他們說。」德欽說。

「沒有在怕的啦。」阿娥姐用手撩撩散落到額頭的頭髮，附和著說。

「今天要去哪裡？」呂國賢說。

「一百多個地方。」

「阿娥姐唸給我聽好了。」

「我唸一唸，等下這張給德欽帶去，免得忘記。」阿娥姐說

服務處電話響了起來，三聲過後，德欽接了起來。

「議員，是東華里的爐仔鄰長。」德欽說。

呂國賢按了桌上的分機，接過電話。

「早早，爐仔兄，怎樣，有什麼指教？」

「要請你跟我去看一下我們六鄰的駁坎，你有沒有空，講了很多次。」

「眞的沒有時間，昨天晚上一點多才回到家，身體吃不消，確實的。」

「你都和你那幾個兄弟去唱歌，喝酒，抱小姐，誰不知道。」

「嘿嘿嘿，甘有那麼好康，下次找你去。」

「好啦，我請教你，那個駁坎經費到底有沒有？現在四月了不趕快做，到時候大雨來。」

「有啦，我有去說啦，一年總經費才一百五十萬，你去年已經用了六十萬，今年還要五十萬，我服務的這邊總共十幾個里咧。」

「去年做了五十公尺，還剩三十公尺，說今年要給經費，怎樣？工程有做一半的喔！」

「再看看啦，中興里那邊崩掉很嚴重，里長來說，代表也來喬，擋不住啦。」

「是怎樣？今年錢不補助是嗎？」爐仔放大聲音說。

「看看啦——忠孝段那邊排水溝也說了三、四年，還沒做，也在講說要做。」

「那個里長平常沒有在做事的，快選舉才跳出來，這樣公平嗎？」

「好啦，好啦，我再幫你到縣政府問一問。」

「你不要應付我。」

「好啦，好啦，大家互相、互相。」

「我知道你還有私房錢，聽說要給林碧霞，那個代表。」

「亂講，你不要亂講。」呂國賢拿下咖啡色膠框眼鏡，不高興的說。

「議員兄，大家內行人。」

「好了，好了，我等一下要去滾水溪，有消息，我請秘書跟你聯絡。」

「你十二號要來喔！我這邊社區老人會聚餐。」

「全部都你的事。」

「怎麼這樣講？我也是在幫你。」

「好啦，好啦。」

掛掉了電話。

「幹！整天應付他一個人交代的事，什麼事都不用做了。幹！」呂國賢罵了幾句。

「爐仔還好，西瓜出了，荔枝出了，攏會送一些來服務處。黃秋棋那個傢伙，幫他做十件事，一件沒做到就翻臉，最無情無義。」阿娥姐說。

「眞想找人教訓他。」德欽說。

「有機會啦，這種人不給他好看，不知收斂。」

「他那個回收廠的土地，有一半占了私人土地，又不付租金，人家檢舉很多次。」德欽說。

「會出事啦，做人這樣，聽說粗勇仔對他很不滿。」

服務處的電話又響起來。

「徐科長喔，是是是，有什麼指教。議員有在，你等一下，我轉給議員。」德欽說。

呂國賢接過電話。

「縣長明天要去大寮科學園區開工剪綵，問議員要去嗎？」

「萬通公司嗎？當然要去，這是我們地方的大事，他總經理有給我邀請函。」

「有齁，你跟縣長說信義國小校長調竹篙國小的事，縣長要跟你當面說一下。」

「不行就不行，沒有幫忙啦。」

「不是這樣，不是這樣，所以縣長一定要跟你當面說一下。」

「好啦，好啦，我知道是葉高明在搞鬼啦。」

「這個——」

「沒關係啦，我小小的縣議員拚不過立法委員，那個是中央級的。」

「議員要諒解。」

「我怎麼不知道，小事啦。」

「縣長說這次先欠著，下次再看看。」

「好啦，好啦，下次給我多喝兩杯。」

「沒問題，三杯，自己罰三杯。」

「呵呵呵。」

電話掛掉。

呂國賢再戴上眼鏡，低下頭打開手機，一會兒，手機開了，叮叮咚咚的聲音不斷響起。

「議員 LINE 的簡訊，我看有幾十通，實在是夠！」阿娥姐叨唸說。

「我的也十幾個，回不完，眼珠快掉出來了。」德欽說。

呂國賢用粗粗的食指，在手機上面滑啊滑的。

服務處的電話又響起來。

「喂，早安，議員服務處——」阿娥姐說。

「議員在嗎？我是青商會的黃建利。」

「有，有，有在。」

呂國賢接起電話。

「喂，國賢兄早，我是建利。」

「早，早。」

「不好意思這麼早找議員。」

「什麼貴事？不用客氣啦。」

「是這樣啦，跟英才國小講飯包回饋金的事，昨天談好了。」

「講好了，怎麼算？」

「原來說要五塊，還好國賢兄出面，現在一個三塊半。」

「這個校長很難搞，講很久啦。」

「是，是，是，昨天就想跟你報告，電話打不通。」

「校長也很難做啦，辦活動要錢，婚喪喜慶要錢，辦個校慶運動會要做衣服，帽子，要聚餐，沒錢辦不好。」

「是啦。」

「那些老師，你不給他福利就說你沒能力，做很多事又說你好大喜功，圖利廠商，一定有貪汙。現在校長不好當，老師、家長動不動就告你，告到教育部，監察院，調查局有的沒的，不好做啦。」

呂國賢一面說，另一隻手在空中畫來畫去。

「對啦，對啦，我們也不能賠錢，贊助應該的啦。」

「事情解決就好。」

「過兩天去服務處跟您拜訪一下。」

「好啦，有空過來奉茶。」

「多謝啦。」

電話放下電話。

「議員要出門了，時間有點趕了。」德欽看著議員，指指手腕上的手錶說。

「好，好，我換個衣服。」

「我去把車開過來。」

德欽一邊說，一邊站起來，拿起公事包和手機，走出服務處。

「結果只讓我貸六百萬，真可惡，這個莊經理要給我記住！」

呂國賢看著手機，嘴裡喃喃唸著。

「那一個地方？第二市場的攤位嗎？還是海邊那塊種西瓜的。」阿娥姐說。

「第二市場的攤位。」

「只給議員借六百萬喔，不夠意思，不夠的要——」阿娥姐義憤的說。

「沒關係，錢出來再說，反正快跳票的先付，其他再說。」

「三富飯店要不要先結，五十幾萬，欠快兩年了，他們好像快倒了。」

「假的啦，每次看到我就說快週轉不下去，我幫他介紹很多生意啦，不會倒，放心啦。」

「眞的喔，他的一個股東跟我說。」阿娥姐說。

「該倒就倒，做生意就是這樣，自己要想辦法。」

「興旺家具二十幾萬？」阿娥姐說。

「怎樣？他們有拜託你嗎？」

「加減有，是親戚啦。」阿娥姐點點頭。

「好啦，我在路上想一想。」

「叭叭叭。」

門外傳來汽車的喇叭聲。

「好啦，好啦，我先來換衣服。」

呂國賢放下手機，站起身，打了一個呵欠。

「德欽這個人個性就是很急。」

「是啊，是啊。」阿娥姐應和著。

「對了，阿娥，你的頭髮要去染過啦，褲底給人看出來了。」呂國賢說。

「好啦、好啦，眞的沒閒，老啊就是這麼麻煩。」阿娥說。

「老蝦咪，我沒倒之前，你不能倒，對麼？」呂國賢說。

「感謝議員，沒棄嫌啦。」阿娥撩撩頭髮說。

▲二、福光極樂園

市郊長安里的福光極樂園，十個小靈堂都有人家在辦喪事，供飯區那兒還有十幾位，暫時立了靈位讓親友祭拜，近些年一直是亡者太多，靈堂供不應求，只好在此等待。今天日子不錯，有四、五家往生者要出門，來致哀送行的車輛排滿了停車場，禮儀社安排的樂隊，鼓陣、唸佛車不停地在演奏、樂隊表演、唸誦經文，十分熱鬧。

「懷親堂」前坐了六、七位穿著灰暗色衣服的人，商議者喪事的細節。忽然其中一位說：

「咦？那位不是？」

「是那個呂議員來了，要不要去迎接他。」

「不用啦，不用，等一下他自己會走過來。」

「他去那個供飯區幹什麼？」

「去看有沒有新進來死掉的人啊，如果認識，他就會找秘書送花圈、花籃來。」

「伊的秘書不錯，很有禮貌，講話客氣。」

「常常穿西裝的那個。」

「對、對，人很古意。」

「聽說要出來選里長。」

「親善里還是上庄里？」

「上庄，那個簡里長太老了，服務不好。」

「這個少年的有希望，很骨力。」

「議員眞辛苦，禮堂眞的也不夠用，天天這麼多人死掉。」

「他每天早上都先來殯儀館報到。」

「每天都來喔？」

「是啊，九點多就來了，有時候一大早七點多就來。」

「民意代表要做得這麼辛苦？」

「等一下他會過來厚。」

「應該會，他當過義消中隊長，我們認識。」

「要是看到討厭的人了會怎樣？我看到那個前兩天進來的縣議員甘正通，是他的敵人啊。」

「對啊，上次跟他一起選議長的時候，兩個人罵來罵去，甘正通還找人去他家丟一隻死貓和一隻死狗的頭，聽說太太太嚇到住院。」

「眞的是他丟的嗎？沒有證據啊？」

「警察當然抓不到啊，警察！」

「甘正通死了，我看他很高興，敵人死了。」

「上次甘正通請我吃飯，他老爸那個老市長有沒有，九十多歲生日那天，請了三桌，老人家的朋友一桌。他老爸說，他的朋友都死光了，連仇人都死光了，活著眞沒意思。」

「哈哈哈。」

「人不要活太久，眞的。」

「人死了，恩怨一筆勾消，做官的人要有這樣度量才對。去給他燒一枝香，拜一拜，應該的。」

「有人說不要，拜仇人，到時候冤魂跟你走，帶衰很久。」

「拜仇人，有人說會好，會保庇，感恩啦。」

「呂議員心胸很狹窄，誰得罪他他都會記恨，會報仇。對了，他跟甘正通那一個比較大？」

「甘正通小他兩、三歲吧，結果先死了，酒喝太多，癌症。」

「眞累，這些人這麼愛做官歐。」

「民意代表不算官。」

「那裡不算？」

「有人不做會死。」

「就是這樣說嘛，不給他當你試試看！」

「做死好了！」

「要過來了，要過來了。」

「現在正在家祭，等下公祭要給他先拜嗎？」

「九點公祭，我去跟司儀講一下。」

「等一下縣長也要來，陳光田議員也要來。」

「有面子了啦，縣長願意來很給面子。」

「他是去前面那幾家，順便來這裡的啦。今天好日子，選今天出門的很多。」

「有來就有面子啊。」

「說的也是。」

「議員要過來了，要過來啦——」

呂國賢走過來和在座的人一一的打招呼，拉張板凳，塞在屁股下，聊了起來。

黃龍禮儀公司今天有一位喪者出門，穿著白色台灣衫，黑長褲的何老闆在現場指揮，在人群裡看到德欽，便向他招招手，兩人走到一棵榕樹下。

「德欽兄，久見了。」

「何老闆愛說笑，上禮拜才見過。」

「那麼想念你。」何老闆聲調拉很高。

「呵呵呵，議員在那裏要過去嗎？天氣這麼熱，沒有戴帽子嗎？」

「愛錢不怕熱，那裏人多，在這裡說。」

「什麼事嗎？」

「親恩寶塔的事要請縣議員幫忙歐。」何老闆摸了摸光禿發亮的頭說。

「怎麼？不是都處理好了？」

「沒想到又有妖魔鬼怪出來鬧，劉增欽和自救會那些人也很無奈。」

「不是又開一次會協調好了。」

「公的，私的都講好了，里民打五折，帶頭那些另外有慰勞金，造成不方便的也有補償金。」何老闆伸出五根指頭，在左手掌裡拍了拍說。

「是啊，很好了啊。」

「親恩寶塔的葉董和蕭總都去了好幾次。」

「劉增欽很無奈啊，曾新勤，那個市民代表有沒有，這次不知道哪根神經不對勁，竟然要選縣議員。」

「是啊，根本選不上。」

「好像知道了什麼內幕，私下找自救會幾個人問，結果那幾個傻傻地回答，竟然被錄音了。劉增欽只好再出來帶頭鬧，沒有的話，人家說他收了好處，就不鬧了。」何老闆臉色變得很難看。

「根本是想製造新聞，假正義，這個事已經鬧這麼久了。」

「就是啊，好不容易要解決了，眞想出手教訓教訓這個傢伙。」何老闆忿忿地說。

「我在想親恩寶塔有利潤嗎？光跟前業主收購這個爛攤子就一億多，之後整修又花了一億，還開一條道路出來。」

「有有有，第一公墓、第三公墓登記的有一兩萬個墓地，全部要起來，十年做不完。」

「是歐，那你們人手夠嗎？」

「這次我們有講好，五家葬儀社來包，不給其他人進來，大家有簽協議書了。」

「是啊，不要像上次一樣，告來告去。」

「這次不會，市長，副議長的機要秘書都在場，大家有說好。」

「你們真的十年吃不完。」

「沒有那麼簡單，沒人手啊，很苦，沒人要做。」何老闆語氣很無奈。

「現在情況怎樣？市政府，縣政府都沒問題了？」

「有什麼問題？葉董這幾年出錢贊助他們選舉，至少也有五、六千萬，他們選上不幫忙解決，也太不夠意思了。」何老闆說。

「自救會也鬧了十幾年了，現在合法了，應該鬧不起來。」

「對啊，建照發了，使用執照也發了。」

「曾新勤帶頭鬧，還發傳單爆很多內幕，縣長很頭痛，想要叫親恩寶塔停工，慢慢處理，葉董不肯，說他也要爆幾次捐款，招待相關的人喝花酒的料。」

「這樣啊！？來這套。」何老闆的臉又皺了，下巴繃緊起來。

「曾新勤那批人要求重新再做環保評估，又要重新測量土地面積，道路面積。就是要拖，讓納骨塔蓋不下去。」

「有用嗎？那邊人沒幾個支持自救會的。」何老闆懷疑的說。

「天天上新聞，免費宣傳啊。」

「難怪縣長最近走路拿了根拐杖，搖搖晃晃。」

「聽說這個案子要在議會表決，已經排好時間。」何老闆說。

「有聽議員說，沒問題，葉董應該有跟議員打過招呼，一定支持，葉董的事就是我們的事，何老闆的事也是我們的事。」

「這是做功德啦，全部起來以後，整個就好看很多，亂葬崗已經落伍了，以後大家掃墓也安心，對不對？」何老闆又伸手摸摸光頭說。

「是啊，是啊，眞的是做功德。」

德欽看到懷親堂前的國賢議員站起來了，旁邊的人也站了起來。

「議員要走了，我過去，放心，我會跟他說。」

「拜託，拜託了。」何老闆雙手合十，向德欽禮了禮。

德欽向何老闆鞠了個躬，緊了緊喉嚨上的領帶，走開了。

▲三、弄髒的溪流

一群群白鷺鷥停在溪流兩岸的樹林、泥灘上，灰濛濛的空氣中飄浮著淡淡的腥臭味。

十幾個住在河邊的漁夫和農夫，手裡拿著漁網、塑膠桶，臉色難看，氣勢洶洶的站在滾水溪溪灘旁。兩位面無表情的環保處人員，跟在呂議員和秘書後面，慢慢地走過來。

「你們環保局在檢測什麼東西？這條河流魚蝦每次死一大堆！」

「對嘛，對嘛！汙染的紡織廠你們都不去檢查。」

「還有那個養豬場，每次都排大便，又髒又臭。」

「用暗管偷排，我帶你們去看，你們是眞的不知道嗎？我看是官商勾結。」

「三更半夜偷排，臭得要命。」

「只要檢舉我們都會去做檢測，檢舉很多次了，我們也都有安排人來做檢測。」科長說。

「都有記錄，你們可以看一看，好幾次來沒有發現超標的現象。」一位年輕的科員臉色發青，皺著眉頭。

「嚴格說只有一次，罰了三萬塊。」科長說。

「沒有超標，那怎麼會死這麼多魚呢？」呂國賢說。

一位抗議者遞了一口檳榔過來，呂議員接過來，塞進嘴裡。

「整個溪岸滿滿是，很多魚，蝦，泥鰍，蛇也都死掉，好幾萬條。」

「不只啦，幾十萬隻有啦。你看看，兩邊幾百公尺長咧。」

「拜託一下，你們是拿我們納稅人交的錢做事，拜託，認眞一點。」呂國賢說。

「議員講得對，我們靠這條溪吃飯，靠這個飼母子，還繳這麼多稅，你們也拜託一下。」

溪水乾涸了大半，是枯水期，上游的水壩每天下午才會放水，積滿淤泥、砂石的溪床，像條大排水溝。

「死這麼多，臭了好幾天，蒼蠅、老鼠、蟲，什麼都來，爛掉。」

「我們會僱人清理，會找人做檢體化驗。」科長說。

「拜託快一點。」

「那個工廠要給它停業啦！」

「東聯化工的聽說是縣長大樁腳，你們不敢查。」

「亂講，我們有查，他們很有制度，投資很多防汙設備，上個月才去查過。」年輕的科員說。

「什麼亂講，你以爲你是官員就了不起。」

「看不起我們百姓！」

「屁！講什麼笑話。」年輕的環保處科員突然發飆了。

幾位心懷不滿的農漁民愣住了。

「伊在講什麼？剛才說什麼？」

「咦？官員有這樣說話的歐。」呂國賢雙手插在腰際，眼光惡狠狠地瞪向說話的科員。

「你是懂還是不懂！」

「好啦，好啦。」

德欽走向前，把年輕的科員拉到一邊。

「幹！」

「吃屎的。」

「不知死活。」

幾個人朝他背後罵三字經。

「罵什麼！」年輕的科員轉過頭，也回了一句。

「這個很囂張喔！沒有見過厲害。」

「第一次看到！」

「幹！」

「好了，好了，年輕人不懂事。」呂國賢說。

「科長，這個你回去要好好教訓、教訓。」

「會、會，等一下我叫他來跟大家道歉。」臉色難看的科長說。

「囂張，囂張。」

德欽把年輕科員拉到一棵木麻黃樹林下，掏出一包菸，抽出一根，遞給他。

「我沒抽菸，沒抽菸。」

「我跟你們科長講好了，民衆陳情，議員就找你們來說一說，讓他們發洩，發洩。」

「這個根本跟污染沒關係，是天氣突然變，水溫差距太大的關係，這個現象已經好幾次了，他們不是不知道。」

「知道啊，他們知道啊。」

「就是要補助，要那幾家大公司補償他們。」科員表情鄙夷。

「聽說東聯化工補償金減少百分之二十，因爲營業額減少，一部分工廠移到大陸去了。乾益紡織今年不肯出錢，說公司賠錢。我們有問。」德欽說。

「所以嘛，議員很清楚嘛——」

「清楚、清楚。」

「養豬場是議會現任黨團召集人的，誰敢怎樣？」

「是啊，是啊。」

「養豬場問題很大。」

「我以前也是勞工聯盟的，大學時代常常參加活動，上街頭，沒有在怕。」

「歐？」德欽抬起眼看看他。

「從南到北，士林文林苑都更案，台南火車站東移案，幾十場都有參加，幾個團體隨時在聯絡。」

「這樣歐。」德欽笑了笑。

「這些人在抗議什麼，我怎麼會不知道！」

「你現在是官員。」

「公務員就不能——。」

「沒辦法啊，講坦白的，選民最大，年輕人委屈一點，沒有，大家都不好做事。」

「算了！」

「等一下，氣消一下，去說個失禮。」

「……」

「沒有，大家都不好辦事，科長也會爲難。」

「這些人，實在吃人夠夠。」

「正常啦，沒有的話，議員會去罵局長，叫到會議質詢，刪年度預算，你們不好過。」

「他們在那邊架網抓魚，整個溪都被堵住了。又電魚蝦，倒廢土，丟垃圾，縣政府都沒有處理。」科員說。

「是啊，是啊，種一堆玉米，番薯，花生什麼的，就是要佔河川地，誰不知道。」

「秘書都知道？」年輕科員揚起眉頭，表情很是驚訝。

「怎麼不知道？他們敢說，敢亂啊——台灣就是這樣，誰大聲誰贏，找得到人鬧就贏。」

年輕的科員看了祕書一眼。

「好啦，我等一下——」

「一起走，不會講話不要講就好，他們說什麼，點頭就好。」

「……」

「議員很忙，等一下就要走，還有很多地方要去。」

「了解了。」年輕的科員原本挺起的胸口鬆了下來，垂頭喪氣。

「上道喔，年輕人。」

「要不是結婚了要養小孩，實在是！」

「大家也都是這樣。」德欽說。

溪灘上那些人還在七嘴八舌的講話。

「太過分啦，我損失的誰要賠。」

「至少十天無法度下到溪裡。」

「科長，去找東聯化工的和乾益紡織廠的總務來開協調會，我叫阿娥姐跟你們聯絡，大家講一講。」

「好，我們來發公文好了。」科長說。

木麻黃樹木下的兩人，一前一後走回來。

「過兩天來服務處坐坐。」德欽說。

年輕科員點點頭。

他們離開溪灘，走上堤防，來到車子旁邊，手機響了起來。

呂國賢低下頭，瞇起眼，費力地看了一下，是台朗企業社的林標新，便滑開來。

「標新兄，怎樣？有什麼指教。」

德欽幫議員拉開車門，讓他坐了進去。

「大議員這麼忙，電話也不接，簡訊已讀不回。」

「實在太忙，簡訊一天幾百個，歹勢啦，目珠花花，有什麼指教。」

「國賢兄，文祥路那一段，怎樣？能不能給它通過。」

「涂市長這任已經做了日美商城，又弄好運動公園，這個再給他通過還得了，不行啦。又不是我一個人反對，很多人啦。」

「國賢兄影響力最大，通人知的。」

「大家一起決定，我只是卡不知死，出來帶頭而已。」

「五十幾個地主都同意了，只差兩戶。」

「法院已經判暫緩動工。」

「是啊，昨天我們接到通知了，所以來請議員放手。」

「要是給它通過了，我們這邊的蘇志堅要怎麼選，不只下任市長選不到，我們跟他配合的通通危險。」

「那條路已經耽誤二十年了，現在截彎取直，整個文祥路，仁美路到市區都通了，對地方發展太重要了。」

「對啊，要是給它通過，他下一任不是穩贏，我們穩輸，再怎樣也不能給它過，你是懂還是不懂。」

「詹耀光總經理和萬億工程的建築師想要來拜訪議員。」

「欣欣營造和萬億工程都是市長的人馬，他們是一夥的，找我幹嘛？」

「有開條件啦。」

「不行，什麼條件都不行，佔小便宜吃大虧。」

「不要這麼歹逗陣。」林標新的口氣變了。

「怎樣？要寄子彈給我嗎？我的手機都有錄音，你小心。」

「別這樣啦，大議員，講笑話，別生氣，別生氣。」

「我走江湖這麼多年，這個案子給他過，我們就沒得混了，選舉一定輸。要想通過，等我們這邊選上了再說。」

「等你們選上再說？」

「聽無是嗎？」

「聽懂了，聽懂了，有你這句話，我知道要怎麼做了。」

「這樣好了，煞！」

「見個面沒關係吧？」

「不方便。」

「不會啦，我們沒有那麼壞。」

「歹勢，選完我再帶蘇市長去拜訪你們，那時候要巴結你們了。」

「不要這樣說啦，謝謝你指點。」

「選舉一點都不能讓，一輸什麼都沒有。日美商城就給姓涂的弄起來，本來想說弄不起來，想看好戲，沒想到。」

「一天營業額就二、三千萬。」

「他的政績，我們的衰小。」

「說實在你們的蘇志堅是要做什麼？」

「很多啦，台積電，鴻海會來投資設廠，大寮改爲綜合發展區。有在談，他有關係。」

「……眞的還假的？」

「他跟董事長旁邊的人很熟，你不知道喔？」

「就算有，那開發也要十幾年，市長有這個本事嗎？」

「選上就知道。」

「……。」

「選上就知道。」

「好吧，改天去你服務處拜訪。」

「標新兄，歡迎，歡迎，文祥路的事不提就好。」

「是、是。」

呂國賢放下手機。

「標新仔來牽鉤仔。」德欽說。

「是啊，專門的，專門替人家做這種事。」

「也是需要這種人，不是簡單的人，你有答應嗎？」德欽緊一緊喉嚨上的領帶說。

「沒有，再看看他怎麼說，不能先就軟，軟就輸了。他如果來黑的，我也沒在怕，敢對我怎樣，我們也有人應付。」

「這樣啊？蘇志堅那邊——」

「他們一定會去找他的，你放心，我是第二號，不論現任姓涂的選上還是蘇志堅會上，我們立場不能變，就是要兇一點。」

「你軟，人家就看你沒有，好康的也分不到。」德欽點點頭。

「嗯。」

「要黑的我們就通知市場阿貴那些人，要白的就找萬國事務所的蕭律師。」呂國賢說。

「要黑要白都應付。」

「不能放手！」

「不能放手。」

「等一下去那裡？」

「南河國小縣長盃國小乒乓球比賽，匯豐大樓顏官彰清寒獎學金頒發典禮，西山活動中心外配親職教育成果發表會，三個都有送花圈、花籃。前面兩個你是理事，要去一下比較好。」

「好吧，該當要去的就去吧。」

「外配成果展的很少人去，現在很多外配、外勞比較少人關心，要不要去多認識，認識。」

「有票齁？」

「外配大部分有，反正一票也是票。」

「也是有道理。」呂國賢摸摸肚子，點點頭。

「那個游安添律師活動得很厲害，要注意，到處掛法律顧問，幫人打官司。」

「沒有效啦，想選議員不是靠這個，平常就要來往。」

「上次輸很慘，這次有準備，挖我們選區的樁腳。聽說這次要砸重金，有找很多醫生和律師幫忙，跟縣長，葉立委也要配合了。」

「沒看到就好。」

「外配這邊也是他去當法律顧問。」

「這種小角色不用理。」

德欽深深吸了一口氣，皺起眉頭。

「伊老爸我很熟，是以前乾益紡織廠的領班，愛出風頭。」

「我知道。」

「出來跟人家喬事情，喬不好被人家打斷腿，後來車禍死掉，見笑死。」

「愛出頭。」

「他太太跟人跑——。」

「這次八個搶三個，嗯，他的範圍又跟我們重疊。」

「沒看到就好！」

「沒看到就好？嗯？」德欽感到有點不能了解。

▲

四、土地廟的午餐

德欽把車駛到萬喜土地公廟旁，停在一棵大榕樹下。泊好後，從塑膠袋中拿出剛才買的便當和飲料，和呂國賢在車內吃了起來。

「這間『蓮心素食』真難吃，菜油味太重。」

「很貴咧，買的人排很長。」

「這些東西又貴又難吃。」

「『蓮心唸佛會』開的，給她捧場，議員肉吃太多，吃素不錯啦。」

「沒有吃肉眞的會死。」

「議員娘有交代，你的肚子太大，九十多公斤，太重。」

「哼！」

德欽打開了收音機，聽起午間新聞。

……台電宣布把現有1744束燃料棒，未來三年內將分八批陸續運離，到二〇二一年可全部運出，預估運輸費將達八十億台幣。台電將投入全面發展綠能，廣建離岸發電風車。……

「最不愛聽這個新聞，一個核四停止，幾千億沒去。」呂國賢憤憤的說。

「有的沒的，國家就給這些人鬧到倒。」

「就是啊，這個要，那個不要。」

「拖來拖去最吃力。」

「議員贊成蓋還是不蓋？」

「我哪有權利說什麼？只是一個憨百姓，那是上面的大人在玩的把戲。」

「眞害！」

「台電已經倒閉了，我聽台電總公司裡面的講，賠了幾千億，公司只是表面撐著。」

「眞的啊？」德欽停下筷子。

「不了解，不了解，對了，郭仔兒子車禍的事處理好了沒有？」

「有在講，保險公司說要再請人鑑定一次。」

「這個保險公司的專員不簡單，看出有問題。」

「兩三次了，人家當然會懷疑。」

「郭仔這個兒子頭腦有夠好，專門搞這種假車禍眞詐財，跟他老爸一樣。」

「他們幾個兄弟一個專門拐人賭博，一個買賣東南亞查某，兒子搞假車禍，一門忠烈啦。」

「嘿嘿嘿。」

……恐怖情人分屍案，除了發現用兩個大型行李箱裝的屍塊外，另外還少了右腳掌。家屬希望警方能夠協助尋找，要讓死者有腳可以回家……

「議員吃飽了厚，吃藥了。」

「幹！又要吃。」

「沒辦法，肺結核不能停，還再吃三個月就好了，醫生說要一年。」德欽說。

呂國賢打開藥包，檢出兩顆藥，丟進喉嚨。

「我一直在想，怎麼會被傳染到。」

「無法度啊，還好有檢查出來。」

「健康檢查眞可怕，上次檢查，鍾文龍檢查出來有大腸癌，潘安全有心臟病，大家嚇死了。現在很多人不敢去健康檢查了，聽到就害怕。」

「還是要檢查啦。」

「是不是去『粉鴿子俱樂部』被傳染的，那裏面小姐很多是泰國和越南的。」

「不知道耶，還有『詩夢』、『野姑娘』那幾家也有啊。眞的很奇怪，明明是被傳染的啊，你得到這種又是不會傳染的。」

「眞衰小，害我每天吃藥。」

「還有這個養肝丸，這個好啦。」

呂國賢閉上眼，張開嘴，又吞了兩顆，然後拿起身邊的保溫水杯，仰起脖子灌了下去。

「我先睡個覺，一點叫我。」

「等一下還要去『海波浪』海產嗎？」

「要啦，不去會有事，被罵死掉。」

「跟他們說臨時有事趕不過去，中午還要喝喔，昨天才喝那麼多，『野姑娘』存的兩瓶威士忌都喝光了。」

「正常啦，那個村長太會喝，他們山上來的那幾個，身材這麼大隻，沒辦法，灌不倒。」

……這位十歲男童將在明天接受肺癌手術，家屬收到將近六千張加油打氣的卡片，為了鼓勵男童抗癌，篤信西藏密宗的偶像歌手〇〇現身在病床前，為他加持集氣，除了祝福手術順利外，也送他簽名海報和新版的CD……

「晚上九點半還兩攤，山頂土雞城還一攤宵夜。」

「知道了。」

「還要去嗎？」

「不去不好啦，等下去喝兩杯就好。」

「晚上林董帶詹耀光要來喬下屆議長的事，你有想好嗎？」

「反正先拿三百萬來再說。」

「三百萬？上次到六百萬。」

「我算好了，我這票大概就這樣，他去買黃鼎輝的才會到六百萬，那個傢伙正在等。」

「有聽說了，不過這也要黃鼎輝還選得上。」

「硬要選議長，這個人眞鐵齒，上次被放鴿子還不怕，買了十一票開出來五票。我最死忠，票賣給你一定老實蓋給你。」

……股票目前上漲82點，來到一萬零八百點，電子股持續收紅。美金匯率29.7元，貶值零點1角……

「聽說無黨聯盟對你不高興。」

「不高興他家的事，我才拿三、四百萬，選議員不用兩千萬喔，無黨聯盟拿現在的議長現金三千萬，我們賺小錢，他們賺大錢。」呂國賢大聲的說。

「說實在現在的議長很穩，眞的不缺我們這一票。」

「說要黨紀處份，處份啊，誰怕誰？中央那些比我們黑多了。」

「議員不出來選，黨裡面的眞的沒人選得上。」

「趁還有一點價值，看看可以賣多少。」

「是啊。」

「晚上看看他們提什麼條件，再說啦。」

「是啊，議員不要喝醉喔，事情還沒講好就醉了。」

「嘿嘿嘿，條件不好，我就會喝醉。」

「這樣啊。」

「喝醉講的都不算。」呂國賢詭異的笑了笑。

「對了，榮民之家閻站長的一萬塊我有包去了，過生日，護理站的知道。」

「歐，謝謝，給你麻煩了，老人家還好嗎？」

「去看他他都在睡覺，坐在輪椅上睡，叫醒過來，也不知道我是誰。」

「老人了，九十多歲，快一百了。」

「議員你實在是有心人，這個姓閻的好像沒有人要管了，醫護人員說，沒有人來看他了，大陸的親戚也不管。」

「盡一點心意啦，這個人是好人，當服務站站長的時候提拔過我，這份恩情不能忘，要不是他當初照顧，在黨內提名我當組長，考績給我打很高，推薦我當優秀幹部，我這種鄉下小孩，五歲時還沒褲子穿的散赤人，根本沒有機會出頭。」

「議員說過好幾次了。」

「清廉，不耍特權，對國家忠心耿耿，這個閻站長實在是。」呂國賢拍了拍大腿。

「國民黨統治時代。」

「好不容易等到返鄉探親，又被家鄉的人被拐走很多錢，還好有退休金，又有榮民之家收容。」

「我覺得他不記得你了，別人也不知道你做這樣的事。」

「我記得就好！」呂國賢又突然大聲的說。

德欽嚇了一跳，看了看議員，覺得實在不了解他到底是怎樣的人。

「對了，做文宣，你找那個范什麼的，年輕的那個，什麼狗屁都不懂。」

「萬忠啦，筆名叫范醒之，他很厲害喔，會搞網路，寫文宣。」

「罵這個，罵那個。」

「嗯。」

「好像罵我陳年垃圾，官商勾結，地方喬王。」

「給伊罵一罵，伊就是這樣的人，罵完就好了，年輕嘛。」德欽用安慰的語氣說。

「原來不是幫蔡福來的嗎？」

「是啊，蔡福來那一次吊車尾選到議員，沒有幾個月就被判賄選，取消資格。」

「壞事做多了。」

「沒有找麥社長？以前那個做雜誌的，現在弄一個大趨勢工作坊，幫人做文宣，老關係很多。」

「我知道啦，麥慶夫太老了，耳朵又聽不太到。議員你要年輕票，臉書、ＩＧ、ＡＰＰ、網站，范醒之才有辦法。」

「年輕人！狗屁不通。」

「我也認識一個『迌迌日報』的記者高敏仁，很內行，厲害，很貴，他有批朋友開公司，專門包辦選舉的。」

「『迌迌日報』歐，台北的歐。」

「搞過立法委員，縣長的。」
「不用吧，大砲打小鳥。」
「說給議員參考而已。」
「不用錢的可以。」
「好啦，好啦，議員先睡，我等下叫你。」
「給你負責啦，反正。」
呂國賢閉起眼倒下去，不到一分鐘就打起呼來。德欽收拾好飯包，閉一下眼，拿起手機，點開，開始滑動。

▲五、騙來騙去求進步

呂國賢和德欽來到双城市東區南營里的「家成新村」，拜訪前兩天聯絡好的陳錦亮經理。
主人將兩人迎接進了客廳。
「錦亮兄，你好、你好。」
「呂議員，双城市最認眞的議員啦。」德欽說。
陳錦亮由口袋中掏出名片，遞給呂國賢。
「這是我爸爸，以前在台鐵上班。」
坐在客廳籐椅子上的老先生，頭髮稀疏灰白，臉孔消瘦，滿佈皺紋，皮膚斑斑點點，臉上沒有表情。

「阿伯好，身體很健康厚。」

「還好啦，能吃，能睡，只是，頭腦反應不太好。」

「不會啦。」

德欽把一籃水果和一疊印有呂議員照片的衛生紙隨手包，放在客廳的桌子上。

「不好意思，還給議員破費。」

「伴手，伴手啦。」

「這位是阿姑，這位是我妹妹。」

陳錦亮介紹客廳另外兩位婦人。

「是、是，大家都那麼關心。」

「錦亮兄在隆台企業，經理厚。」呂國賢一面低頭看名片，一面說。

「小公司啦，混一口飯吃。」

「不會啦，你們做網球拍外銷，很成功，很成功。」

「金勤區獅子會的會長。」德欽說。

「是是是。」

「錢騙去這麼多，不甘啦。」阿姑很急切的說。

「很害怕，那幾天大家都睡不著，這是什麼政府，天天都接到詐騙電話。」妹妹也接著說。

「人沒抓到會害怕，沒想到抓到人更害怕。」阿姑說。

「會不會對我們不利，抓到小咖，大咖還在後面。」妹妹滿臉憂心的說。

「集團啦，有集團。」德欽說。

「是啦，上次不是去鎮公所協調了，怎樣？都不給我們施代表面子喔。施代表是調解委員會第一名的喔，有去全國表揚過。」

呂國賢端起茶杯，喝了一口茶說。

「講不好，沒辦法。」陳錦亮搖搖頭說。

「沒有啦，議員親自來家裏談，就是有誠意要幫大家解決問題。大家先來講講，看看議員面子有沒有比較大。」德欽說。

「好啦，大家看看要怎樣才好。」

「剛開始伊都不承認，我們也沒辦法。還好監視器拍到，就是伊，摩托車也對，這裡有照片。」陳錦亮口氣肯定地說。

呂國賢戴起咖啡色膠框老花眼鏡，看了看陳錦亮遞過來的幾張照片。

「筆錄有做了。」

「這個少年仔我從小看他長大，很乖啦，交到壞朋友，國中開始人有改變，他那一陣有在宮廟出入，我知道。」呂國賢點點頭。

「講起來我們家鐵門也是他叔叔做的，大家都認識。」阿姑說。

「是啊，賴阿明很多人認識。」

「沒想到會來詐騙老人家。」

「這人是誰？」坐在椅子上的老人，忽然開口說話。

「歐吉桑您好，真久沒看到了。我是呂議員，你忘記了，以前有見過。你是社區志工，每星期去公園幫忙清掃，真的很熱心。」

「歐，議員知道。」

「知道啦，每次他們辦遊覽，辦聯歡會，我們都有贊助。」呂國賢大聲的說。

「爸，這是呂議員，你忘記了。」

「來幫忙協調的啦。」

「現在的人心最狠，專門騙老人，剩一點點錢也要跟人騙。」

「議員好，對，你是呂議員。」老人說。

「想起來了厚。」

「阿伯你好。」德欽也跟著點點頭。

「說實在，台灣每天都有詐騙電話，真可惡，什麼你的健保卡有問題，金融卡有問題，被盜刷，銀行帳簿有問題要去移轉，都是騙人的。」阿姑用充滿怨氣的口吻說。

「有的說你逃漏稅，已經被移送法院，還寄法院的通知書來，嚇死人。」妹妹也接著說。

「騙你中獎了幾百萬，要你先寄百分之五十的稅金過去，香港的，澳門的一大堆。」阿姑說。

「還有一個打來說，你的孩子被我們抓到了，還放一個年輕人叫爸爸的聲音，叫得很淒慘。結果接電話那個人說，我這一生作惡多端，絕後，所以當和尚沒有小孩，你打錯了。」呂議員嘻皮笑臉，語氣誇張的說。

「哈哈哈，怎麼這麼好笑。」阿姑掩起嘴。

「打給和尚！」妹妹接著說。

「說不定也有尼姑接過這種電話。」德欽插了一句。

「政府有在抓嗎？怎麼天天有。電話裡的聲音一聽就知道是大陸妹，沒有就是東南亞的，要騙誰啊？」

兩位姑嫂比手畫腳，你一句我一句的說著。

「人家說台灣這幾年就是靠騙來騙去才進步。」陳錦亮說。

「以前出的大同電鍋最好——」坐在椅子上的老人又說話了：「用四、五十年不會壞。」

大家愣了愣，看看老人，又互相看看。

「是啊，以前人觀念不一樣，我家有一台電扇，四、五十年也沒有壞。」呂國賢應和著。

「現在沒有人這樣做，東西用不壞要怎樣做生意？」陳錦亮說。

「年輕人不上班，不結婚，不生小孩，爸媽也不會怎樣。」妹妹說。

「好啦，阿伯的一百多萬，拜託議員幫我們要回來，當初就是這個年輕的去跟他拿的錢。」德欽說。

「騙我爸爸說他逃漏稅，要被關起來，老人家嚇得要死。詐騙的還寄公文來，國稅局，調查局，你看看，你看看。」阿姑拿出一疊影印的文件說。

「嗯，什麼手法都有。」呂國賢點點頭。

「老人家不敢講，對方還威脅他不能說出去。」阿姑說。

「用報紙包一包拿去給他，真的是！」妹妹說。

「不是說，要拿二十萬出來賠你們，其他的被他們老大那些人，轉到香港和大陸去了。他只是車手，收一次錢才分五千塊。」呂國賢環視了在座的衆人說。

「不行啦，警方要去追啊，那些人要抓到啊，不能說在大陸，在東南亞就沒辦法，我們一定要告。」妹妹說。

「他去收了三、四次錢，還有一次用金融卡刷錢，被人發現。」阿姑說。

「不工作，專門騙老人錢，不行，一定要給他教訓。」妹妹說。

「以前的人卡有道德。」阿姑感嘆的說。

「現在的人騙、騙、騙，大官也騙，民意代表也騙，總統也是用騙的。」妹妹說。

「說實在，我是聽說二十萬是賴阿明自己拿出來賠，希望和解。說實在這個錢真的轉出去了，他也沒分到。」呂國賢說。

「一百二十幾萬，賠二十萬，這樣有合理嗎？」陳錦亮口氣質疑。

「說實在，被詐騙的幾百萬，幾千萬，一角都沒有拿回來的太多了。」

「這次是我爸爸去銀行提現金，被櫃檯發現有問題才報警的。」

「剛好是現金，又當面交錢才得抓到，沒有眞的一毛錢都拿不回來。」妹妹說。

「他還少年啦——看看是不是大家商量一下。伊老爸身體不好了，肝病，家裡經濟也不好，他如果判刑——」德欽說。

「不會很重啦，關幾天就出來。」妹妹說。

「詐欺犯根本不會怎樣，那裡會怎樣？判很重就不會有這麼多人做這一途。」

「印尼，菲律賓，柬埔寨，大陸，每次抓都幾十個，有男有女，都年輕人，眞可惡。」阿姑說。

「報紙刊還有波蘭，西班牙，歐洲都去呢，台灣人太厲害。還有非洲肯亞，騙子跑去非洲騙黑人的錢，人家就在窮了，還去騙，實在有夠夭壽。」妹妹說。

「黑人有錢嗎？」

「菲律賓那次說押了七、八十個，坐專機回來。」妹妹說。

「台灣人見笑。」阿姑說。

「又都是年輕人，愛吃又自己不去討賺。」妹妹說。

「沒有啦，新的法很重，而且都會判刑十年以下，至少都兩、三年，錢要追繳回來，有的還要強制工作幾年。」陳錦亮說。

「至少也要這樣才對！」妹妹說。

「是不是錦亮兄看我面子，不要告了。」呂國賢說。

「沒法度啦，我們老人家現在還很害怕。」妹妹拍拍胸口。

「不只是他，我們也很害怕，怕他們去找人來找麻煩，派出所現在有在這裡設一個巡邏箱，沒有，我們很怕。」阿姑說。

「這個我跟你們保證，如果和解，他們絕對不敢找你們的麻煩。如果敢，我把他的腿打斷。」呂國賢很大聲的說。

「眞的嗎？」阿姑說。

「你以前是國賢水電行的頭家。」老人忽然又說話了。

大家愣了一下。

「對！對，阿伯你想起來了厚，我以前開一間水電行沒有錯，在精忠里，阿伯知道。」

「國賢水電行還有在做啊？」陳錦亮說。

「有啦，我一部分股東，大部分別人在經營。我做議員沒有時間，每天忙東忙西，顧不好，工人難請。」呂國賢口氣無奈的說。

「爸，你厲害歐，想得起來。」妹妹說。

「信用不好。」老人說。

「沒啦，現在水電不好做，請不到工，爬上爬下，危險，天冷天熱，辛苦啦，年輕人不願意做。」陳錦亮說。

「你們如果同意，我等一下就叫他們過來，大家簽一個和解書。我也是被他們家的人拜託的，希望錦亮兄跟大家，看他年輕，原諒一下。叫他來和阿伯和大家道歉，保證下次不會再犯。」呂國賢說。

「……」

「拜託，拜託，高抬貴手。」德欽也跟著說。

「沒有，三十萬好不好。」呂國賢加了價錢。

「不行啦，最少也要五十萬。」阿姑說。

「不行，不行，一百萬，沒有一百萬不行。」妹妹說。

「這樣就很難講了。」呂國賢嘴巴繃成一條線。

「以前在台鐵阮當時——。」老人說。

「爸爸別再講了，現在在討論事情。」妹妹打斷。

「議員，你要幫我們討回來，那些惡人要全部抓起來才對！」阿姑說。

「游律師也有找人來問要不要幫忙。」陳錦亮說。

「游安添喔。」德欽驚訝的說。

「什麼官司都要包，還早啦，不會贏啦，太年輕，關係不夠。」呂國賢說。

「眞的啊？」

「黑的他有辦法嗎？」呂國賢歪著頭說。

「是歐。」陳錦亮表情有點遲疑。

「醫師，律師，老師，這三個師，都怕黑的，要處理沒那麼簡單。」德欽說。

「……。」

「好啦，好啦，我等下還要趕去桃園，你們看看要怎樣，我請秘書過兩天跟你們聯絡，大家再商量看看。」呂國賢說。

「現在有個資法，又有電資法，又不能監聽，警察很難抓啦。」德欽說。

「這樣啊。」

「和解比較好，再去打聽打聽，以後大家在市內變冤仇人，也不好啦。」呂國賢攤攤雙手說。

「議員要去桃園，下次我會再來。」德欽緊緊脖子的領帶說。

「好啦。」

「謝謝，議員麻煩跑一趟。」

「應該的啦，阿伯再見喔，祝你老康健，活到百百歲。錦亮兄我先走。阿姑，妹妹，再見喔。」呂國賢說。

「多謝，多謝。」

「萬事以和爲貴啦。」呂國賢跟大家揮揮手。

「結冤仇就不好。」德欽很愼重的說。

陳錦亮和在坐的家人互相看了看，表情很是不安。

「眞的，免得以後麻煩。」德欽說。

「我們商量一下，謝謝議員走一趟，再和你們聯絡。」陳錦亮嘴巴繃成一條線說。

▲六、熱鍋家人

「議員，你太太打電話來。」

「又怎樣，什麼事？」

呂國賢伸起右手揉了揉左胸口的心臟，那裡隱隱作痛，右手臂麻麻的。

「阿斌的事，說在武崙派出所。」德欽輕聲地說。

「幹！又來了，這次又怎樣？」

「擋救護車的路。」

「什麼出頭都有，擋救護車，那是人命關天的事，竟然做得出來。」

「我有武崙派出所主管的手機號碼，議員你要打嗎？」

「嗯──」

「上次的事──」

「有誤會他，這個主管不錯，被我罵半小時都沒翻臉，講話還很客氣。」

「素質不錯。」德欽點點頭。

「我太太呢？叫她去啊，幹嘛什麼事都要我。」

「她說她不好意思，太多次了。」

「幹，好吧，我找分局長拜託一下好了。見笑，見笑死了，討債、討債，我上輩子欠他的。」

「要不要找潘議員幫你說？」

「不要，他女兒考到台大電機，我兒子高職唸四間沒畢業，見笑死了。」

「原住民加分啦。」

「沒有，我知道他放棄加分，他有說不要靠這個。」

「眞的？了不起。現在還有這種人？」德欽說。

「等一下再打好了，想沒字，不知道要說什麼。」

德欽看了看神情有些落寞，臉色發白的議員。

「她中午去跑了三攤，東照寺動土，新豐社區長照服務站開幕，劉綜合醫院義診，說還沒吃飯，糖尿病發作，差點昏倒。」

「講她在講，做一點事就在囉嗦。」

「身體感覺不太好，更年期。」

「德欽你不結婚是對的，要是我像你這個年紀，我也不要結婚。」

「眞的厚。」

「男人女人想要的時候在一起就好，結婚實在沒必要。」

「議員心情不好，隨便講講，你太太有配合啦。」

「配合！」呂國賢重重的出聲。

「太太跟小三不一樣啦。」

「生四個小孩，一個都沒給我顧好。兩個不知道去那裡了，一個去日本，我還知道，這個在家男的天天出事情。我丈人和那幾個舅子，生雞蛋的沒有，放雞屎的一大堆。」

「議員了不起，說實在他們都要靠你，沒有他們開的食品工廠就做不起來。」

「德欽，小心女人，不要錢的最貴。你和那個離過婚的在一起，不要以爲她有價值幾億的土地，要小心。」

「不會啦，我很小心。」

「嘿嘿嘿，天下沒有白睡的女人。」呂國賢拍拍大腿。

「嘿嘿嘿，我會注意。」

「阿娥姐先生說要出獄了，下個月初。」呂國賢說。

「是啊，她頭痛了，吸毒的改不了。」

「她兒子、女兒就不錯。」

「兒子做電子產品批發，有賺錢。」

「女兒孝順，看到人都笑笑的，有禮貌。」

「老公這樣，老婆很辛苦。」

「阿娥姐兒子長大了，先生太亂來，兒子會翻臉，看起來還好。」

「歹命查某。」

「天注定的。」

「等一下要去那裡？本來兩點要去民政處開路跑活動的會議，現在趕去來不及了。」呂國賢忽然想起來說。

「沒關係啦，反正有掛名，有贊助就好。現在全國的人都在瘋路跑，這麼多人喜歡。」

「老中青都有，這次辦很大，報名的聽說有五、六千人，我也有報名。」

「這些人怎麼會有那個美國時間。」

「只是運動，運動，交流，交流。」

「姓馬的政績，他自己愛跑，全國的人就跟著跑。」

「算好事啦。」

「是啊，以前李仔，扂斗那個，愛打高爾夫球，全國增加了快一百家高爾夫球場，山坡地挖得亂七八糟。高級的像皇冠、上國，球證一張好幾百萬，我也去買一張。球棍現在放在那裏都忘記了，動都沒有動，神經病。」

「時代啦。」

「下一個呢？」

「永清里低收入戶車禍死亡家屬慰問，吉興慈善義賣活動。」

「好啊，時間還可以。」

「我有打電話去，說議員等一下會到。」

「白包有準備了嗎？」

「一個白的，一個紅的，在這裡，阿娥姐昨天就準備好了。」

「衛生紙隨手包還有嗎？」

「有有，等一下到現場會發。」

「效果不錯，用衛生紙做宣傳品，大家就不會亂丟。」

「是啊，效果不錯。嗯——這兩個跑完眞的要去湯校長那邊嗎？」

「約好了。」

「湯校長也退休好幾年了，我讀書的時候就是他當校長，本來好好的學校，被他搞壞了。」德欽的臉色變得很差。

「有聽說。」

「整天搞政治，還出來競選，當過民意代表。寫什麼台灣鄉土教材，寫什麼地方歷史，還得一堆獎，自己出名，學校倒掉。」

「怎麼這麼生氣？」呂國賢有點驚訝。

「母校咧，我的母校，原來三千多人，現在剩不到五百。他寫的東西，抄來抄去，誰不知道。」

「大老，現在是地方大老。」

「呿，眞討厭。議員等下你進去就好，我在車上等。」

「這樣啊？」

「怕說錯話，得罪他不好。」

「想起來了，你上次選舉的時候有罵他是文抄公。」

「嗯。」

「還是打不倒他們那批人，跟著他包工程的都選到。湯校長是大包，底下一堆小包。沒好康，誰會跟他走。」

「太氣了，沒天理。」

「好，好，德欽也是會生氣齁，我跟你講，我讀高中的時候參加救國團活動，聽過他演講，很感動。」

「救國團？蔣經國的。」

「我記得他說，年輕人要爲國家社會犧牲奉獻，國家培養我們，我們要立志做大事，不計較名利，犧牲享受享受犧牲，服務人群。」

「……。」

「那時候我眞的跑去當義工，參加幹部培訓，學到很多，拿很多獎狀，湯校長還頒獎給我。」

「救國團還有在。」

「那時候我抄了很多筆記，還抄總統嘉言錄，神經病，自己編了一本書，天天讀。那時候很多這樣的人，不計較，想要國家強起來，要爲國家犧牲。」

「眞的齁。」德欽點點頭，這樣的話很少聽到了。

「單純，那時候的人單純。」

「不了解。」

「你眞的不了解。」

德欽看著很認眞說著的議員，這麼嚴肅的表情以前從來沒有見過，感覺很複雜。

「跟我一起進來吧，看看他會說些什麼。」

▲七、恂恂師者

湯公館占地約有兩百坪，三層樓房黑瓦白牆，建築很是雅緻，寬闊的庭院，草木扶疏，車庫停了兩部名牌的轎車，十分氣派。

「校長身體還是這麼好喔，師母身體也是，這麼好，好福氣。」呂國賢進門就和湯校長和師母打招呼。

「那裡，那裡，呂議員這麼有禮貌，下一屆一定會高票當選。」師母向他們點點頭，走開了。

「請坐、請坐。」湯校長請他們坐下來。

「還要校長多多幫忙。」呂國賢拱起雙手，打躬作揖。

「我沒辦法幫你喔，你也知道我是黨員，一定要支持黨裡面的人，支持黨提名的議員。」湯校長很直接地說。

「當然，當然，校長有你的爲難之處，我了解，我了解。」呂國賢堆滿笑容，不停的點頭。

「謝謝你來看我，我明天生日沒有請你，很失禮。」

「我知道，我知道校長有為難的地方。其實沒關係啦，你們那個黨的人大部分我都認識，大家都常在一起開會的，生日在一起也沒有關係啊。」

「謝謝你送的禮物，還專程來。」

「校長你德高望重，願意讓我來看你，真的非常感謝。看到你的身體那麼健康，師母精神那麼好，我就放心了。」

「你服務處什麼時候成立？」

「九月十五號，不到兩個月，校長會過來坐一下嗎？給我們指導。」

「失禮啊，不方便，給我一張帖子，會送花圈去熱鬧一下。現在選舉真的很辛苦，沒日沒夜。」

「應該的，民意代表就是這樣，校長有什麼事情你吩咐，你都太客氣，有事不肯說。很多事我出面講一下，很容易啦。」

「不敢當，不敢當。」

「上次聽說校長去市立醫院檢查身體，找不到病床。你也不說，那個院長我認識啊，常在一起喝酒，打一通電話就解決了。而且是校長要做檢查，當然應該要禮遇你的。」

「那次很臨時，好喔，院長後來有打電話來解釋，誤會啦，下次有狀況再麻煩你好了。」湯校長抿起嘴。

「讀書人很客氣，怕麻煩人家。」德欽說。

「還有啊，劉金凡告你的事情，需要我去協調一下嗎？」

「什麼？這個是——你，你是聽誰說的？」湯校長臉色一變，口氣嚴肅的說。

「有幾個朋友跟我說的，你們以前不是好朋友嗎？這個是小事情用談的就可以，爲什麼要鬧到法院去呢？」呂國賢還是滿臉笑容。

湯校長看了德欽一眼，德欽把臉偏到一邊去。

「劉金凡這個人就是有問題，太小人了。我用他的資料也是他寄給我的，那個資料也不是他才有，別人也有寫過，他也是用別人的資料。我只是沒有註明誰提供的，就跟我翻臉，他這個人就是這樣！」

「我知道啊，我跟他吃過飯，說話不大客氣。」呂國賢說。

「這個事你就不用管了，我會跟他談。看法院怎麼判，法院怎麼說我就怎樣做，沒有關係，好幾次了。」湯校長口氣嚴厲。

「人怕出名啦，老師你就是太有名了，書寫這麼多，地位這麼高，他們會眼紅的。」

「小人作風。」湯校長口氣很不以爲然。

「現在還有在達德大學兼課嗎？」

「沒有了，在大學上課只是好聽。現在年輕人上課遲到，滑手機，吃東西，要來不來，上課聊天、睡覺，根本沒辦法教。」

「是啊，是啊，大家都這樣說。」

「教育到這個地步，實在——」

「我知道，校長沒有辦法出面支持我，但是希望不要公開批評我，我就萬幸了。」

「嗯？」

「要拜託校長──呵呵呵。」

「你反對文祥路截彎取直這件事，還有反對改建舊市場，這邊很多人對你有意見。」湯校長把身體靠向沙發，慢慢的說。

「我知道，我知道，文祥路的事情很複雜啦；改建舊市場不是我要反對，那些人拿太多好處，隨便給它蓋起來，眞的會出事情。我也是爲大家著想，蓋起來就麻煩了。蓋起來問題一大堆，漏水，磁磚掉，地板翹，又不能拆掉，放在那邊爛眞的不好。」呂國賢一面說一面搖頭，左手掌用力拍在右手心裡。

「眞的是這樣嗎？」

「眞的，眞的，校長我沒有騙你，問題很多啦。那些廠商我都認識啊，很多內幕，校長是讀書人，我不敢跟你說太多。如果涂市長他們那一邊人，用這個來攻擊我，我也會公佈一些資料，到時候大家都很難看。」

「這樣啊。」

「校長你德高望重，大家都很尊敬你。」

「謝謝，謝謝，你會來看我，我眞的很高興，下次有事要麻煩你。你是能幹的人，每天東跑西跑不會累，做不怕不怕做，大家都這樣說。」

「沒問題，沒問題，很多事他們做不到，我都可以幫你做好。真的，你要相信我，有事盡管跟我打電話，一定替校長辦好。」

「謝謝，謝謝，有你這句話我真的是很高興。」湯校長點點頭。

「對了，我下禮拜要在議會開協調會，校長有什麼要反應的嗎？我可以——」

「這樣啊。」

「不用客氣，我每次質詢都只是說馬路，駁坎，水溝，警察執法不公平，只會跑婚喪喜慶，人家都說我沒水準，校長看看？」

「我臨時想到一個事情。」湯校長從沙坐直起來。

「歐——校長請指教。」

「縣政府給的撰稿費太少，他們委託我們做研究，做調查，時間又趕錢又少，常常要自掏腰包，眞的是廉價勞工。認眞算起來一個字沒有三塊錢。」

「寫東西眞的很辛苦。」德欽說。

「那個不叫東西，叫文獻。」湯校長說。

「是是是。」德欽連忙回答。

「太好了，我來質詢，這個文化處，教育處在負責。校長寫的東西要傳五十年，一百年，怎麼可以那麼不尊重。對了，要怎麼調才合理，這個我不懂。」

「哦，大概這樣，稿費調到一個字六、七塊，我可以接受，台北、台中很多案子都這個價錢。」

湯校長把眼光看向遠處去。

「了解，了解。」

「議員，不能說是我提的意見。」湯校長轉回頭來，正色的說。

「絕對不會，放心，放心。」

「謝謝議員關心我們這些寫字的。」

「應該，應該，有機會爲校長服務很光榮，很光榮。」

「辛苦你了。」

「那我就告辭了，祝你七十大壽生日快樂，身體健康，家庭圓滿。下個月十五號如果有空，還請來服務處喝茶。」

「好，好，謝謝你喔。」

兩人走出了湯校長寬敞的宅子。

出了大門不遠，呂國賢便吸了吸鼻子，朝旁邊的草地吐了一口痰。

「大老眞麻煩。」

「禮貌有做到。」

「你不來，他就到處說你壞話。」

「來拜訪了，至少有點分寸。」呂國賢口氣冷淡地說。

「劉金凡告他的抄襲不是判了嗎？」德欽問。

「還可以上訴，我提這個其實是提醒他，叫他幫涂市長那邊人做文宣的時候，不要亂寫，他是幕後做文宣的參謀。」

「議員就是高招。」

「教書的最假掰，撈那麼多錢，一本書分做三、四本在出版，每出一本就重複拿錢，以爲人家不知道。」呂國賢說。

「一點小錢也要拿，教書很多是這樣。不過，他做的那些東西還是很有貢獻。」

「印象眞的很差。」

▲八、服務處的鞭炮

双城市的交通主要幹道，三十米寬的大正路，一天到晚機車、汽車川流不息，噪音不斷，煙塵滾滾。呂國賢議員服務處左邊是機車行，自助餐，水果攤，花店……，右邊是檳榔攤，自助洗衣店，寵物店……人來人往，喧鬧騰騰。

「明天結婚的有三個地方，都有來帖。」德欽說。

「怎麼沒有柯鎭球的，他不是娶媳婦嗎？」呂國賢問。

呂國賢手上拿著幾張喜帖，佈著血絲的眼珠，從咖啡色的鏡框上端看出來。

「有、有，聽說在活動中心請客，說不要請政治人物，不給人上台講話。」阿娥姐說。

「講笑話，還是要想辦法上去，涂市長那邊一定會有人上去講。」呂國賢說。

「好啦，看情形。」德欽說。

「恐怕有五、六十桌。」呂國賢說。

「最少也有。」德欽說。

「柯鎮球工廠的員工兩百個有。」阿娥姐說。

「不只、不只，外勞沒有算，那個去發文宣品的安排好了嗎？」呂國賢說。

「有、有，阿娥姐安排社區拼布班的五、六位，講好了，都有經驗。」

「有啦，五場結婚的都有安排好了，秋心姐做事很可靠，嘴巴會講，事會做。」

「嗯，安排去惠安慈善中心照相的聯絡了嗎？」呂國賢說。

「施主任說爲難啦，眞歹勢。」阿娥姐說。

「要我幫忙募款就不會爲難，選舉的時候幫忙就說爲難！」

「他們也有困難啦，怕政治人物都來。」阿娥姐姐說。

「要看平常有沒有捐款啊？有沒有幫忙爭取啊？這幾年，幫忙募捐，爭取經費五百萬有啦，誰像我做那麼多？」呂國賢大聲說。

「是、是、是，議員眞的有做事，有愛心，還有殘障的、啟智的、家扶中心的，議員都有幫忙，大家攏嘛知道。」阿娥姐說。

「我做那個那麼多年，不是爲了選舉，是眞心做陰德的，算了，不計較。」呂國賢感嘆的說。

「議員大量。」阿娥姐說。

「就是這樣，你看你去染了新頭髮，現在看起來年輕十歲，精神好多了，對不對，就是要這樣。」呂國賢說。

「好看啦，眞的。」

「沒棄嫌啦。」阿娥嘴角揚起來笑著說。

「對了，德欽，晚上我要是喝太多，明天這個住雙潭姓劉的，山腳姓張的給你跑。」

「好啦，晚上少喝點。」

「來來來，四句聯會說了嗎？唸一下我聽聽。」呂國賢說。

「有有有，最近有在練：

新娘大方，學問相當，國語會講，腹內能通。

龍鳳相隨，鮐魚開嘴，夜夜相對，萬年——富貴。

兩姓來合婚，日日有錢春，給您翁姑官，雙手——抱雙孫。」

德欽一口氣唸完出這幾句吉祥話。

「厲害喔，可以出師了。」阿娥姐拍拍手。

「要選里長的人，不會怎麼行。」

「議員娘問你晚上有要回去吃飯嗎？她要去『詩夢飯店』，說有一個美容講座。」

「隨便她要去哪裡，沒關係啦！幫我問，狗誰餵，誰去溜狗。」

「厝邊賣水果的錢嫂會幫忙。」

「歐，伊歐，這樣放心了。」

「議員最關心你的白貴賓。」

「沒有要關心誰？他們每一個讓我想到就心煩，只有看我的白寶貝心情就好，只有牠對我最忠心。」

「沒有啦，大家都對你很忠心。」阿娥姐說。

「我太太，我兒女，看到我臉都很臭，只有牠會跟我撒嬌。」

「嘿嘿嘿。」德欽笑了。

「以後遺產通通留給牠，其他的半角也不給。」

「議員愛說笑。」

「德欽，晚上是約幾點？」

「七點半在『彭師傅』，十點半在『粉鴿子』。」

「嗯，阿娥姐，事情處理差不多，你可以回去了，快六點了。」

「多謝議員，那我先走。」

「快走！不走，等下又有人來。」德欽緊了緊脖子的領帶。

「好好好，那我先走了。」

阿娥姐收拾好東西，向兩人擺擺手，離開了。

「德欽你呢？」

「我要去拜訪里民，六鄰還有七、八間沒有去拜訪，看看時間再過去你那裏。」

「那些農會送來的蓮霧拿一些去，都包好了。」
「好啊，多謝議員。」
「趕快送，這個不能放。」
「等下我載五箱回去。」
「簡里長那邊怎樣？」
「腳不行，有骨折，住院十幾天，出院還拿兩支拐杖，凸啊凸的。」
「做三十幾年，要挖起來不簡單。」
「我老爸說不能罵他，選輸也不能罵，跟我們家三、四代的交情，小時候有抱過我。」
「選舉到最後沒有罵不罵的事，要贏不能心軟，你心軟，一定輸。」
「知道啦，知道啦。人家說，秘書，秘書，選舉一定輸。」德欽低著頭在嘴裡喃喃唸著。
「這麼沒志氣，快四十歲的人。要喬嗎？給他一百萬。」
「一百萬是沒多少，是有人找過他說，眞的選起來，拚起來，兩個人選，一人花三、四百萬不夠。」
「要買幾張？」
「至少五百張。」
「跟我配合的話，一張要多少？」
「還要算，追加的也要預估在內。」
「簡里長跟得上嗎？」

「上次本來說不買，後來一張買到一千，兩千。差點落選，只差不到一百票。」德欽臉紅起來，有點亢奮。

「上次和他拚的草哥，現在關起來，還沒出獄。」

「偷竊，吸毒，討債，形象太差了。放出來沒多久，又關進去。」

「最高一票買到三千，簡里長也只好跟，不買選不到，聽說現在還在欠錢。」

「就是這樣，平常要服務，選舉要走路工，正常的啦，就是這樣。」德欽說。

門外忽然有車子緊急剎車尖銳的「支——呀」，「嘰——呀」聲，兩人嚇了一跳，不約而同，朝那邊看過去，接著發出「碰」、「碰」的幾聲巨響，服務處大門的玻璃破碎了，玻璃飛濺，爆出一連串駭人的聲音。

「啊呦——」

「哇啊！」

呂國賢從椅子上撲倒下來，雙手滑向地面，眼鏡摔落。德欽臉孔扭曲，摀著左臂，蹲在地上。車子引擎發出急催油的怪吼聲，很快離去。

好一會，門外發出一陣騷動聲。

呂國賢雙手抱著頭，趴在地上，喘著氣，汗流浹背。

「議員，議員——。」德欽發出微弱的呼喚聲。

服務處旁邊的機車行，檳榔攤，花店……的人開門進來。

「怎樣，怎樣了。」

「人有受傷嗎？」

「秘書中槍了，趕快打一一九。」

「議員！議員！」

有人掃掉噴在他身上的碎玻璃，扶起趴在地上的議員。

「沒有死，打沒到。」

「秘書流這麼多血，趕快給他壓住，包起來。」

「用毛巾，快快，先綁起來。」

「打不死我的，幹伊娘，想我死沒那麼容易。」

呂國賢被人攙扶著坐到沙發上，臉色慘白，不斷喘著氣。

「報警了沒有，趕快報警。」

「誰人開槍有看到嗎？」

「兩個騎摩托車的，開完槍就跑了。」

「可惡。」

「議員沒有事就好。」

「要報仇，一定不會放過。喂！不要報警，我來處理就好。」呂國賢用著沙啞的聲音說。

「不要報警，新聞記者也不要讓他們知道。喂！你們知影嗎？」有人附和著。

「這樣啊。」

「要通知你太太嗎？」

「免免免，說不定是伊找來槍殺我的。」

「不會啦，那有可能。」

德欽閉著眼，痛苦的呻吟著，毛巾被紅色的血濕透了。

擺在服務處右上方的關公神像，不知受到什麼撞擊，歪向了一邊。掛在牆上的「服務鄉梓」和「國之大賢」匾額，被碎物擊中，破了幾個洞。

「啊！帝爺公被打到了。」

「帝爺公幫議員擋子彈了。」

「幹！姓涂的，林啊標新，你們給我小心 。」呂國賢罵到。

「議員，檳榔，吃一口檳榔好了。」服務處旁邊賣檳榔的婦人說。

「好，好。」議員把遞過來的檳榔，塞進嘴裡。

「跑不掉，監視器這麼多。」

「光天化日之下，有夠好膽。」

「救護車，救護車！怎麼這麼慢！我的心臟，我喘不過氣！」

「議員，議員，你別激動。」

呂國賢的嘴角溢出了一些紅色的檳榔汁。

「我還有很多事，晚上還有兩攤。」

「議員休息啦。」

「對啦，身體要緊。」

「唁——」

呂國賢伸手抹了抹嘴角，重重的吐了一口氣，用著低沉的語氣說：

「敢打我就要把我打死，打我沒死，換他們死，我不會認輸的。」

▲九、粉鴿子俱樂部

寶藍色的牆壁和天花板，飛翔著十幾隻桃紅色，大大小小的鴿子，美麗的鴿子有近有遠，高高低低，有的翅膀全開，有的收攏著翅膀。

寶藍色的世界，散著碎碎點點的晶亮石頭，發出閃閃的銀光，空氣中飄著紫羅蘭香味。一盞鐵製的蔓藤狀的吊燈，蠟燭式的燈泡，發出昏黃柔軟的光芒。

坐在第七號「夢露桌」四位客人中的一位說。

「剛才進來那批人，看起來很面熟。」

「那裡？」

「最裡面那桌。」

「咪咪桌的。」
「對啊，很面熟。」
「那個不是群新電子的林董和詹耀光嗎？還有一個女的不認識，他們怎麼會和呂國賢坐在一起。」
「是啊，不同派的，還記得在議會打過架。」
「對啊，姓詹的和姓呂的。」
「好像是選議長的事。」
「吳專員果然厲害，什麼事，你都知道。」
吳專員身材矮壯，頭戴白色鴨舌帽，上身穿件紫色rootsT恤，圓滾滾的眼睛，轉來轉去。
「這個呂國賢眞的瘋瘋癲癲，傍晚的時候服務處被人開槍，現在十一點多，竟然還在這裡喝酒。」
「好可怕，敢去議員家開槍。」陪酒的小姐菲比拍拍雪白的胸脯口說。
「那桌的小姐夠嬈，外面帶來的，包整晚的。」
「奶大腰細，這麼大隻吃不下。」
「奶是假的啦，一看就知道。」另一位披著一頭紅色長髮的小姐莉莉說。
「你才是貨眞價實。」
「捏捏看就知道。」莉莉斜著眼，挺起胸，嬌聲的說。
「被人開槍喔。」
「聽說被人開過兩次槍，都沒怎樣，這一次說秘書被打到。」

「德欽喔，那個人不錯，有怎樣嗎？」

「跳彈打到，還好，不嚴重。」

「有夠衰，老闆沒事。」

「他們這些人都差不多，每個也進法院，進監獄，案子好幾條。」

「等下過去敬一下酒。」

「不用，大概是我們一直看他，他走過來了。」

呂國賢手裡拿著酒杯，站起身，搖搖晃晃的走過來。

「歐，縣內最有 power 的議員大哥來了。」

「嘿嘿嘿，吳專員最會消遣我。大家好，我自我介紹，我是呂國賢，初次見面。」

「大家都認識你啦。」

「有名，眞的有名。」

「報紙，電視常常看到。」

「嘿嘿嘿，容小弟說明一下，你們看到壞的都不是眞的，是記者亂寫的，修橋，補路，做慈善事業，那些就是眞的。吳專員，對不對？」

「對對對。」

「呵呵呵。」

「大家來喝一杯。」

「怎麼？酒都只有半杯，小姐麻煩你再去拿一瓶好嗎？威士忌，跟大家喝的這個一樣。」

「好啊，好啊。」菲比露出欣喜笑容說，立刻站起身去拿酒。

「今天是看到吳專員小老弟在這裡，請大家喝兩杯，我先乾爲敬。」呂國賢仰起頭，張開嘴，咕嘟、咕嘟喝乾了。

「喝啦，喝啦。」

「喝喝喝。」

「大家都乾啦，爽喔。」

呂國賢抹了抹嘴巴，臉上的汗水閃閃發光。

「請大家原諒我，今天已經第三攤了，那桌還有事沒有談完。」

「沒問題，沒問題，呂議員去忙。」

「小 case 啦，呂議員出名的酒國英雄。」莉莉說。

「人生很辛苦咧，整天做牛做馬，幫這個服務，幫那個服務，一天二十四個小時。」呂國賢皺起眉頭，鼻子，擺出張苦瓜臉。

「有名的啦，黑的，白的，紅的都有服務。」

「吳專員你在消遣我，什麼紅的，嘿嘿嘿，又不是和幼齒小姐睡覺，白刀子進紅刀子出。」

「你穿這麼年輕，是要騙誰？」

「哈哈，酒店小姐也愛年輕力壯的。」

「哈哈哈。」

「白天耕晚上耕，這條老牛差不多了。來啦，我唱一條陳盈潔唱的『人生海海』給大欣賞欣賞——」

「議員要唱歌了！」

「郎講這人生，海海海海，路好行，不通越頭望，望著會茫——」呂國賢用著沙啞的聲音大聲唱道。嘴巴裡的口水，四處噴濺。

「讚啦！」

「大家跟著唱——」

「有人愛著阮　偏偏阮愛的是別人　這情債怎樣計較輸贏——」

「掌聲鼓勵——」

「讚啦！」

「強、強、強，第一勇。」

「嘿嘿嘿，歹勢啦。」

「讚、讚、讚！」

「有一條歌叫做『怎麼做都不會累』你們有聽過嗎？要不要我再唱給大家聽？」呂國賢扯著沙啞的嗓子高聲的說。

「張惠妹的『三天三夜』啦，議員眞好笑。」莉莉掩著嘴，嬌聲的笑說。

「歐，辣妹妹你給我漏氣。」

「不敢啦，等下我自己罰一杯。議員最可愛。」

「嘻嘻嘻，這樣說還差不多。」

「讚、讚、讚！」

「不用啦，議員辛苦了，你還要忙。」

「好啦，吳專員怕我唱，喂，吳大專員我服務處給人放鞭炮咧。」

呂議員向他擠擠浮腫的眼。

「對，對，對，放鞭炮，是要感謝你啦。」

「不夠意思，要放也不說一聲。」

「酒來了，酒來了。」菲比拿了一瓶打開的起瓦士威士忌酒來。

「鼓掌，鼓掌。」

「喔！」在座的人齊聲叫好。

「議員放心啦，一定想辦法給個交代。」吳專員說。

「你最上道，嘿嘿嘿。來來來，大家再喝一杯。」

「喔——」

呂國賢仰起頭，喝乾杯中的酒。

「我失陪了，大家盡量，不夠再跟小姐要，今天難得和大家見面。」呂國賢摸著肚皮說。

眾人舉起酒杯敬議員。

「多謝，多謝。」

「阿撒力，阿撒力，眞正的大哥啦。」

「嘿嘿嘿。」

呂國賢搖搖晃晃的轉身。

「很醉耶。」

「等下怎麼開車，他的秘書沒有來。」

「不用擔心，他是老江湖，這個場面不算什麼。」

「這樣啊。」

呂國賢拿著酒杯回到夢露桌原來座位。

「又喝五杯回來。」

「再來，再來。」詹耀光舉起酒杯。

「國賢兄酒量好。」林董說。

「人生海海啦。」

「先乾爲敬。」詹耀光喝乾了酒杯裡半杯威士忌。

呂國賢搖了搖酒杯，笑了笑。

「國賢兄，議長的事你的看法？」

「我就說等我秘書好了，我們再來說，沒有，我那裡記得這麼多？」

「……。」

「來，來，來再喝一杯，十二點了，我還要去山頂土雞城——土——雞城。」呂國賢大著舌頭說。

「……。」

「這樣好嗎？林董都出面了，詹的也來了，面子要給啦。」

「議員多支持。」林董說。

「你們不知道嗎？我服務處今天被人打了兩槍，我還在找幕後的人，要是被我知道是誰——」呂國賢佈滿血絲的眼睛瞪著兩人說。

「……。」

「這樣啊，議員有沒有受傷。」坐在位子上妖豔的女子面露驚惶，花容失色的說。

「找局長，我等一下打給局長。」林董說。

「免啦，免啦，我會處理。」

「保重噢！」

「連我的帝爺公都被打到，帝爺公會替我做主。」

「不要太鐵齒卡好。」詹耀光說。

「十二點了嗎？」呂國賢瞇著眼說。

「差兩分鐘。」林董說。

呂國賢站起來，雙手扶在桌子上，先打了一個酒嗝，深深吐了一口氣，開口唱起來：

「郎講這人生，海海海海，路好行，不通越頭望，望著會茫——哈哈哈——」

坐在位子上衣冠楚楚的三個人，面無表情。

「改天啦，換我請你們。」

呂國賢說完，轉過身，向眾人揮揮手，搖搖晃晃的走了出去。

黑暗的夜色中，黃的、紅的、藍的、綠的各色燈光璀璨，他的身影一下子就不見了。

「老奸臣。」林董說。

「不能小看他。」詹耀光說。

「遲早出大事。」林董說。

幾個人的手錶、手機前前後後發出「嘰嘰——」、「鈴鈴——」的聲音。

已是午夜十二點了。

第肆章

喧囂的白烏鴉

▲一、愛讀書的杜仙樓

「喂，您好，我是——。」接起家裡的市內電話，已經非常少人打這支電話了。

「莊孟賢！您好，我是杜仙樓。」

果然是他。

「歐，歐，杜先生，很久沒有見到了。」

「上次我寄給你的書你看完了嗎？上次我寄給你的。」杜仙樓說。

「是——那一本？」

「那本《五千年前的偉大卑南史》。」

「嗯——有看了一些。」

「這本書太重要了，五千年前卑南就有全世界最先進的文明，中國、東南亞都受到卑南文化的影響。」杜仙樓語氣仍然很誇張地說。

「……」

「不是說台灣是全世界南島人的發源地，很多外國學者這樣說。」

「……」

「卑南太重要了，那時候的食、衣、住、行都是最先進的，中國文明都還差得遠，什麼堯、舜、禹、湯都還沒出現，現在你知道了嘍。這本書很珍貴，我讀了以後眞的是恍然大悟。」杜仙樓說。

「感覺有問題。」

「有什麼問題？這是從來沒有人講出來的，太了不起了。你有仔細看嗎？這個作者是工程師，老師傅，只是沒有讀過書，初中沒畢業就寫出這樣的東西，太了不起了。」杜仙樓說。

「錯誤很多。」

「眞的嗎？證據很多，圖片很多，你有仔細看嗎？要仔細看啊！」

「根本不用看，亂寫的，胡說八道！」

「蛤？」

「……」

「眞的嗎？亂寫？」杜仙樓說。

「這種東西一大堆，亂七八糟，完全沒有根據。要嗎？我寄還給你！」

「這樣啊——」杜仙樓拉長了語尾。

「……」

我和杜仙樓認識是六、七年前一次到日本的「賞櫻之旅」，那次旅行有二十幾個人參加，是拼團的，旅客來自桃園，台中，彰化，之前彼此不相識。在四天三夜的活動中，同行的旅客慢慢地熟悉了。後來開始正式談話是在京都嵐山公園的活動，當天有很多當地人和外來客在長滿粉紅色、白色的櫻花樹下聊天、喝酒、野餐、烤肉；忽然間不知那裡飛來的大群烏鴉，幾百隻吧？在天空忽上忽下急速的飛動，追逐，現場一時間變得很混亂。烏鴉精神奕奕的在人群間穿梭，在地面、枝幹間跳躍，一面搶奪食物，一面發出「哇」、「哇」粗糙的叫聲。被驟然掠去食物的人們，也不時驚惶的發出尖叫聲，驅趕聲。

「這個場面很少見到。」我忍不住說。

「台灣平地和淺山已經看不到烏鴉了。」杜仙樓說。

「是啊，你這樣說，我才想到。」我說。

「眞的看不到了。」我又加了一句。

「日本人不迷信這個。」杜仙樓說。

「整天聽這種鳥在頭上叫，感覺不太舒服，不習慣啦。」我說。

「烏鴉是益鳥，頭腦非常聰明，可惜被沒有觀念的人趕光了，殺光了。」杜仙樓說。

「這樣啊，眞的很糟糕。」我說。

「台灣人保育和環境觀念太差了。」杜仙樓說。「不只這樣——那裡有進步？很多植物動物都滅絕了，最近還有食安問題，病死豬問題，核能發電問題，太嚴重了。」

「歐，這樣啊。」我說。

「大家都要來當烏鴉，雖然聲音不好聽，就是講話不好聽，還是要發出聲音，這樣才對。」杜仙樓說。

「歐，這樣啊。」我看了他一眼。

由遞過來的名片知道這人是學財稅的，曾在公家機關擔任過中高級的官員，離職後和幾個朋友合開會計師事務所，這個事務所專門幫大公司做稅務方面的帳目及諮詢的工作。

雖然不熟識，他卻以為我是個可以談話的人，從日本回來後不時就會打電話過來，或約吃個飯，很用心地說他想說的話，講到激動處，身體便會弓起、緊繃，聲音會變得尖細、高亢。

內容大約都是環保問題，食安問題，以及台灣人權與法治是如何如何的不彰，這裡的人是如何如何的悲哀等等。最後總忘不了說大家要共同奮鬥，也要保重身體之類的。

杜仙樓不時就寄一些書給我，有些書雖然舊但內容還是不錯，有些則是亂寫一通，胡亂拼湊的。這些書大部分是去二手書攤買的，內容包容萬象；不論如何這人是個愛讀書的人。

剛開始杜仙樓還會問那本那本書讀了沒有，有沒有什麼感想，通常我都含糊以對。雖然不太高興，但基於禮貌，基於自己送上門來的，不好說什麼。

之後便不太敢強迫了，可是還持續寄書。

爾偶也會看到報紙上杜仙樓寫的文章，都是刊登在讀者投書版，講的是反核，司法改革，食品安全等等。

忽然有一天杜仙樓打電話過來，口氣聽起來不太好，感覺情緒不是很穩定，因為是選舉年吧？關心選情的人都不免心浮氣躁，情緒起伏，台灣的人也分成兩三派，壁壘分明的，毫不客氣的互相攻擊。

「你知道我小時候在鄉下長大，小學三、四年級每天四點多起床，拔菜，洗菜，然後挑去市場賣。走兩公里多，真的很辛苦。」

「那時候台灣經濟不好，大家都拚命想賺錢。」我說。

「我國小都第一名，只輸給過一個女生一次，後來考上新竹中學。全校三百人，只有三個考上。」

「真是厲害，優秀。」我說。

「那時候我叫杜金條，杜金條很少人不知道。」

「後來改名？」我問。

「上下幾屆都知道我杜金條。」

「你成就那麼高，台大財金的，大家都很敬佩。你兒子又做醫生，在鄉下來說，很不簡單。」我很誠懇的說。

「過去式啦，不過兒子眞的優秀，還去約翰霍普斯金唸了碩士。」

「不簡單，不簡單。」我說。

然後杜仙樓便滔滔不絕分析了目前的政治情勢，認爲現在情勢危急，好人不能當選，台灣就危險了，要求一定要支持某人、某人。

照例的我「伊伊嗚嗚」一陣子，沒說好也沒說不好，便放下了電話。

這幾天又寄來了一大箱的書，內容有關旅遊的，名人報導，禁止娼妓的，懷念學人的，農村改革的，還有小說、詩集，林林總總很是多樣。在這些書中忽然看到一本《打不壞的公務員——不得不服從的翻轉》，讓我眼睛一亮，這本書很厚，很重，多達六百多頁。翻一翻內容，原來是一位電信單位中級公務員所寫的故事，內容是說因爲受到上級長官的壓迫，被逼要去做非法的事情，但是這人堅持不服從，於是和長官展開了公私之間長達五年的抗爭，造進入司法程序後，經過不斷的開庭和爭辯，終於有了好的結果。

這本書收錄了五年多來官司往返的各項資料，按日期前後排列，包括檢舉函、相關人士來往信件、公函、通知書、起訴書、判決書，媒體報導剪報、電視畫面照片等等，每張文件附有說明，最後還有一個大事記，非常詳細。

這樣的內容讓人觸動。

我很用心地翻讀了起來，並且買了一本一百頁的筆記簿，開始做起筆記，如果找到相關的資料，也會剪下來貼在上面。書中作者的遭遇和困惑，在自己的職業生涯中曾經不只一次遇到過。當時內心十分徬徨，也做了很多不適切的反應，造成了很多人際關係和身心上的災難。若是十多年前他剛進職場工作時看到這本書，或是認識這樣的人，狀況可能會不相同吧？

這本書杜金條是讀過的，其中幾頁有用彩色筆畫了線。不過，他畫的重點和我覺得重要的不一樣。

「這本書你一定要好好看，看了你就知道以前的政府多可怕，那些人，厚！」

「歐。」

「要清除不容易，眞的不容易！」

不知爲何，我依照書上的郵政劃撥號碼及地址，買了十二本，分送給了現在工作單位「新淨汙水處理廠」的同事們。之前，從來不曾做過這樣的事，除非必要根本不會買書，何況拿來送人，想了許久也不確定自己究竟爲何會如此衝動。

▲二、關於《打不壞的公務員——不得不服從的翻轉》這本書

每隔一段時間社會就會出現轟動的案件，包括像陳進興、廣德強這樣沒有人性的兇殺事件，林益世、葉盛茂等等高官貪污舞弊，教育部長、國防部長涉及論文抄襲等政治鬥爭案，明星的劈腿緋聞，某院長、部長誰將上台誰將下台的爭議等等。記憶中這個新聞也曾經引起很多回響，電視和報章雜誌上熱議過一段時間。不過這些事都只是在報紙、電視、網路偶爾看到一下，辦公室的同仁會聊一下，事件過去，不久就淡忘了。曾經發生過的醜聞，都不像這本書紀錄得那麼充實、完整。

這本書的編著者，是一位任職〇〇資電總局的中階主管歐陽光輝。

事件緣由大概是這樣：

「〇〇資電總局台中分行交換機購置弊案」是一位熟知相關業務的人員，以「具有正義感的一群〇〇資電員工」名義，向調查站及媒體檢舉，以致於相關內幕陸續曝光。由於當時社會黑金橫行，相似的案件在各公家機關叢出不窮，社會各界議論紛紛，各報記者持續追蹤報導，讓這件事完整的被記錄下來。

歐陽光輝的上級長官廖明博等人，受到省議員關說的壓力，逼著承辦人高價購買不適合的儀器，其中的價差和仲介費，十分可觀。而這樣的做法在當時是所謂的「通例」，上級長官並不以爲意，歐陽光輝卻覺得事態嚴重。這件事由一封檢舉函爆發，媒體報導後，所有關係人都受到調查。調查後起訴，

審判結果，涉案人通通被判輕重不等的刑罰，只有他全身而退。

承辦業務的歐陽光輝，在這期間被賄賂了六十萬，交款方式是由一位女士，將錢放在茶葉罐內，趁他不在時送進了他家。第二天知道這件事後，他便即時退還了，當時退還賄賂的還有兩位負責相關業務的高層。

這便是這本書的主要梗概。

我想起多年前時在○○局事務處任職時遇到的狀況，當時署內要進行「復興樓」館舍拆除重建計畫，然而得標承包商投標的價格，與底價太過接近，且該公司債務纏身，訴訟不斷，明顯有問題。身爲執行業務的組長，屢屢接到長官命令，希望盡快辦理，然而其中明明有違法的情形，卻不得不去簽辦。辦理過程中感到相當徬徨困惑，幾乎夜夜失眠，情緒不穩，很想辭職一走了之。那段時間常常向妻子和親近的朋友叨唸，萬一出事了怎麼辦，長官會替你扛責任嗎？還是會出賣你，撇清所有責任？這樣的例子在政壇上和機關團體裡屢見不鮮。

當遇到這樣的長官，要做這樣的事，該怎麼辦？

那時候我直接、間接的請教過很多人，我在筆記簿上用追憶的方式，記錄了當初的問答。

「怎麼？這是問題嗎？」一位前輩回答。

「就是要逼我簽辦，誰不知道那個營造商是有問題的，到時候工程做到一半跑掉，沒辦法收拾，變成爛尾樓。」我說。

「回扣兩成，一成給牽線的，再扣除成本，還要賺兩成才有利潤，通常是這樣。」一位同事這樣說。

「一億的，算一算，眞正用在建築的只有五千萬。」我說。

「差不多就是這樣，還有很多工程更少，實際只有三、四成眞正用在上面。」一位在工程單位的朋友說。

「莊孟賢啊，得罪這位長官，將來升官、調職就會有問題。你還是照他的意思辦吧，他是講情義的，跟他的人很多都升官了。」一位長官說。

「他由科員，主任，秘書，副局長，然後升到局長。這個官也不是這麼簡單的，一路要有人提拔，局長更是要靠署長提拔，署長和政府高層關係很深，沒有也不可能當署長。」一位前輩說。

『復興樓』拆除重建是局長爭取來的，別的局長和中央關係不夠，根本要不到這個經費，這是他的政績，政績你了解嗎？以前都是這樣辦的，你也不是特例，別人也和你一樣照樣做。」一位退休的同事說。

「你太大驚小怪了，要檢舉他嗎？告得倒他嗎？」一位大學同學說。

「難道沒有正義公理嗎？出了事怎麼辦？」我說。

「照這樣做就是正義公理。」一位長官說。

「是嗎？」我說。

「大驚小怪，像你想這麼多，擔心這擔心那，全台灣大部分工程就不用做了，國家就倒閉了，你以為台灣的經濟是怎樣起來的？」一位具有財經專長的長輩說。

「官做到這麼大，大風大浪都經歷過的，沒把握不會要你這樣做。」一位年輕的同事說。

「當長官的法院一定會去很多次，沒有不被檢舉，不被告的。」一位前輩說。

「要不要找人去拜託，求一下情，你不要接這個案子，轉給別人做，眞可怕。」妻子美貞說。

「爸爸，你最近頭髮掉好多，浴室的排水口都塞住了，要去清啦，好噁心歐。」女兒說。

「幾個可能，第一完全不會有事，牽涉這麼多人，每個人都是大角色，安全單位知道也動不了。敢動，辦案的自己會有事。」一位律師說。

「這樣啊？」我說。

「第二，出事了，有人去替長官扛下來，扛下來有時就沒事。頂多業務過失，記個申誡或者小過。」律師繼續說。

「被判刑呢？」我說。

「官司有得打，有很多案子拖了十幾年也沒事，照樣升官，照樣發財。關係夠的，權力夠的，很快就結案。不願意扛，長官不會放過你。你也差不多了，不是被冷凍，就是等退休。」律師繼續說。

「第三呢？」我說。

「有幾條路：請調，被冷凍，等退休三條路。如果想請調，也要調得走，別的單位不見得要你。被冷凍，可能幾年，也可能到你退休。」律師繼續說。

「要你這樣做，也是在試試你，看你算不算人才。」一位長官說。

「看你懂不懂事，找上你也是覺得你可以培養。我以前就是膽子小，不敢站邊，不敢賭，所以升不了官。」父親說。

「如果真的不行，就辭職吧，我養你，換工作吧。」妻子美貞說。

「不甘願。」我說。

「要自保也可以，拖時間，不蓋章，做什麼都留下紀錄。我勸你——」律師接著說。

「錄音？」我說。

「你怎麼會這樣想？你是個危險的人。」一位前輩說。

「你不要做，很多人要做，有人等這個機會等很久了，不然就趕快請調吧。」一位長官說。

「多想想，說不定是個機會。」一位前輩說。

「長官也是爲你好，看重你。」父親說。

「是這樣嗎？」我說。

「這個年頭升官的誰不是這樣。」一位長官說。

除了問長官、前輩、同事、律師，我跟信基督教的妻子美貞說要去問神明。美貞本來一直爲我禱告，但我沒有感受到什麼改變，她很無奈的順從了我的意願。首先去附近的王爺宮拜拜，求了籤，結果中了上吉的籤，本來滿心歡喜，結果事情的發展並不順遂，煩惱更多了。之後聽說山頂仔的玄天上帝很靈驗，去了兩次很誠心的祈求，結果神明不給籤示，後來到一間山裡的媽祖廟，問到了中下籤。

媽祖要我忍耐，這一兩年煩擾不斷，犯小人，只要存心端正，多行善事，就可慢慢渡過難關。那時候比較年輕，做事不夠謹慎，也沒有做筆記或大事記的習慣，那些籤詩沒有保存下來，實在很可惜。

杜仙樓會是什麼看法呢？可惜那時我還沒認識他。我在筆記簿上寫了一個標題：「杜仙樓的意見」，留了兩頁空白，等待他的發言。

▲三、弊案檢舉函

《打不壞的公務員——不得不服從的翻轉》這本書裡，提到了調查站接到幾封檢舉函，很明確地指出弊案在哪裡。檢舉函內容大意如下：

最近調查局之前偵辦新竹市〇〇分行李姓經理，犯下了冒用人頭貸款的弊案，偵辦人員把案情來龍去脈查得水落石出，讓一批不法之徒關進監獄，這樣的結果令人振奮。看得出來是眞的願意肅貪，不是混水摸魚，雷大雨小。這次經濟日報報導的「〇〇資電局台中分行交換機購置弊案」是確實有的事，民意代表〇〇〇省議員運用權勢，硬要逼迫〇〇資電局以貴出兩三倍的金額，購買交換機，行爲實在惡劣。不但如此，還從董事長以下進行賄賂，資電局裡很多幹部都拿到這些髒錢。那批共犯只知逢迎拍馬，狼狽爲奸，配合上級長官的做法，不配合的就會被排擠、打壓，眞是無法無天。不過，在這些人中還是有不肯同流合汙的，比如說歐陽光輝，就是淸淸白白的人……。

這封檢舉函字跡十分娟秀，看得出來是女性寫的。

最後署名是「具有正義感的一群〇〇資電總局員工」敬上

歐陽光輝把這一份來自調查局的檢舉函，影印出來，放在書的最前面，並且昭告大家，這個檢舉函不是他寫的，看筆跡就可以知道。

不過這張檢舉函很容易讓人覺得是自己擬的稿，然後請一位女性抄寫下來，用這種方式來撇淸關係。說實在這種把戲實在太簡單了，其中還說自己不肯收受賄賂，退回髒錢，感覺就是司馬昭之心。

那時候「復興樓」工程開始不久，我爲了能脫身，就托了父執輩的關係，轉調新開市〇〇處第三科任職，希望能避開糾紛，沒想到這個單位的內鬥更嚴重。請調之前有聽說這個科也很亂，人員經常流動，所以缺很多，但不知道情況那麼嚴重。〇〇處內五十幾個人分爲兩、三派，其中新來的與舊有的同仁之間鬥爭最激烈。當時有點顢頇、頭腦不太淸楚的老處長，被寫了很多檢舉函。那些檢舉函也在同事間流傳，各處室間氣氛詭異，經常劍拔弩張，爭吵聲不斷。開會時甚至發生扭打，砸桌椅的激烈紛爭。剛調任不久的我，對這樣的情況感到很吃驚。比較起來，原來的單位平靜多了，至少那些帶頭的人表面上還鎭得住，很少公開撕破臉，大部分的人不會鬧成這樣。

工作環境的影響吧，我後來也曾暗中投書給「氾迟日報」，指出〇〇處第三科升遷不公的黑箱作業，還附了不少「證據」，不知道爲什麼，沒有獲得回覆。還有一次忍無可忍的時候，也曾借用同事的帳號，向「迫迌大爆點」投訴內鬥的狀況，當時傳訊息的時候可以說是膽戰心驚，雙手不住的發抖，傳完檔案覺得不妥，不到一小時便刪除了。沒想到這篇文章卻起了作用，被冒名的同事在辦公室大發雷霆，說有位叫高敏仁的記者打電話來問第三科的八卦，來龍去脈還講得很詳細，害他不知道怎麼回答，這篇內容根本不是他寫的，嚷著要幕後黑手站出來，不要用那麼卑鄙的手段陷害人。

在追憶這段過程中，筆記改了又改，畢竟有一段時間了，很多人的說法可能不完整，哪句是哪個人講的湊不起來，或者記憶有點偏差，不過大意上應該沒有錯。當時第三科裡說那些話的某人、某人，模樣是那麼清晰，講話的表情也彷彿就在眼前，眞是難忘啊。唯一覺得有些愧疚的是被我冒名發「黑函」的傢伙，他始終不知道做這件事的是誰，而單位裡的人事室和負責資訊管理的人，到底有沒有發現是我做的事，一直是個謎團，迄今都無法查知，沒有人說是我，我也裝作不知道。不過會選擇他做爲冒名的對象不是沒有原因的，這個外號「好康」的人，考績一直是甲等，不管主管怎麼換，他始終是新任主管的心腹，一直以來或明或暗的影響著單位裡的人事調動和升遷。令人不服氣的是，他分內的工作老是出錯，老是推三阻四，要別人幫他完成，遲到、早退，到處串門子找人聊天，這好像才是眞正的工作。事情爆發後「好康」在辦公室聲嘶力竭的怒吼，丟東西，引起的卻是一陣陣的笑聲，還有人鼓掌叫好，也許我做得沒有錯，是件平衡人心的事，總之是件平衡人心的事！

▲四、安全機制

你相信〇〇單位的人員會公平公正的調查嗎？密謀推翻政府的，發表紅的，黑的，黃的，思想的，經濟犯罪的，貪汙瀆職的，走私販毒的，都是該局偵辦的對象。然而其中錯判，誤判，小事大辦，大事小辦，故意錯判，無意誤判，羅織罪名等等，也是有的吧？

我也發生過被〇〇人員找上的事。那時候是忍不住在單位的會議中公開說了一些重話，私底下發牢騷，寫了一些批評的電子信，傳了LINE，對主管表達種種不滿，又和一些號室的人結合在一起，與另一批人成爲仇敵，互相攻擊，造成不小的波瀾。因爲具名檢舉，被受理案件的〇〇單位人員約在公園，另一次在簡餐店。出了這樣的事，辦公室的人不久都知道了。不少人在不同時空，和我有對話，那些對話我把它複製、下載，列印出來，刪去留言者的名字，保留了自己的回答，並做了記號，貼在筆記簿上：

「莊孟賢，這個案子他們會認眞辦嗎？」

▨「不知道，對方關係那麼好，應該是動不了。」我說。

「你知道就好。」

「幹嘛強出頭？破壞機關和諧，你會被抓去關。」

「那些人都是有關係的，你一定會被出賣。」

▨「是啊，現在辦公室好多人，看到我像看到鬼一樣。」我說。

「在社會上的人，有誰是乾淨的？誰沒有做過虧心事？」

「嘿嘿嘿。」

「一般人只是不想惹麻煩，不見得不做壞事。」

▨「安全單位的人也是人，也有利害關係的，他們不代表法律。」我說。

「跟這些人打交道，不會有好結果。」

▨「那就認了嗎？」我說。

「找人去跟長官說，跟他道歉，和解就好。」

「人事主任也希望大事化小。」

「和諧最好，大家好相處。」

「當長官不就是要多撈點錢嗎？沒有這麼辛苦幹什麼？你那什麼觀念，清廉正直？沒多一點好處誰要升官？」

「很多人的官位不是一路買來的嗎？」

「你是沒做到官不爽是嗎？」

「就是這樣。」

「還是看人分到錢，自己沒拿到，很不爽。」

▨「別說得那麼難聽。」我說。

「那傢伙任用的都是什麼人？那麼爛的人也可以當主任？誰服氣？」

「現在○○局，政風處沒有證據，不敢隨便擾民，否則他們也會出事，跟以前完全不一樣。」

「嘿，不要告訴別人，我有一些資料提供給你，你千萬不能說是我提供的。」

「大家對他不滿很久了，只是不敢說。」

「你是正義之士，敢說敢做。我們貪生怕死，眞丟臉，拜託你了。」
「沒有給他一點教訓眞的不行，吃人夠夠，支持你。」
「吃像太難看。」
「什麼人會去當安全人員啊？」
「爲國鋤奸，爲民除害。」
「眞的是這樣嗎？眞偉大。」我說。

▨

「應該是有人這樣覺得，不少人覺得幹這個很光榮，很榮譽。」
「當這個很有權勢，讓人敬畏三分。」
「我認識幾個職業學生或者做密探、爪耙子的，個性都怪怪的，人緣不好，陰陽怪氣的。」
「沒有自信的，喜歡探人隱私的。」
「這樣講好像有點對。」
「做筆錄有用嗎？」
「筆錄很重要，文字一定要看仔細，一個字不對，就會出狀況。對的變錯的，錯的變對的。」
「筆錄就是證據，以前做好筆錄，給你看，只是虛晃一招。」
「現在比較好，還有錄影。」
「筆錄有問題馬上反應。」
「筆錄一定有用，除非你是訓練過的，和測謊一樣，可以很自然的說謊。」

「資料收齊了，筆錄都有了，就移送地檢署了。」

「後面調查單位就不管了，也管不了了。」

▨「到法院會被搓掉嗎？」我說。

「有時候不會，反正大家幕後角力，看誰玩得贏。」

「法官也有上級，也有弱點。」

▨「你相信司法公正嗎？」我說。

「台灣有幾個人信任，從以前到現在？」

「還是有啦。」

「證據確鑿也沒有用，有時候。」

「上次那件事不是要你出庭作證嗎？」

▨「他跟我說，他們準備移送了，但需要人出庭當證人，我想了很久。」我說。

「不是調查很久，資料很齊全？」

「是啊，這麼多人提供。」

「你爲什麼沒有去？」

▨「不是主管一個人的事而已，那件事一去作證，五，六個幹部會倒楣，假若只有主管一個，我一定會去。」我說。

「這樣啊。」

▨「那五，六個裡面有還不錯的，我去作證，這些人全部會被判刑，貪污分到的錢要退回來，工作也沒了，退休金也沒了，在地方也待不下去，我們的子孫世代變成仇人。」我說。

「想那麼多。」

▨「那○○局的不是很嘔，那麼辛苦的調查。」

▨「我不去，案子就辦不下去，其它證人也不肯去。」我說。

「不了了之，也就算了，備案存查。」

▨「不了了之，我不像他們，傷天害理的事也做得出來。」我說。

「喬這件事的應該很高興。」

「大家傷很大。」我說。

「不是聽說那個主管調走了，沒幾年又出事。」

「該出事的，逃了這一關逃不過下一關，改不了。」

「會檢舉的到那裡也是會檢舉。」

▨「你是說我嗎？」我說。

在回溯這些話的時候心情變得很沉重，焦躁，幾度停下筆來，不想再繼續。不過感覺自己的問題就是不夠堅強，韌力不足，不能忍受壓力，這次一定要跨過去，克服弱點，變得更強大，像那些領導者一樣。

▲五、我是唯一清白的人

歐陽光輝說他在這個弊案中是「唯一清白的人」，「唯一清白的人」這句話在我腦海縈繞不止，在口中反反覆覆的碎唸，很想問在社會中打滾多年的杜仙樓，他會相信這樣的話嗎？可能嗎？眞的有這樣的人嗎？之後，在網路上用這個句子搜尋，螢幕上出現了上百筆的資料，胡亂的點進去閱讀，綜合整理以後在筆記本上寫了一些心得：

「唯一清白的人」這樣的故事情節，很有吸引力，令人驚嘆也令人產生很多想像，我想起媒體曾經大幅報導過的幾個案子，在google上查了一些資料，把內容編寫下來：

涉及數起貪瀆案件的前〇〇主委顏經世，日前已被收押半年多。據了解金額可能高達五、六千萬。顏經世曾經是政壇最被看好的明日之星，三十五歲就擔任政府單位的一級主管。他的父親、母親都遭到偵訊約談，被列爲共犯收押禁見，兄長與兩位妹妹的帳戶也疑有大筆不明資金出入，目前檢方正在積極偵辦中。他的妻子林醫師很早就被列入可疑名單中，但沒有發現可疑的金錢流動或異常現象。林醫師日前接受訪問時說：「我一定要堅強啊，全家都倒了，清白的只有我一個人，剩下我來照顧這個家庭，沒有，要怎麼辦？」

全家都被關了，只剩下她一個人撐著。

〇〇縣議長賄選案上午十時〇〇高分院二審宣判，議長朱明治維持無罪宣判，涉嫌交付賄賂的議員李敏豐、涂宇隆、林根燦均判刑三年，其餘收受賄賂的九名議員各處二年六月至三年二月不等徒刑，本案還可上訴。朱明治獲悉判決結果後表示，全案唯一的事實就是自己是清白的，不過朱明治表示不只他本人，其它議會被判有罪的同仁也都是如此，完全沒有涉及違法的情形，司法最後一定會查明眞相，一定能證明大家都是無辜的。朱明治是唯一被證明清白的，他還想護衛其他同仁，幫他們說話。

台北順暢大樓凌晨發生火災，大火起火點在第八樓F室，居住其中的兩戶九個人在損毀嚴重的建築物裡，有被火燒死，煙燻窒息而死，倒塌水泥、磚塊壓死，跳樓摔死，只有石〇德因爲住房G室最接近樓梯，逃生較爲容易，成爲唯一生還者。火起當時得過全國大孝獎的石〇德緊急扶著母親下樓，妻子、孩子則在睡夢中來不及逃出，母親又在三樓嚴重摔傷，送醫後不治，這場大火只有這位孝子僥倖的從火場逃出來。石〇德是上天獨寵的人嗎？

……

歐陽光輝案最後的結果，也和上述情節類似，其中最關鍵的是判決書：

「〇〇資電總局台中分行交換機購置弊案」高院刑事判決書

〇〇年度上訴字第八六〇〇〇號右上訴人等因被告貪污案件，不服台灣台北地方法院部年度訴字第九六五號，中華民國〇〇年度十月十二日第一審判決（起訴案號：……）提起上訴，本院判決如下：

主文

廖明博、邱智遠、黃怡祥、趙建全、沈榮明共同依據法令從事公務之人員，對於主管之事務，直接圖利。廖明博、邱智遠各處有期徒刑十年，褫奪公權五年，黃怡祥、趙建全各處有期徒刑七年，褫奪公權三年，沈榮明處有期徒刑五年，褫奪公權二年。所得財物新台幣七千六百三十萬六千五百元，應連帶追繳發還○○資電總局，如全部或一部份無法追繳時，以其財產抵償之。孫嘉惠共同連續對於依據法令從事公務之人員，行使關於違背職務之行爲，交付賄賂，有期徒刑一年八月，褫奪公權一年。

事實

綜上所述，歐陽光輝之作爲可謂係與廖明博、邱智遠等背道而馳，相互對立，原審以調查證據結果，斟酌全辯論意旨，認定不能證明被告歐陽光輝犯罪，而爲被告無罪之諭知，核無不當。

據上論斷，依刑事訴訟法第三百六十八條……

台灣高等法院刑事第十三庭

審判長法官　王祖望

法官沈正祥

法官葉振強

書記官　李素玉

除了這篇判決書，歐陽光輝編著的書上還有一些令人感慨萬分的片段，這也是我覺得重要的文句，第五四三頁說：

在這個機關，太多劣幣逐良幣的情形，奉公守法的好人難以出頭，阿諛諂媚的小人公然結黨營私，酒色財氣，上下其手，形成共犯結構，橫行不法。雖然操守品德良好，又專業的人才比比皆是，但是不肯同流合汙，就注定被打壓、被排擠。

同書第五六一頁說：

當年資電總局台中分行，對一位拒絕賄賂，廉潔奉公，不為六十萬元金錢所動的員工，並沒有任何記功嘉獎，或者公開表揚，真的令人失望。……寫到這裡，感慨萬千，我曾經被列為弊案的主要人物之一，經過五年的煎熬，一度灰心喪志，覺得前途無望，不過在惡劣的環境裡，仍然奮力從公，在崗位上苦幹實幹，雖受不公平歧視，人人把我看成洪水猛獸。我還是秉持讀書人的理念，希望有朝一日能遇到有理想，有擔當的好長官，如果得到他的賞識，我一定會積極任事犧牲奉獻，做出好績效來，報答國家社會。

《打不壞的公務員——不得不服從的翻轉》記載確實詳盡，哪個人會有耐心去收集這些資料，整理編排，撰寫心得，最後還自掏腰包花錢出版這樣的書呢?書中對涉案人士直接指名道姓，毫不避諱，不怕得罪相關的人，這個人的意志真的很堅強，夠勇敢。而歐陽光輝自認受到冤屈而寫的心情感言，呼喚起我曾經單純的想像和對正義的嚮往。他還說如果將來有機會受到賞識，希望未來能夠「做出好績效來，報答國家社會。」這樣的話怎麼不令人感動。這種心境不是很多想出人頭地，想貢獻社會，有志者的共同心聲嗎？

花了幾天寫下上述將近二十頁的內容，心情似乎比較平復些了。書寫，確實可以給人帶來療癒的、安慰的效果。

「新淨汙水處理廠」的同仁看了我送的書，陸陸續續有了一些回應：

「莊組長，幾乎所有人都有罪，只有他沒有罪，為什麼？」營運科的老蔣在辦公室走道上看到我，攔住了我說。

「我也覺得怪。」我說。

「你相信嗎？他是唯一正義的，有這樣的事？」老蔣接著說。

「他這樣寫，而且把所有過程，包括公文，調查局筆錄，法院判決書，檢舉函，媒體專訪，報導都收在書裏面。他應該是真的受到冤屈了。」我說。

「還有法院詢答，書前面還有幾位大人物，大學者的序，看來是真的了。」老蔣說。

「你們在說那本書啊？」養護科的辛科長也走了過來。

「對、對，打不壞的公務員那本。」我說。

「書看起來賣得還不錯。」辛科長說。

「那時候風氣真的很不好，解嚴不到十年，黑金橫行，正派的人，乾淨的人活不下去，台灣就是在那個時候開始爛掉的。」老蔣說。

「肉腐生蟲，不是一天的啦。」辛科長說。

「很有同感，所以他說回響很大，真的是。黨政軍警都垮掉了，就那個時代。」老蔣說。

「那個時代比較年輕的人不知道。」我說。

「朝廷善類一空，上頭帶頭貪，有任用權的主管也貪，不貪的怎麼能做得下去。」老蔣說。

「這樣講有點嚴重了，是這樣嗎？那個時代？」辛科長說。？

「至少書上是這樣寫的，敢寫、敢出版，不怕被告，就證明他是對的。」我說。

「書裡面真的列出好多人的名字，調查局的，法官的，當事人的，至少有五、六十位。而且是真實姓名，鉅細靡遺，他真的豁出去了。」辛科長說。

「我要是當事人之一，真的——」我說。

「有時候是誰敢寫出來誰就贏。」老蔣說。

「這樣嗎？」辛科長說。

「我的經驗，寫出來的贏，就是這樣。」老蔣說。

「很多人說要小心有筆的，書裡寫你是壞人你就變成壞人。」辛科長說。

「亂寫就告他啊。」我說。

「只好這樣，很多寫書的傢伙根本自己就是壞蛋。」老蔣說。

「就是，根本就是。文化流氓，用爆料來勒索的很多。」辛科長說。

「以前的時代眞的是寫出來的贏，現在不一定。每個人都可以在網路上寫，有機會扳回來。」我說。

「對，我覺得是。因爲我查了資料，看到歐陽光輝後來升官，還當上董事長，結果出事了。」辛科長說。

「跟他長官做事的方式一樣，可能更惡質，不過是網路資料，太多筆了，很亂，不知道眞假。現在的人都是先上網路查資料，才去找書。」辛科長說。

「眞的嗎？」老蔣說。

「法院的判決書都可以看到，眞的，很清楚。」我說。

「這樣啊——我眞的老了，不會用網路。」老蔣搖搖頭。

「買一台智慧手機吧，上網看看資料。」辛科長說。

「眼睛看不清楚，很吃力。」老蔣說。

「這個時代，做了什麼事，誰都逃不掉的。」辛科長語氣沉重。

杜仙樓又寄了幾本書來，有兩本是中國大陸出版的人物傳記和歷史文物，由於印刷的品質不好，圖片模糊失眞，內容雖然不錯，但實在不想讀下去。書寄來幾天後他就打電話來，問問讀後心得。在閒聊的過程中，不知爲什麼，沒有主動提起歐陽光輝的事，我也不想問他的意見，預留的空白頁，就讓它空白著了。

▲六、什麼人有機會擔任領導者

我也想有機會可以高升，以我個人來說：公務人員特考及格，經歷完整，考績不差，年資已夠，未來應該有機會擔任局處首長，至少也可能是主任秘書。這個組長的位置已經五、六年了，如果有機會，有人提拔當然願意高升。太高的職位沒想過，那太不實際了。

妻子曾經鼓勵我力爭上游，爭取表現機會，追隨相投和有默契的長官，後來發現我患得患失，身心狀況不佳，要靠藥物才能睡覺，腸胃出狀況，不是胃痛就是拉肚子，無法負荷紛紛而來的狀況。她後來只希望我安穩過日子就好，不要冒風險去做那些事。

不過，董事長或者總經理？或者院長，部長，縣長等等，就是優秀的人嗎？等於好人嗎？一定是值得人們敬仰，效法，學習的嗎？

什麼人有機會擔任董事長，我能不能擔任？什麼人適合當領導者，怎樣的董事長眞的是名符其實，能力強，操守好，讓人敬佩，讓人想要追隨的呢？

我可以不可以？爲什麼有些人可以，有些人不行。有人說：一命、二運、三風水、四積陰德、五讀書。是這樣嗎？

我的書架上也不少經營管理的書籍，像《成功領導者的策略》、《管理聖經》、《如何贏在團隊》、《超級老闆必勝術》等等。一般來說在任職的公司或機關團體，曾經創造很高的績效，表現傑出，獲利可觀，再加上人脈豐沛，經驗豐富，才能擔當這個職位看起來眞的不容易。

那麼什麼人適合當領導者？

很多教人們如何領導統御的書籍都這樣告訴讀者，很多研討會，訓練班，教育機構請來的講師，用投影片，PPT，也列出了以上類似的原則和方法。實際的情形是這樣嗎？還有，書上說要：大公無私、以誠待人、善待賢能、以禮相待、以身作則、了解員工需求……

我懷疑書上寫的這些眞的嗎？有幾個主管這樣做？此外還有更簡化的三個原則：

一、決策者要有前瞻性眼光，視野廣闊，目標遠大。

二、中階主管要有實踐力，能將公司之願景、目標確實推動，達到目標。

三、基層主管要鉅細靡遺，主動積極，任勞任怨。

遵照這樣的原則就能成爲領袖人物嗎？公司行號就能經營得很好嗎？那麼爲何那麼多領導人爆出弊案？那些人是怎麼成爲領導者的，眞的是靠努力認眞的工作，公平正義的考績，無瑕疵的高尚品德而受到重用嗎？

政府機關、私人機構常常見到弊案至少有這些：收取回扣，包庇走私，圖利他人，超額貸款，偷工減料，濫用職權，拉幫結派，任用私人，買官、賣官，官官相護，性醜聞，盜賣公產，洗錢，內線交易，掏空資產……是常態嗎？還是沒有那麼嚴重，只是因爲他們是領導人，一言一行都被盯視，被誇大，被汙衊才「被看見」的。機關裡的人事以及利益鬥爭，更容易讓站在高位的人被攻擊。媒體爆的都只是特例，絕大部分的領導者不是這樣，還是很多弊端只是沒有被揭發，只是被抹平而已。不過認真回想起來，我經歷過的五、六個單位，確實有碰到幾位還不錯，很人性化的主管，很會照顧部屬。但都不是上層單位的領導者，也許是一直在基層工作吧，沒有接觸過眞正的高層人士，沒辦法判斷。

那麼我可以嗎？有這個本事嗎？做得出來那些好的、壞的事嗎？

「新淨汙水處理廠」的廠長是十一職等，組長是八職等，升到廠長還有一段長路，營運科長老蔣六十歲了，身體不好快退休了，有機會嗎？科長是九職等，想要這個位置的至少有兩三位，四十多歲的我最資深，經歷豐富，績效不差，有位親戚是中央單位的高官，或者可以出力關說，有可能嗎？失去這個機會，要當一級主管的機會就不大了。

事實上我目前擔任組長的職位，也不是僥倖得來的，許多資歷相當的同事、朋友還在六、七職等徘徊。我得過兩次模範公務員的獎勵，在人事室發給我的資料上面寫著，第一次是符合第四條：「主動積極，戮力從公，行爲及工作上有特殊優良表現，且服務態度優良。」第二次則符合第一條：

「廉潔自持，不受利誘，有具體事實，足資表揚。」

兩次都是我自己主動呈報，積極級爭取，拿出費心紀錄的工作績效，才獲得認可的。而我一路走來經歷過五、六個機關團體，也曾被人檢舉「濫用職權」、「圖利他人」、「性騷擾」、「洩漏機密」等等罪狀，有的成案被懲處，有的沒事，有的還在審理。

正面的判決和說法我都認爲理所當然，負面的則從頭到尾堅決否認。或者只承認犯一點的小錯誤，或者只是認爲是疏忽而已。在對方沒找到證據前，什麼罪都沒有承認，法律之前不存在良知的問題，不需要甚麼道德，這是職場多年至少學到的常識。如果感到不安，害怕因果報應，就到媽祖廟去向神明懺悔，匿名捐錢給發生地震、火災、水災的受災戶，贊助各種消災解厄法會，彌補不得已的過錯。

我想自己有朝一日當上主管，會是怎樣的人？

其實開始圍繞著歐陽光輝這本書做筆記以後，生活變得愈來愈不快樂，耽溺在那種怨憤的情緒中，這種情況讓我變得陰沉憂鬱，工作變得有氣無力，在職場上沒有什麼好的事情發生，反而經常疑神疑鬼覺得單位中有人要害我，主管們對我很有意見。有一次衝動之下，幾乎想把這本筆記燒了，不想再跟它糾纏，不確定這樣幾近癱瘓的情況還會持續多久。

▲七、白色的烏鴉

這本書因爲我的推薦和贈送，在廠裡和親朋好友之間流傳，有不少人來跟我聊天或在 LINE 上討論：

「歐陽光輝這個人眞是了不起，竟然不願同流合污，敢對抗長官和那些集團，這樣的人不多了。」

「要是沒有這樣詳詳細細的寫出來，印成書給大家看，眞的沒有幾個人知道事實經過是怎樣。」

「原來這麼複雜，官場太可怕了，眞是骯髒，這個人受委屈了。」

「這種事不是每天都在發生嗎？每個單位都差不多嗎？大驚小怪！」

▨

「說得也對，我還是有很多地方想不通。」我說。

「原來莊孟賢還是個老文青。」

「武官不怕死，文官不愛錢，國家才有救，這是誰說的？」

「清流！」

「『敬聖唸佛會』、『光明救世會』用這本書裡面的故事當教材，全省加起來信徒超過五十萬咧，差不多每個人都讀到。」

「大學的法律系，還有很多單位的政風處，也用歐陽光輝的資料當案例，很受重視。」

「在書上他說：『我一生正正派派，生性耿介，不畏懼邪惡勢力的糾纏，也不怕共犯結構的惡意中傷，不屈不撓的勇往向前，終究會證明我的清白』，這些話很令人敬佩。」

「眞的不簡單，抗壓力要很夠，氣要很長。」

「像歐陽光輝這種人，以前的時代隨便給你安個罪名，弄個小辮子，不是滾蛋就是坐牢。」

「電視還來訪問他，很多報紙都登了這個新聞，說歐陽光輝是出汙泥而不染的正義之士，是一個清流出頭天的眞人眞事。」

「莊孟賢啊，你看！社會還是有正義的，思想不要那麼灰色。」

「等一下，這本書裡面有位記者名字很熟，後來好像出來競選，當過議員——」

「很噁心，這個記者打著報導社會光明面的旗子，到處揭發弊案，說是要讓台灣的人看到人性光明面的故事，後來因爲新聞造假出了事。」

▨「報導清流的人，好像自己也是清流。」我說。

「那時他好像是僞裝成清潔工人，混進一個做香腸臘肉出名的食品加工廠，拍到新源養豬場用病死豬製作香腸的畫面，轟動一時。」

▨「我注意到了，確實很轟動。」我說。

「聽說工廠要給她一百萬，叫她不要報，還是報了。」

「結果被人發現，那些香腸沒問題，病死豬也不是那家新源養豬場的豬，記者是把別家豬場的病死豬移花接木過來的。」

「錢拿了就好，搞什麼。」

「記者被告上法院，賠了幾百萬，連記者的職位也丟了。」

「『敬聖唸佛會』的那個聖道法師，後來不也是出事，被信徒密告有私生子，挪用愛心捐款什麼的。」

「形象很好咧，信徒都不相信，法會一次還是好幾萬人參加。」

「法師是有道的人，很慈悲。」

▨「被揭發更令人受不了，好不容易看到一點光明，看到一點正義。」我說。

「不知道要相信什麼的感覺。」

▨「不知道要相信什麼了。」我說。

「歐陽光輝這樣和他們幹，不怕被打、被暗殺嗎？對方其中有幾位是地方議員，又是搞建築的，應該有一些黑勢力。」

「書上沒有寫，有嗎？還是不敢寫。」

「看起來只有金的問題，沒有黑的事。」

▨「書上說：操守不佳定性不夠的，早晚要被大染缸污染，慢慢地就隨波逐流。操守廉潔的人若不夠堅持，很容易就被打敗。這幾句眞是一針見血。」我說。

「莊孟賢，歐陽光輝這本書是幾歲時寫出來的？」

▨「四十多，五十歲左右。」我說。

「那人生還長得很，後來呢？」

「記者訪問的時候也說：清流先生的故事，不就是黑暗過後的光明嗎？而清流的未來呢？」

「歐陽光輝說：老一批的終於輪替了，未來相信會出現好的長官，有好的長官才會有好的未來，才有正義光明。」

「你的意思清流主政，國家社會才有希望。」

「當然，當然。」

▨「這麼簡單？」我說。

「莊孟賢啊，只要清掉那些舊勢力，眞的就不一樣。」有人寫了和杜仙樓一樣的說法。

「就沒問題了？」

▨「那麼簡單？」我說。

「黑豬，白豬都還是豬。」

「拭目以待。」

「拭目以待。」我說。

八、後來怎樣了

我想，會將自己經歷過的事件或生平寫出來，再經由印刷、出版出來，放在書店裡出售，讓人們閱讀或者評論，都是有強烈想讓世人知道的渴望吧。歐陽光輝的年紀，也差不多到了可以寫回憶錄的階段了，他後來幾年發生的事件竟然比《打不壞的公務員——不得不服從的翻轉》所記載的更加曲折、精彩。

歐陽光輝後來怎麼樣了？我經過辛科長的提醒，透過網路，臉書和朋友之間的打聽，大概知道了一些輪廓。

大概是重複了昔日頂頭上司廖明博總經理曾經做過的事，走過的路吧！

根據網路及新聞報導，由於發生這樣的事，讓他聲名大噪，事件平息後，他先被調到偏僻的營運處當副首長，算是升了小官，幾年後歐陽光輝花了幾百萬「活動費」，爭取到一家子公司董事長的位子。

聲稱爲了拯救這個公司免於官司和倒閉，也爲了制衡另一位經常干擾營運的董事，他花了很多功夫，募集了很多資金，成爲上市的公司。募股的對象除了社會大衆，股市大戶，最引人注目的是還包括皇親國戚。由於背景雄厚，利多消息不斷，耳語不斷，股票上市後，價格暴漲數倍，事先的投資者立刻脫手轉賣，獲利十分可觀。

一樣的，其間的來往周旋，利益的交換，最終取得的暴利，不但耐人尋味，更引人側目。也因爲如此，另外一批「一群正義之士」，向媒體及調查局、監察院等單位檢舉。由於案子涉及皇親國戚，涉及諸多不法，是非常好的題材，電視、報章雜誌大肆報導，喧騰了一陣子。官司纏訟多年，涉案人都被判輕重不等的刑期，罰金高達數億並繳回不法所得。

不知道歐陽光輝董事長要求爲他執行這些事的幹部，是否樂於配合還是其中也有不肯同流合汙的白色烏鴉。

詳情並不清楚，因爲這個案件纏訟了七、八年，由地方法院打到高等法院，高等法院一再更審，已到了更六審，還可上訴。法院審判的刑罰一次比一次輕，目前還沒最後定讞，不過這件事的主導者歐陽光輝及相關人士，始終被判有罪。所謂「更審」，根據資料記載，高等法院更審最長的紀錄是十八審，歷時十五年。有一個特例是歷經九審，時間長達四十多年的，歷經九審的那件案子，最後當事人都死光了，判決始終沒有結果，事件無疾而終。歐陽光輝不知道是否會再出版這次內線交易案全部的過程，讓大家看到整個事件的逐年發展。

我在筆記上這樣寫到：也許有一天法院判了他無罪，就會將全案鉅細靡遺的印出來吧。他那本書中必定充滿了幾個關鍵詞：

清白，正義公理，賄賂，政治打壓，司法迫害，檢舉函，判決書關心事件後續發展的人們，也將持續的「拭目以待」。

杜仙樓身體應該還不錯，雖然我已經不太確定他的模樣，畢竟沒見過幾次面，也經過兩三年了。印象中老是覺得他長得矮小乾瘦，圓額禿頭，眼神偏執，有點像知名的作家○○。然而他本人卻不是這個樣子；個子不高，頭卻是長方形的，平頭短髮，臉孔有點書卷氣。

應該還會不定時寄一些書給我，用著激切、沙啞，有點結巴的語氣，打電話來，說一些他想說的事情。那些由二手書店買回來的書，大部分不太高明，翻過幾次就可以轉送或丟棄。不過有時候會發現令人內心震動的書籍，就像這本《打不壞的公務員——不得不服從的翻轉》，書的內容激起了曾有的困惑以及屈辱的經驗，如果年輕時看到這本書，應該會得到許多安慰和智慧，讓我有更好的自處之道。書中的一些話，也像當時內心曾經自我描述，自我安慰的話語。

「清除掉那老一批的就好了！換掉就好了！」杜仙樓曾經用斬鐵截釘的語氣說。

這本書讓我閱讀再三，感嘆的情緒縈繞再三，不過在搜尋作者最近的資料時，很快就變調了。一面點讀網路上查到的資料，一面感覺身體出現了莫名的疲憊感，那種沉重無力的狀態，讓我坐在椅子上好久，幾乎站不起來。

我覺得自己還是屬於那種容易大驚小怪的，容易受影響的愚人吧。至於後來在工作單位遇到的狀況還是很多，只是不如歐陽光輝的如此戲劇性，如此的高潮起伏。曾經發生過的只是一般上班族都會碰到的問題，例如：在機關內拉幫結派，為某些職位穿梭串連，力求表現；因為討厭某人而耳語，造謠，傳播黑函；爲某些目的進行利益交換，送禮飲宴；爲了鬥倒某人寫檢舉信到〇〇部，監察院，調查局，發信到媒體；開會時要求錄影，錄音或偷錄別人的電話，到法院控告……確實如前面某人說的這樣，每個公家、私人單位都差不多，做法類似，就是百玩不厭。

我終於決定結束了這本筆記簿的編寫，這段兩、三個月的心路歷程，彷彿走在泥濘的沼澤之地，既費力內心也煎熬。翻開筆記，我在最後一頁快速潦草的寫上日期，闔上簿子後，把它和《打不壞的公務員——不得不服從的翻轉》這本書，一起插在書架下層的一個角落裡，大概會有很長的時間不想再看到它了。

杜仙樓下次打電話來的時候，我應該會和他討論這本書的作者的經歷吧，他一定知道很多關於歐陽光輝的故事，也會著急的結結巴巴的，做一些不太能說服人的引申和解釋吧。

第伍章

暗夜迷舟

連絡電話撥通後，胡春興教授出現在電腦螢幕上。他的臉色黑黝黝的，銀灰色的頭髮梳得整整齊齊，額頭、臉頰有幾塊褐色斑點，白多黑少的眼珠發亮，看起來精明銳利。

「老師早，好久不見了，昨天才從韓國回來的嗎？」

「早，早，楊美航，聽不太清楚。」胡春興側著頭說。

「好，我再調整一下。」

楊美航把螢幕角度調整一下，聲量加大。然後把錄音筆、手機，放在左手邊，按了幾下，打開來。手機的音樂聲輕輕響起，是街頭歌手「浮舟」的歌「黑暗大道」。

「可以了嗎？」

錄音筆標示收音的細小黑色方格，忽地前進忽地後退，運作著。

「好多了，現在十點多了，你吃飽了嗎？還是剛起來。」

「九點多就起來了，做了很多功課了。」

「難得，難得，現在的年輕人都是十二點起床，半夜兩三點才睡。」

「晚上活動的鳥，羽毛顏色都很難看，叫的聲音都很難聽。」

「哈哈哈。」胡春興張大嘴，頭往後仰。

「我們自己知道。」

「敗世代。」

「有人這麼稱我們。」

「好吧，我後天又要去新加坡，很多資料沒有仔細看。同時指導七、八個博、碩士生，太忙了。」

「老師辛苦了。」

「我們相欠債吧！新加坡那個會議很刺激，我當主持人，要想好對策，免得產官學三方辯論起來。」

「只有老師才壓得住。」

「其實沒在怕，就是要給他們出點難題，讓他們知道開放的社會，自由的言論是什麼。」

「老師辛苦了。」

「該衝撞就要衝撞，這是台灣經驗。天下沒有白吃的午餐，你學生運動搞那麼多年，應該知道。」

「上個月已經離社了，交給年輕人了。」

「你幹得很好啊，有策略，敢衝，敢拚，話術也夠強。」

「沒有啦，要向老師學習。」

「眞的離社了嗎？」

「還有幫一些忙，今天晚上就有一個讀書會，我請了一位記者來給大家上課。」

「記者？」

「『迌迌日報』的高敏仁，老師認識的。」

「是是，有良心的記者，很不錯。你能找到他，關係夠，面子大。」

「沒有啦，搞得很累了，都被叫大嬸了。老師，新加坡那邊不會造成問題嗎？以後不邀請你，或者不讓你入境。」楊美航知道有些老師和學生到新加坡、香港被拒絕入境了。

「有可能，不過爲了知識人的理念，被驅逐出境也沒關係。年輕人，你要學習這樣的精神，我這種行爲和前輩比起來差多了。他們是上街頭，拚生命的，我們只是坐在家裡寫論文。」

「是、是，眞了不起。」

「不過有時還是眼睛要睜亮一點，畢竟在人家地盤上。」

「不敢啦，他們不敢在公開場合給學者太難看啦，太不民主了。好歹也是號稱法治國家。」

「日本人厲害，根本不跟我們合作辦這種活動，不談這類議題。」

「怕得罪大國。」

楊美航一早就把頭髮用心梳理過，穿了件比較有女人味淡藍色粉紅碎花的襯衫，甚至考慮過要擦點口紅。希望和平常總是墨綠色T恤，軍大衣的風格做點區隔。其實昨晚和一群朋友喝啤酒喝到三點，今天的體力確實有點不支，不該逞強的。臉孔，手腳都有些浮腫，螢幕上應該是看不出來吧。

「好吧，我們直接進入重點了。」

「ＯＫ，ＯＫ。」

楊美航把論文〈誰的英靈？──由神社到忠烈祠的置換現象探討〉稿本打開，準備聽胡春興怎麼說。照理說他們一直是同一個陣線的，胡春興辦什麼活動，只要時間可以，都會到場支持。論文不會刁難才是，討論和修改應該只是一個過程而已。

「我在飛機上匆匆讀了一下，說實在，讀得不太舒服。不過，題目是寫的不錯。」

「這樣啊──」

楊美航心裡一涼，開始緊張了。不過她提醒自己，不能用街頭衝突的那一套，胡春興看得多了，經驗豐富，也認識很多常在媒體，街頭，議場，校園搞鬥爭的人。

她把手機響著的「黑暗大道」聲音調大了一點，電吉他聲和鼓聲節奏強烈，浮舟唱著：

我們走在　黑暗的大道上黑暗的大道上
你問我明天　會走到什麼樣的地方

瞬間回過神，她身體雖然不太舒服，但必須專心。

「因為你在第一章第三節研究範圍與定義那裡，已經說了研究的主要時間點是在日治時期到二〇一〇年，所以日本人清除清代台灣昭忠祠的部分，沒有必要談。有看到嗎？」

「是，是，在第六頁。」

楊美航低下頭翻到那一頁，論文上面寫著日本人入台後，被殖民政府強制改建或拆毀的昭忠祠。

「你唸一下。」

「是一到五點是嗎？」

「對，唸一下。」

「是日本人拆毀，改建，清代官員蓋的昭忠祠、忠烈祠這段嗎？」

「還有，第十八頁，第二章日本時代台灣的寺廟改正運動裡面有一節——」

「第十八頁。」楊美航複誦了一次，低頭翻找。

「一九三六年起，台灣各地方發起改變傳統廳堂配置——」

「有，有，一九三六年起，台灣各地方發起改變傳統廳堂與祭祖習俗的運動。」

「你再考慮看看，寫出來好嗎？神主牌燒掉？」

「是，是。」

「你有點搞不清狀況。」胡春興的口氣有點重。

「是，是。」

「感覺你好像在說日本人拆除古蹟，毀壞寺廟，不准人民拜祖先，台灣民眾很配合。」

「嗯——」

「他們是有一套理論和做法的，不是亂來的。」

「是的，他們有計劃有步驟地做，是一種明治維新後的現代化精神，這個對當時台灣有很多幫助，脫胎換骨。」

「是、是，沒錯就這樣。」

「嗯——」

「你什麼時候要提口考？」胡春興說。

「二月十五號，再遲就來不及了。」

「還剩六天，論文還有一大堆要修，我太忙了，以爲你會寫得很好，太高估你了。」

「老師實在太忙了。」

「上次我們 meeting 是什麼時候？」

「十一月初。」

「這樣啊，你一定要這學期畢業嗎？」

「老師拜託、拜託，我大學讀了六年，研究所我已經讀了四年半了，眞的要畢業了，後面還要找工作，不想再啃老了。」

浮舟唱著：

歷史的人們　坐在地上仰望天堂
你是否發現　這世界已失去方向

「讀五、六年的很多。」胡春興說。

「我超過三十歲了。」

「你怎麼會突然想畢業，跟兩年前的說法不一樣喔，記得那時候問過你。」

「是啊，我忽然發覺三十多歲了，好像沒有做過一件像樣的事，總是在——哦，胡老師你知道的，敗世代。

「嘿嘿嘿，誰相信尖角社的楊家將會說出這樣的話。」

「……」

「你不會說要結婚，或者已經懷孕了吧？」胡春興側著頭，白多黑少的眼珠眼神嚴厲。

「不會那麼墮落啦，就算是，也不會用這個當藉口。」

「果然是有實踐力的女性。」

「……」

楊美航感到不舒服，經期混亂的情況很久了，最近老是在滲血，身體水腫。好不容易精神好些了，又提到最不喜歡的性別問題。

「你應該——好吧，算了。」

「那裡還有問題？我馬上改。」

「問題多了，第三章神社遺址的破壞與保存，你列了日治時代和國民政府時代公佈的法令。」

「嗯，我看看。」

「第三十一頁到三十二頁。」

「我看看。」

「你這兩頁，一九三六年的〈依照舊慣社寺廟……廢合手續施行細則〉，和一九三八年台灣總督府有關寺廟整理的原則，只要大概提一下就好，不是重點。」

「那我放到注釋去好了，怕字數不夠，系上規定全文要六萬字，我才剛好而已。」

「……」

「我記下了，老師。」

「你應該寫八到十萬字，很少人只寫六萬，何況還包括了參考書目，期刊和網址。」

「寫論文眞不容易，老師你出了十幾本書，眞了不起。我一天要寫兩百字，都覺得很難。」

「寫過的就知道。」

「眞的不容易。」

「第四十五頁到四十六頁，一九七四年發佈的『清除……日本帝國……之殖民統治紀念遺跡要點』，你只有放到注釋，要放到正文，說明引申要多，要逐條分析，和你看到的調查到的神社做比對，這才是重點。」

「忠烈祠竟然蓋在神社上，是敵軍咧，曾經互相殺來殺去的，太不可思議了。」楊美航語氣有點亢奮。

「不知道那些黨政軍是在祭什麼？拜什麼？這就是台灣最錯亂的地方。」

「要不是做這個題目，完全沒有想到會是這樣，原來只是覺得神社這個古蹟被政府破壞，實在太可惜了。」

「在地人不願意做這種事。神社除了日本神祇以外，以前也供奉在地人出征戰死的骨灰，在東南亞，澳洲，中國戰死的士兵都有迎回來的。」胡春興說。

「原來是這樣，難怪，很多只是把日治年代的刻字用水泥抹一抹，沒有眞的打壞。」浮舟的「黑暗大道」結束了，楊美航吞了一下口水，匆忙間按了一下按鍵，重新再撥放一次。

「本來還沒那麼嚴重，一九七四年中日斷交後公布的那個法條殺傷力最大。」胡春興音調有點激動。

「對啊，那時候沒有文資法，一九八二年才制定。」

楊美航一面說一面動手，用紅筆把全文共六點畫上圓圈，準備提到正文上來。

「好了嗎？」

「好了。」

「另外你引用了一位作家丁華健的說法，我讀一下⋯『每個政權都極力的消除前朝的遺物，努力加上代表自己政權的標誌，這和動物的領域行為很類似⋯⋯』。有沒有？」

「對、對，他說『這和動物的領域行為很類似，人們和獸類的不同的地方就是會加上冠冕堂皇的理由』。」

「是、是，有這段。」

「你覺得引他的話恰當嗎？」胡春興說。

「老師的看法呢？」

「丁華健是個不太入流的作家。」胡春興聲音尖銳。

「眞的啊！」

「他的腦袋有點問題，到處得罪人，風評很壞，我看你的腦袋也有問題。」胡春興說。

「可是——」

「這是學術論文，你懂嗎？學術論文！」胡春興口氣愈來愈重。

「老師別生氣，別生氣，我了解了。」

「第三章用了六、七處，你怎麼會想到用他的小說？」

「尖角社讀書會有人推薦，所以——」

「唱高調誰都會，什麼不藍不綠不紅不白，自命清高，誰理他啊？」胡春興說。

「……」

浮舟重複唱著：

你想要　你想要你想要　你想要　你想要拿回希望

你想要什麼理想

「還有，我叫你別引用那個藍杰青的論文，那個根本是御用學者，幫忙美化極權政權的傢伙，學術根本不及格，你還是引用，你是怎樣！」

「只有列參考書目啦，已經刪掉。」楊美航再費力地吞吞口水，情緒有點浮躁，頭腦發熱，很想來根菸，那種又濃又辣的新樂園。

「藍杰青最會寫黑函，你知道嗎?給人家戴紅帽子，綠帽子，品行最差。」胡春興毫不忌憚的批判口氣，正像他上課時常有的調子。

「眞的啊，老師別生氣。」

「還告學生的密，惡劣，他很多論文和書都是抄中國大陸和日本學者的。」

這些說法很常聽到，只是他罵的是另一批人，那些幾乎都是檯面上知名的大咖學者和政治人物，沒想到藍杰青也在內，疏忽了，早知道就不會引用。

「眞的啊?我讀的資料太少，不曉得咧，老師別生氣。」

「還有政大的孫道生、台大的羅勝隆，都是一夥的，這些人長期霸佔資源，排擠別人，壓榨學生。好了，不說了。」

「老師——。」

在課堂上聽他罵知名人物感覺非常過癮，非常痛快，爲年輕人揭穿了很多知名人物的假面。他的直言不諱，嘲弄戲謔的語調，生動的譬喻，經常引起哄堂大笑，也吸引大批學生來選課或旁聽。

「你的論文——」

「我會改，我會改，眞抱歉惹你生氣。」

「你實在——你這樣口考一定不會過!」

「這樣啊?」楊美航感覺腳底有陣寒意襲上來——

「我找來的李含光教授，鄧錫源教授，都是這方面的權威，你該寫的不寫，不該寫的寫一堆。」

「是、是。」

「我懷疑你當初爲什麼找我當指導教授，你沒搞清楚狀況對不對？」胡春興忽然說出了最令人害怕的話。

「我聽過您好幾次演講，修過課，又是全國知名的教授。」

「這個不重要。」

「主要是──」

「什麼？」

「您說的面對歷史，要客觀理性多元呈現，要不受意識形態限制，要不帶情感的綜合判斷，這三個『治史三原則』。做學問一定要有勇氣忠於歷史眞相，寫出別人不敢寫的，勇於推翻，勇於批判，知識份子的道路就是追求眞理的道路，我聽了很感動，那時候做的筆記還在，我拿給你看。」

楊美航不知道怎麼了，一面滔滔不絕地講一面激動得滿臉大汗，慌亂的找出身邊的筆記簿，眼睛濛起了一陣淚水。

「……。」

「這裡，這裡。」楊美航把翻開的筆記簿拿到螢幕前，攤開來給他看。

「你是在──」

胡春興臉色大變，忽然把手邊的論文朝桌上一丟，站起來走開了。

楊美航感到血氣上衝，腦袋昏眩，汗水由額頭泌泌的流下，拿著攤開筆記簿，不知道怎麼辦。

浮舟唱著「黑暗大道」：

你想要拿回希望　你想要什麼理想　掙扎出你的未來
衝撞出你的方向

螢幕出現的是排滿密密麻麻書本的幾座書架，一張古巴革命者切·格瓦拉叼著雪茄的照片，桌上堆滿了書本、保健食品、茶杯和稿件。

楊美航垂下頭，思緒混亂，胡春興對付學生抗議是很有辦法的。社會系和政治系的研究生曾經對他經常缺課，當掉和他爭辯的學生，上課強迫推銷自己著作等等罪名，檢舉幾次無效後，去系上舉牌，拉白布條，甚至絕食，結果沒有用。還有幾位在網路上匿名攻擊的，也被他查出來告到法院，判了毀謗罪。

不過，如果有必要，其實幾個當過胡春興助理的同學，曾經講過他科技部報帳用人頭的問題，浮報差旅費的「技巧」，甚至口頭性騷擾過幾個女生。根據經驗，沒有人是找不出瑕疵和黑暗面的，只要活著。

「好好，快要氣死了，我問你！我是哪裡不符合三個原則，你舉出來！」

胡春興又轉回來了，晦暗的臉孔出現在畫面上，眉毛、嘴巴扭曲，充滿力量的眼珠瞪得很大。

「我，對不起老師，我以為——。」

「你舉出例子。」

「我不夠資格說。」

「你根本還是學生，還在學習，竟敢如此胡言亂語！」

「我不夠資格說。」楊美航要自己堅持住。

「當初是看你英文、日文特別好，又當過尖角社的社長，參加過那麼多社會運動，才收你的，另外蕭永男教授對你很稱讚，你怎麼搞的？」

「是，是一直很感謝，是我自己不成材，辜負老師的期望。」

「……你是臥底的嗎？」

「什麼？」

「有人派你來的？」胡春興壓低聲調，表情詭異地說。

「怎麼可能？老師你冤枉我了。」

感到疲憊，無奈的楊美航，一時間不知道怎麼應對這個場面。忽然，一股莫名惱怒不知由何處升起，這種惱怒，反而讓她精神亢奮起來。

「……」

「老師你想太多了，根本不可能。」

「……」

「這是很大的指控，我覺得。」楊美航激動的說。

「我懷疑，但是暫時相信你。」

「謝謝老師，如果你眞的覺得——那麼——」楊美航覺得自己口氣改變了。

浮舟用高亢的聲音唱著：

暴風雨打在身上　對抗著體制高牆謊言蔓延的拒馬

你失去所有信仰

「我告訴你，論文是教授和學生價值觀的呈現，材料的自主詮釋，代表是我們的思考所得，做出來的就代表我們的想法，你懂嗎？有懷疑就不要做。」

「是，是。」

楊美航準備戰鬥的意志升起來，身體的不舒服，情緒的低落，竟然都消失了。

「你——」

她盯著螢幕中這位資深的大牌教授，看他要說什麼。

因爲這樣看著，胡春興反而偏過了眼光。

一陣子的沉默過後，他開口了：

「不想浪費時間了，你自己修改吧，三天之內修改好，印出來，再裝訂好，送給助教。」

「好。」

「你應該聽懂了吧！」

「好，好，我照老師交代的改。」

「你改好了我看一下，如果可以，我就請助教跟你聯絡，不行你就不要來吵，聽清楚了嗎？」

「清楚了，一定會照老師的意思，那後面——。」

「你自己處理。」

「歐。」

「懂了嗎？」

「懂了，懂了。」

胡春興臉歪向一邊，關掉視訊，螢幕霎時跳回電腦原來的畫面。

那畫面是前幾天改過來的：一隻粉紅色的凱蒂貓，右耳上結著大大的蝴蝶結，四周閃耀著白色星星及鮮紅色愛心。

楊美航張開嘴，大大的嘆了口氣，疲憊感又侵襲過來。她伸手合起論文稿本，隨手扔向一旁。腦袋一片空茫——

浮舟唱著「黑暗大道」的最後一段：

你想要拿回希望　你想要什麼理想　掙扎出你的未來

衝撞出你的方向

心臟陣陣緊縮，牙齦浮腫很不舒服，還很想上廁所。不過，她緩緩地趴到書桌上，想讓自己喘口氣，先好好休息一下。

畢竟太早起來了，很不習慣，身心都感到倦怠。

晚上尖角社還有一個讀書會，主談人是她邀請的，不論如何都要去一趟。

她站起身，走到床鋪旁邊，掃開了床頭櫃上幾包香菸和啤酒空罐，拿起一個銀色藥罐，倒出兩顆「解百憂」。閉起眼睛，仰起頭吞了下去，然後把自己重重的摔到床上。

手機的鬧鐘響了，楊美航慢慢的醒過來，伸起手，按了一下。

坐起身，天色全部暗黑了，已經下午六點半了。手機 LINE 裡有人傳了一首歌給她，是大學同學邱欣潔，還有兩行字：

美航，我在 Illinois State University 狀況還不錯，知道你快生日了，寄這首歌給你。莫忘初衷，莫忘那些單純美好的日子。

畫面出現的披頭四的「Imagine」，音樂隨即響起：

Imagine there's no heaven

我在想像，如果世界上沒有天堂會怎樣？

It's easy if you try
如果你試著想像，其實並不難
No hell below us
沒有天堂，也沒有地獄
Above us only sky
頭頂上只有一片晴天
……

楊美航閉上眼，垂下頭，好一會，好一會，才睜開眼睛。

另一個 messenger 在等待，是尖角社的前社友律師陸俊凱，四點二十傳的。點了開來，上面寫著。

「美航你在嗎?你問令弟被指控偷竊摩托車的事，你寄來的相關資料，我都看過了。」

她點開回覆，開始回信。

「俊凱好，我剛才忙，抱歉現在才回信，你覺得會有事嗎？」

她站起來，走到浴室，洗了洗臉，再走到書桌旁，打開印有「綠婊退散符」的零食盒，掏出一包真魷味，吃了起來。好一會，手機「叮」了一聲，俊凱回覆了。

「美航好，狀況對令弟不利，不過要記住一個原則，有可能要進入司法程序了，絕對不要多說話，不能認錯。」律師說。

「這樣啊——可是。」

「沒有罪的方式，就是不能承認你弟弟有做這件事！」律師說。

「可是——」

「你承認就有罪，他們就好辦事了，連查證都不用，是你自己承認的啊。」律師說。

「那些事，還是查得到，有錄到影。」

「查到再說，查到一項才承認一項，要證據確鑿再說，『不自證己罪』。他們很多是用騙的，用套的，拐你認罪，方法很多，你要小心。」律師說。

「這樣啊——」

「錯了，我剛才說錯了，查到有也要說沒有！」律師語氣堅決地說。

「這樣啊——」

「大姊啊，笨，不承認就是不承認，死也不要認，看他們有什麼辦法，了解嗎？」律師說。

「不是坦白從寬，一直否認，不是罪加一等？」楊美航說。

「你還是小學生嗎？這麼聽老師的話，頭腦那麼簡單，要是他們查不出證據或只有一點證據呢？你承認了，不是倒楣嗎？」律師說。

「有道理！」

「現在誰不是這樣，那些貪汙的，殺人的，偷東西的，詐騙的，有承認什麼嗎？這是涉嫌人的權利。」律師說。

「是啊，上次我被搶了，明明是他，我認識那個人，監視器也拍到，還是不承認。」

「警察拿他沒辦法，證據！證據！有證據還是不承認。」律師說。

「眞的是這樣，對方還威脅我不要再告，他知道我是誰。想到就很害怕，走在路上都膽戰心驚，以前那條路現在不敢走了。」

「很難啦，那些人很多都有背景，民意代表什麼的，現在壞人比較大，做壞人比較好。你的事要他們自己去找證據，通通要證據。他們領老百姓的錢，總要做點事。」律師說。

「嗯——」

「應該會要你們和解。」律師說。

「和解好嗎？」

「談條件吧，我看對方也不是那種難纏的，已經拖三、四個月了，他們的車也拿回來了，沒什麼損失，只是一時氣憤而已，拖久他們應該會受不了，要你弟弟有點耐心。」律師說。

「我弟弟好像心情很壞，一直說要賠錢了事。」

「你覺得你弟弟有罪嗎？」律師說。

「比起那些人——」

「對對對，有錢判生沒錢判死，有辦法的都沒事，那些人你看看，那些人你看看，那些法官，你這點事算什麼！我們以前在學校講的那些話，甚麼正義公理都是些屁！你還在學校比較天眞，我出社會五、六年，才知道什麼是社會現狀。」律師說。

「對嘛！說得也是，我還在適應。」

「不能承認。」律師說。

「打死也不承認。」楊美航說。

「打死也不承認。」律師說。

「感謝你俊凱，欠你一杯咖啡。」楊美航說。

「你是免費的，也只有你。」

她笑了笑，傳了一個紅心的貼圖過去。

陸俊凱律師回覆了一隻比讚的大拇指。

她回到 LINE，點了邱欣潔傳來的披頭四的「Imagine」，把聲音放到最大。然後站起身，放下手機，準備先去洗個澡，心情如果好些了，就給那一直惹麻煩的弟弟打電話，然後再出門。

楊美航匆匆來到都市西區的雲興街十五巷十三弄六號，已經是八點十分了。

這個被列入要拆除的〇〇局宿舍區，幾十棟房舍很破舊，幾乎已經沒有人住，有幾間雜草叢生，屋頂塌陷。雖然貼著告示，拉起黃色禁止入內的塑膠布條，然而有些空屋還是有人在那兒進出，偶爾還會傳出喧嘩聲。狹小彎曲的巷子，路燈都不亮了，暗沉沉的，空氣裡漂浮著霉腐的氣味。

幾隻夜鷺在黑暗中飛掠，發出「唧唧啐啐」尖銳急促的叫聲，蝙蝠四處旋舞，追捕飛翔中的蚊蟲。

尖角社門口掛著的復古馬燈，橙黃色的光芒由晶亮的玻璃透出。馬燈底下貼著一張淡青色的紙條，紙條上寫著：

歡迎名記者高敏仁先生蒞臨

講題：

媒體社會正義實踐舉例

＊手機請關機

她深深的吸了一口指間的新樂園香菸，徐徐的吐出來，煙霧繚繞，然後把菸蒂丟向塞滿各種長短菸蒂的水溝，拉開木門，走了進去。

裡面坐了八、九個人，前排木桌旁坐著的是知名的「迌迌日報」記者高敏仁。

她和大家揮揮手，找了張椅子坐了下來。

新任的陳偉齋社長向她擠擠眼。這些人都是尖角社的戰將，來自大學裡醫學系，歷史系，哲學系，新聞系，有大學生、研究生，是學運界，社運界知名的楊家將。他們參加各種環境保護，反核，支持同性戀，反服貿等等活動；也在各個臉書、ＩＧ、ＡＰＰ群組，創造新議題，找出抗爭熱點，引發大量討論。

前額微禿，鼻樑上掛著高度近視眼鏡，臉頰及下巴佈滿鬍渣，身材胖壯的高敏仁，正看著螢幕上的ＰＰＴ，用雷射光筆的紅色游標，點著畫面，向大家解說。

「你們看這張照片，這個就是本案的主角洪老師——」

照片中出現一位有著娃娃臉俊俏的中年男子，身旁圍了六、七位穿著粉紅色、深藍色緊身體操服裝，年輕稚氣的男女學生。他們的笑容燦爛，還有人做鬼臉，或者伸出雙指比出勝利的手勢。紅色游標在老師的臉上，不停地畫圈。

「接下來看的是，我採訪這件事的大事記，讓各位可以比較了解大概的過程。」

一、五月六日，接到一位朋友的訊息，內容是揭發一名長期對學生性騷擾的體育老師。

「這位朋友寄給我的訊息上面說，她在國小時因爲健康不好，爸媽要她參加體操隊，想鍛鍊身體。沒想到體操老師對隊員們上下其手，肢體接觸，當時不清楚老師對她們做的是什麼事。直到唸到高中以後，才發現原來他做的是那種事。在和許多同學聊起這種情況後，發現很多人都有這樣的經驗。之後再去向學長和學妹打聽，也有不少人有這樣的遭遇。這位朋友提供了錄音帶、影像和信件，還有名單。」

「當時你怎麼處理？」有人舉手發問。

「我們常常接到各式各樣的爆料，大部分只是說說，沒有證據；或者提供的東西很少。就算我相信那是眞的，查證起來也很困難，通常就是擺著，或者就不理會了。不過這個案子說得很詳細，資料不少，有備而來，看起來很可以去做。」

「了解。」

「接下來。」高敏仁說。

> **二、五月十日，向提供訊息者寫Email，通電話，大致確定了內容，也查到該老師已轉任○○國中體育老師。**

「我打電話約了檢舉人，五月十二日和訊息提供者○小姐在○○路的麥當勞見面，已經查到至少有兩名學生和該名老師有超出師生關係的行爲。一名已唸大學，一名還在高職就學。」高敏仁說。

「可以請問嗎？這個人爲什麼要舉發，她也是受害人嗎？」陳社長問。

「不好說，根據我的經驗，原因很複雜，這個女人應該和這位老師關係不單純。年紀二十出頭，看她的衣著和講話的樣子，也是在社會混了一段時間。不過這只是直覺，不能確定。」高敏仁說。

「做什麼工作？還是學生？」陳社長問。

「名片上是保險公司。」高敏仁說。

「歐。」

「保險公司嘛——法條懂很多。」高敏仁說。

三、五月十四日，確定兩名學生的姓名及聯絡方式。

四、五月十六日，根據提供的名單，搜尋到十五位學生，開始展開訪談。

「訪談的過程很有趣，大部分受訪者否認有這樣的事；還有的人是由家長出面，這些家長認爲我這個記者心懷不軌，不相信有這樣的事。很多人讚美該名老師，認爲他犧牲奉獻，假期都不放假，出錢出力，帶學生到處參加比賽，得到非常多獎牌。練體操對孩子健康很好，對造謠的人非常不高興。他們說會去通知老師，要到法院對我們提出控告。不過也有受訪者暗示，老師跟幾位同學很曖昧，關係不太正常；當時就有同學發現，只是不敢講。有幾個和他很熟的學生，畢業後一直跟老師有聯絡。」高敏仁說。

「看法，想法不一樣。」一位頭戴洋基球隊帽子，翹著二郎腿的人說。

「難道他們不知道有這種事嗎？」陳社長問。

「有些家長知道，但是害怕孩子以後交友、婚姻會有問題，寧願不講，只是轉學或者轉班。也怕得罪老師。」高敏仁說。

「姑息養奸，我們的社會就是這樣。」陳社長說。

「還有這樣的家長啊！這什麼時代了。要是我，先找人去打一頓。」戴洋基球隊帽子的說。

「打人就是你錯了，有理變沒理。」陳社長說。

「要打要私下。」高敏仁臉孔的表情似笑非笑的說。

「是厚。」

「接下來。」高敏仁說。

「來這個社員的學了很多，以前眞的很愚蠢，只知道讀書，考試。」一位留中分頭，戴黑框眼鏡的說。

「是厚。」

「覺醒的青年。」戴洋基球隊帽子的說。

衆人笑了起來。

五、五月十八日，和兩名學生連絡上，做了訪談和錄音。

雷射光筆的紅色游標，繼續點著畫面的條框。

「她們願意？」陳社長問。

「有一位說得比較具體，另一位含含糊糊。」高敏仁說。

「比較具體？」陳社長問。

「也沒有真的很清楚，願意說接吻、擁抱就差不多了，再多也不肯說了。」高敏仁說。

「這樣夠嗎？」一位穿軍綠色 Roots T 恤的說。

「另外一個在電話裡說的就比較清楚，去那家賓館也有說。跟我見面的那個也提供了錄音，很鹹濕的對話。」高敏仁說。

「可以讓我們聽聽嗎？」陳社長問。

「哈哈哈。」大家都笑了起來。

「那要另外收費。」高敏仁說。

「哈哈哈。」

「開玩笑的，這有點私密性，還是不要勉強好了。」陳社長說。

「繼續，繼續。」楊美航說。

「謝謝楊前社長，我們繼續。」高敏仁說。

六、五月二十二日去到學校，指名要訪問該名老師。

「該老師非常驚訝，開始拒絕受訪，但我跟他說要求見校長之後，該名老師才勉強接受。談話期間該老師態度很激動，完全否認有這樣的事。等我出示一些訪談錄音和信件後，老師態度才改變，要求改天約時間、地點談。」高敏仁說。

「突然衝去學校，沒有事先聯絡嗎？」穿軍綠色 Roots T 恤的問。

「這樣效果比較好。」高敏仁說。

「有人告訴他，事情要曝光了嗎？」陳社長問。

「應該有人跟他說了，那個爆料的保險公司的女的，我推測和他之前有糾紛。」高敏仁說。

「勒索不成？」陳社長問。

七、五月二十三日與該名教師在他指定的○○咖啡店見面。

「在看過相關資料和訪談錄音之後，這個老師突然崩潰，竟然哭起來，拚命道歉，罵自己禽獸不如。拜託我不要發佈消息，他願意補償學生，也願意給我二十萬。」高敏仁說。

「原來記者這麼好賺。」洋基球隊帽子的說，翹著的二郎腿抖了抖。

「你懂的，反正就是這樣。」高敏仁聳聳肩。

「原來如此，如果是大公司的黑幕，什麼董事長、總經理的資料要是被你掌握了，那好康的就不只百萬了。」陳社長說。

「你們反應眞快。」高敏仁說。

「這種事大家一聽就懂了。」戴洋基球隊帽子的說。

「不過不要自作聰明，弄不好會出大事，我覺得啦。」有人回應。

「每個爬到高位子的人都不是簡單的貨色，想勒索他，要他乾脆付錢，沒那麼簡單，有時候是玩命。」高敏仁說。

「玩命？」戴黑框眼鏡的說。

「要玩得起，這社會是講實力的，很多事沒有曝光，不是沒有人知道，只是沒有人敢說。」高敏仁說。

「這樣啊。」頭戴洋基球隊帽子的人說，一面放下了二郎腿。

「後來你還是堅持住了，沒有答應。」陳社長說。

「這個事本來就還可以商量，我也不想被人利用，想看看這個老師的態度再斟酌。」高敏仁說。

「被人利用？」戴黑框眼鏡的說。

「後來我發現他有在錄音，還錄影，那個咖啡店裡有人在幫他。」高敏仁說。

「蛤？」有人發出驚詫的聲音。

「您是老江湖了。」穿軍綠色 Roots T恤的說。

「上過幾次法院，被流氓打過，車撞過，總是懂一點世事。」高敏仁說。

「……」

「這樣啊。」戴洋基球隊帽子的說。

「我們最近在追一個題目，是調查二二八或者白色恐怖時期殺害受難者的人，當時執行任務的憲兵或者軍人，很多就生活在台灣。」陳社長說。

「這樣啊，我記得二十一軍後來調回大陸，在上海的戰鬥裡幾乎被殲滅，幾乎殺光了。」高敏仁說。

「是啊，還有其他軍憲警、情治單位的，退伍後就住在本地，還有後代子孫。」陳社長說。

「為什麼對這個有興趣？」高敏仁笑笑地問。

「讀了很多文獻和影像資料之後，不知道怎麼了，就是很不甘心。」陳社長說。

「很不甘心的意思就是說，怎麼就這樣被殺了，殺人的就沒事了嗎？他們殺了人不會受到處罰嗎？」高敏仁說。

「因為這些人沒有走，我們想把這些人找出來，看看他們後來怎麼發展的。你知道多好笑，有槍斃人的兇手，就住在被他槍斃人家的附近。」陳社長說。

眾人把眼光看向陳社長。

「簡單說就是，一個幫兇的後來生活。就我手邊的資料，這些人大部分還是當軍公教，一直到退休。這些人享受福利，享受到死。」陳社長繼續說。

「這個題目我一直有點懷疑，這是真的嗎？彼此家人不知道嗎？」穿軍綠色 Roots T恤的問。

「知道啊，槍斃人的覺得自己很光榮，為民除害。被槍斃的很害怕，覺得自己是叛亂家族。」陳社長說。

「我們想建立一個殺人者的圖文資料庫，把那些人的姓名，圖片，經歷，住宅，還有兒女的資料，一筆筆的做出來。」陳社長說。

「有找到一些了是嗎？」高敏仁說。

「六、七個。」陳社長說。

「有幾個基金會和社團願意贊助我們，很多是受難者的子孫。」陳社長說。

「這樣啊。」高敏仁不置可否。

「做他們兒女的資料好嗎？感覺他們有點無辜，畢竟殺人的不是他們。」穿軍綠色 Roots T恤說。

「我也覺得有點怪，當時他們也是奉上級命令去執行的。」另一位附合說。

「他們可以拒絕啊，或者不服從。」陳社長說。

「公民不服從。」有人說。

「那時候的環境，很難吧？」戴黑框眼鏡的說。

「殺人犯的兒女也有罪，想想看被殺人的兒女和家族，在那時候都被連累。財產充公，找不到工作，到處被人歧視，很悲哀的。」陳社長說。

「說的有點道理。」穿軍綠色 Roots T恤的說。

「只是要讓他們也嚐嚐，被別人當壞人的滋味，幾十年耶。」陳社長說。

「好吧，你們去努力吧。」高敏仁說。

「所以這個體操老師的事，你還是寫了。」戴黑框眼鏡的說。

「我還是寫了——」高敏仁攤攤手。

八、五月二十四日，報紙刊出「體操狼師疑似長期性騷擾女學生，多名受害者提出指控」。

雷射光筆的紅色游標，在條框上反覆的移動，畫圈。

「哇！」有人發出驚嘆聲。

「好像有印象。」戴洋基球隊帽子的說。

高敏仁按了一下按鍵，PPT跳到下一張。

九、五月二十五日，傍晚五點，接到LINE訊息，該名教師在水庫旁大樹上吊自殺。

楊美航忽然站了起來，撞了一下椅子，發出「喀拉」一聲，大家轉過頭看了看她，楊美航面無表情，沒說話，又慢慢地坐了下來。

十、五月二十六日，洪老師的妻子聲淚俱下接受電台記者訪問，說要控告記者威脅她先生。

「他太太是醫院護理人員，有兩個小孩，男的國小三年級，女的一年級。」高敏仁說。

「太惡劣了，他教體操多少年？」戴黑框眼鏡的說。

「十多年，小學九年，國中五年，他自己就是體操選手。」高敏仁說。

「這個消息還是要有人提供，才有辦法查得到。」有人說。

高敏仁轉身看了看楊美航，點點頭。

「平常要有一些朋友願意幫忙。」高敏仁說。

「有壓力嗎？」陳社長說。

「你是說報導這個新聞？還是報社？」高敏仁問。

「報社會嗎？你報這個新聞是好事，揪出狼師大家會挺你的。」戴黑框眼鏡的說。

「報社，當然，沒有精彩的的爆點，沒有人要看你寫的東西，就有問題。」高敏仁聳聳肩。

「這是生意嗎？你的意思。」戴洋基球隊帽子的說。

「一部分是生意，誰要看不痛不癢的東西。」高敏仁說。

「不只啦，還有社會正義。」陳社長說。

「這則新聞的效果如何？我是說——」

「我了解你的問題，還不錯，報社有做調查，專門針對某則新聞做統計，做問卷。」高敏仁說。

「這樣啊，感覺新聞性才是第一！」穿軍綠色 Roots T恤的說。

「每禮拜公布數據，發給社內記者，如果採訪的新聞效果不好，自己知道會有什麼後果。這則新聞算是那兩天社會版第二大的新聞，第一大的是○大大學生情殺命案，第三大的是：一例一休，行政院滅火追查不當漲價。還好有維持第二名。」高敏仁說。

「自殺之後呢？」戴黑框眼鏡的說。

「馬上就沒有新聞性了，自殺後第三天，寫的稿子就不登了，也沒人要看了。」高敏仁說。

「這樣啊！」戴黑框眼鏡的說。

「大家很期待我繼續寫他和那些女學生交往的情形，怎麼猥褻她們，和幾位學生上過旅社，寫了那些肉麻的簡訊和信件，這些我都有。」高敏仁說。

「你預期他會否認？」戴黑框眼鏡的問。

「當然，大部分的人都不會承認，應該會拖很久，沒想到，這是個大題材，總編也看過我的資料，估計可以寫一個月的。」高敏仁說。

「自殺就不能寫了嗎？」戴洋基球隊帽子的說。

「笨蛋啊你，人都死了。」有人接話。

「太便宜他了。」有人忿忿地的說。

「這人也太極端了，這種事需要到自殺嗎？」戴洋基球隊帽子的說。

「也是。」戴黑框眼鏡的說。

「這種老師其實很多，眞是敗類。」一位一直沒有說話的女生說。

「這些老師又有寒暑假，薪水又高，又有退休金，還做這種事，眞是敗類。」有人附和。

楊美航覺得眼角那兒癢癢的，伸手抹了一下，竟然是淚水。

恍惚間她聽到腦中響起浮舟唱的一段旋律和歌詞：

你是否發現　這世界已失去方向

「他太太那麼激動幹嘛，先生做那麼多壞事她不知道嗎？」穿軍綠色 Roots T恤的說。

「怎麼可能不知道？」戴洋基球隊帽子的說。

「惡劣！」穿軍綠色 Roots T恤的說。

「高記者，你眞的很敬業，要追查出來應該很不容易吧？」戴黑框眼鏡的說。

「所以我們要特別請他來，媒體界都稱他大俠，是有名的媒體人。」陳社長說。

「這是我的工作。」高敏仁說。

「不容易，一個新聞願意花那麼多功夫去查證，去收集資料。要女孩子講出這樣的事，眞的很不簡單。」陳社長說。

「大部分人還是護著這位老師。」高敏仁說。

「有的可能真的有感情。」戴洋基球隊帽子的說。

「還是要感謝提供者。」高敏仁說。

楊美航低下頭，沒有回應他的眼光。

浮舟的歌持續地在她腦中縈繞：

你想要拿回希望　你想要什麼理想　掙扎出你的未來

「高記者還是替那些受害者出了一口氣，罪有應得。」戴黑框眼鏡的說。

「爆料的很驚嚇，沒想到會出人命。」高敏仁說。

「應該不是他們原先料得到的。」陳社長說。

「沒有人修理你嗎？出了人命。」楊美航忽然出聲，問了一個問題。

「當然有，這麼多年來說要殺我，寄冥紙給我，在報社附近攔我的都有，習慣就好，長官支持就好。」高敏仁聳聳肩。

「這個惡劣的狼師，還有人幫他講話。」穿軍綠色Roots T恤的說。

「竟然就上吊了。」戴洋基球隊帽子的說。

「那你那些資料怎麼處理，就算了嗎？」陳社長說。

「先擺著，過一陣把它整理出來，再找雜誌發表，很多雜誌和網路要登這類的東西，不會白做，海外很多雜誌和網路也會要轉載。」高敏仁說。

「你還有其他爆點嗎？」陳社長說。

「當然，當然，沒有東西要怎麼在這家媒體生存。」高敏仁說。

「都調查得很詳細嗎？」陳社長說。

「說實話有的有，有的沒有。」高敏仁說。

「不需要查證嗎？」有人質疑。

「有時候亂槍打鳥效果更好。」高敏仁說。

「如果寫錯了呢？」戴洋基球隊帽子的說。

「除非必要，否則錯就錯了，讀者只要看最新的，過去的就算了。」高敏仁說。

「據我所知，你得罪一個記者，所有記者都會圍剿你，這個是同行的默契。」陳社長說。

「這些都是在媒體工作的實際經驗。」戴黑框眼鏡的說。

「你們剛才講的殺人者圖文資料庫，是這樣嗎？」高敏仁說。

「還沒正式的名稱，可能要再取個聳動點的名稱，要引人注意嘛，沒有人看，就沒價值了。」陳社長說。

「你們弄得差不多了，寄給我看看，也許可以合作。」高敏仁說。

「太好了，議題操作還是高記者懂得多，我們還是菜鳥。」陳社長說。

「你們這個題目很有趣，繼續做吧。」高敏仁說。

「不愧是尖角社。」有人讚嘆了一句。

「還有其他問題嗎？」。高敏仁說。

「楊社長要爲大家說說話嗎？」陳社長說。

「社長最近在搞她的論文，心情沉重啦。」戴洋基球隊帽子的說。

「不只喔，她上次po了一張她們鄰居家在日本時代貢獻一隻狼狗，去中國河北戰場協助皇軍作戰的照片，被一堆網民攻擊。」陳社長說。

「啊，我有看到，那隻狗好健康，好靈活喔。」戴黑框眼鏡的說。

「參戰的狼狗耶。」有人說。

「被起底，又被罵漢奸，敗類家族，什麼的。」陳社長說。

「網頁照片不是刪了嗎？來不及是嗎？」戴黑框眼鏡的說。

「好了，好了。」楊美航吞了吞口水，然後說：「聽我媽媽說我家鄰居那隻狼青是隻宅狗，去軍營受訓沒幾天，就偷跑回來。根本是隻沒有用的狗，沒本事在戰場吃人，咬人。」楊美航說。

「狼青？」戴洋基球隊帽子的驚訝的說。

「對，那種狗就叫狼青。」陳社長說。

「眞的啊？」有人說。

「怎麼這麼好笑！」戴洋基球隊帽子的說。

「養得起狼狗的都是有錢人。」戴黑框眼鏡的說。

「我已經解釋啦，還po了一張牠逃回來的樣子，我鄰居抱著牠合照的照片，瘦了六公斤，變成皮包骨。可是那些人不相信，還是罵不停。」楊美航說。

「就是這樣，台灣就是這樣。」戴洋基球隊帽子的說。

「我覺得好累歐。」楊美航攤攤手。

「罵人很爽，被罵很累。」戴洋基球隊帽子的說。

「我想先走了，你們繼續討論吧。」楊美航說。

「ＯＫ。」陳社長說。

「社長加油，你要加油。」穿軍綠色 Roots T恤的說。

「我們會支持你，楊家將不是隨便叫的。」陳社長說。

「謝謝大家，我退休了，陳社長會帶大家走更精采的路。一棒接一棒，爲這個島嶼的未來繼續奮鬥。」楊美航說。

「每次聽楊社長講話就熱血沸騰，感覺自己變成好人了。」高敏仁臉孔似笑非笑的說。

「使命感太強了。」陳社長說

「謝謝老戰友高大俠，願意來跟大家分享，給他鼓鼓掌。」楊美航說。

「啪啪啪——」

「我們是抽新樂園，喝米酒的老朋友。」高敏仁揮揮手。

「大家保重。」楊美航說。

「社長保重。」陳社長說

楊美航轉身，推開木門，走出尖角社。

「黑暗大道」強烈的電吉他聲，似乎在黑暗中隱隱約約地響起。

夜鶯在黑暗中飛掠，發出「啣啣啐啐」尖銳急促的叫聲。蝙蝠四處旋舞，追捕飛翔中的蚊蟲。

站在馬燈下，她低下頭把手機拿出來，點開了浮舟的「黑暗大道」，不一會電吉他聲和鼓聲節奏傳了出來，浮舟唱著：

我們走在　黑暗的大道上黑暗的大道上

你問我明天　會走到什麼樣的地方

搖一搖昏沉的頭，她從口袋掏出一包菸和打火機，是最後一根了。用打火機點著，深深吸了一口，徐徐的吐出來，煙霧繚繞。她把手中的新樂園盒子捏扁揉皺，丟到排水溝，然後頭也不回的向前走去。

第陸章

串流青春男

★ streaming 在臉書 po 了貓

其實我總共拍了五、六百張威尼斯社區的貓寶貝。Po 出來，每次都有六、七百人按讚，就來說說這些貓寶貝吧。

本來住在二三一巷六號的人家移民加拿大了，孩子也不住這裡，他養的黑白貓沒人管，四處找吃的。有一位婦人主動來餵貓，把飼料罐和水盆放在門口。很多鄰居不高興，說看起來很髒亂。附近好幾隻貓會來搶吃的，不時打架，咆哮，發情了，還會抓人、咬人。

不去騷擾牠們，嫌棄牠們，貓會這樣嗎？

飼料罐和水盆被丟掉好幾次，那位很善心的婦人，還是來，眞是佛心來的。有人去向主人的親戚投訴，親戚在大門上寫了「不准在此餵貓」，結果沒有用。附近開電器行的葉太太說，有貓很好。因爲二三六號是做小吃的，賣麵、賣快炒，所以很多老鼠。老鼠到處亂竄，多幾隻貓來，老鼠就不見了。

葉太太說，她有時也會拿魚和雞肉餵牠們。

其實那隻黑白貓眞的可愛，每次都會在屋簷上，大門頂上跑來跑去，也生了幾隻小貓。婦人餵牠快兩年，不知道爲什麼忽然不餵了。

黑白貓不怕我，雖然不讓我摸，但是總會在身邊繞來繞去。牠的小貓，虎斑的，白底褐斑的，偶爾也會出現。

知道我在拍牠們，一點也不在意。

牠們知道誰是善意，誰是惡意的。

很多愛貓人看了我Po的，會專程過來，眞是說不出來的感動。看到那麼多同志（！？）來寵牠們，還有比這個更美好的感覺嗎？

那個善心的婦人沒來了，換我了。

不論如何，每天餵一餐這是要堅持的，我給的是半濕食半乾食的「紐崔斯」，這是網路推薦十大健康食品，不會讓貓腎衰竭，或者糖尿病，尿道結石。雖然貴一點，值得的，就是要這樣做。

喜歡我Po的請來按讚，歡迎分享，但每張照片都有版權。

★暗黑王爺說什麼

「太有趣了。」

「那隻虎斑的最可愛。」

「眼神，眼神迷死人了。」

「吃東西的樣子最傻。」

「黑的那隻很喜歡磨蹭人。」

「控制慾很強。」

「別來心理學，貓就是貓。」

「你們知道韓國人、越南人吃貓肉嗎？」

「蛤？」

「天啊。」

「暗黑王爺又來了。」

「以前我有位朋友的爸爸經常抓街上的、市場的貓。」

「什麼時代？」

「民國五、六十年代。」

「眞是王爺。」

「跟韓國人、越南人有關係嗎？」

「抓貓幹嘛？」

「吃肉啊，有的混到香腸裡賣。」

「天啊。」

「太可怕，太噁心了。」

「眞的假的。」

「當然是眞的。」

「我吃過狗肉。」

「刪掉吧。」

「不敢看下去。」

「那個時代窮人多啊，有什麼大驚小怪的。」

「老先生，說點好的事。」

「我的時代就是這樣啊。」

「什麼跟什麼！」

「竟然！」

「我們那個時代就是領袖、國家、民族，服務犧牲，犧牲服務！」

「有毒。」

「哈哈哈！」

「我連自己都撐不起。」

「那時候年輕人眞的是熱血的。」

「喵喵喵。」

「streaming、streaming、streaming，出來主持一下。」

「完全敗掉了。」

「現在什麼都講人權、狗權、貓權，以前不是這樣。」

「你那個時代太糟了。」

「別用那個時代的標準來看現在。」

「你們才是用現在的標準看過去。」

「這個老人太恐怖了。」

「年齡歧視。」

「是你的表現被歧視。」

「我很忠實表達我的看法啊，以前台灣很多人吃狗肉啊，因爲食物少，營養不夠，狗肉很補啊。」

「拒看。」

「刪刪刪。」

「王爺你說過？年紀大的最重要是別討人厭！」

「streaming 總算出來說話了。」

「我這樣說大家不高興嗎？」

「不高興。」

「非常不高興。」

「不只不高興。」

「好吧，我投降。」

「投降？」

「消失吧。」

「魯迅的小說寫吃嬰兒肉的故事，外國人很喜歡。」

「是莫言好不好。」

「好像是。」

「誰讀魯迅啊，什麼時代了。」

「狀況不一樣。」

「那是魔幻寫實。」

「不舒服。」

「我已經刪了。」

「做個受歡迎的長輩比較好。」

「慈祥，可愛。」

「是是是。」

「想分享第六十二號照片好嗎？那張虎視眈眈看著八哥鳥的。」

「野性美。」

「OK的。」

「我感覺這群貓會出名。」

「應該是。」

「喵喵喵。」

「用牠們爲主題，畫一些畫。」

「要配音樂，喵喵喵。」

「我來想想。」

「威尼斯的貓咪王國。」

「耶——」

「這世界總有一處美好的地方。」

「溫柔、美好的夢田。」

「感謝造夢者，人人需要。」

「我得罪大家了，請原諒，別刪我。」

「來得及嗎？」

「喵喵喵。」

★ streaming 用手機和爸媽視訊

「叔公明天要出殯，你要回家來嗎？到底要不要去？」母親說。

「嗯——嗯——其實——」streaming 有點結巴。

「太太，不要勉強他。」父親說。

「叔公對他多好，從小那麼疼。」母親說。

「是啊，以前住在叔公家的時候——」父親說。

「記不記得？」母親說。

「爲什麼要在添福壽園區辦啊？？那個是違法的啊！那是石虎的棲地啊！」streaming 說。

「什麼寶親納骨塔，皇天永生園，通通都滿了，沒有半個位置，縣立的那個只能在暫放區鐵皮屋裡面排隊，放在那裏看起來不舒服。」母親說。

「找不到好風水，八字適合的也找不到，沒辦法。新開的添福壽園區有幾個可以的位置，方位的事不能隨便，跟子孫以後發展好不好有關係。」父親說。

「這個不准，那個抗議，你叫這麼多往生者要放去哪裡？人家說死無葬身之地，現在眞的是這樣！」母親說。

「其實——環評還是沒通過，從頭到尾違法吧！」streaming 說。

「已經通過啦，縣政府通過了。」父親說。

「眞的嗎？可惡，官商勾結！」streaming 說。

「不要說這麼多，要不要去？我要跟叔婆還有兄弟姊妹交代。」母親說。

「我們那個社團已經在那邊抗議兩年多了，就是要保護石虎，已經告到法院，還在等判決。」streaming 說。

「你又沒有常常去。」母親說。

「其實——其實——怎麼這樣講，有啊，我們有排班的。」streaming 又有點結巴。

「排班？有錢領嗎？你一個月賺多少錢？」母親說

「太太，不要爲難他了。」父親說。

「叔公死了都不去送他，我怎樣跟親戚交代啊？」母親說。

「……」

「好了，好了，該講的都講了，不想再講了。」母親說。

「不要勉強他。」父親說。

「都是你，什麼都說要尊重，一點規矩都不懂。要錢給錢，做錯事也不敢講。」母親說。

「好了，好了，你自己決定吧。」父親說。

「不要勉強我。」streaming 說。

「誰敢勉強你，是拜託你。」母親說。

「跟你們完全講不通。」streaming 說。

「太太，好了，好了，你也一直給他錢，還把房子過戶給他。」父親說。

「沒有要看他餓死厚，隨便你，反正早就沒有住那裏了。」母親說。

「縣政府眞的通過了嗎？實在太惡劣了。」streaming 說。

「石虎關你們什麼事？」母親說。

「……」

「石虎關你們什麼事？」母親大聲的說。

「好累啊——不想跟你們說了。」streaming 轉過頭去，放下手機。

★ 咖啡咖啡咖啡

咖啡帝國群組裡的「咖啡瑪斯特」傳來訊息。

「streaming 知道 Teresa 要休息了嗎？」

「不知道，怎麼了？」streaming 嚇了一跳，感覺不對勁。

「病了，肺出了狀況。」

「天啊，嚴重嗎？」

「肺腺癌二期，腫瘤三公分。」

「天啊，完全看不出來。」

「誰也不知道，她自己也嚇到，完全沒有心理準備。」

「完全沒有徵兆嗎？」

「有啦，後來想想，會咳嗽，常常咳嗽。放心，不會傳染，再三確定過了。」

「最近聽到乳癌、腸癌、胃癌，好幾個，是怎樣，台灣這麼毒嗎？」

「可怕！」

「那咖啡瑪斯特怎麼辦？三間分店，二十幾個人。」

「還不知道，可能要休息一陣子。」

「確定了嗎？哪家醫院看的。」

「她沒說，自己去看了三、四家，結果差不多，就是這樣。」

「自己去？Sandy 呢？」

「怕嚇到她。」

「這個人就是 man，愛裝 man。」

「她們倆的事。」

「是遺傳嗎？還是抽菸，傳染？」

「很少抽了，不會傳染，我老爸抽了三十多年也沒有怎樣。」

「Teresa 常常空腹喝咖啡，得癌應該是胃癌才對。」

「烏鴉嘴！」

「咖啡瑪斯特怎麼辦？不能關，不能關，不能關，太多人需要它，太可怕了。」

「沒有咖啡瑪斯特很多人活不下去。」

「科學園區一半人靠她。」

「是啊，每天都有快死掉的人來店裡，喝了一杯才活起來。」

「真的。」

「科學園區方圓十公里有一百家咖啡專賣店，兩百家便利商店賣咖啡，只有『咖啡瑪斯特』和『癮咖啡』是內行人的店，『神品』的還勉強可以。」
「很多人以爲園區的高科技力量是靠燒肝，其實是靠灌咖啡。」
「全台灣的力量是靠咖啡，沒有就胸口悶，走不動，跳不起，腦袋空。」
「上一代是茶世代。」
「現在由咖啡統治。」
「一年喝兩百噸。」
「好了，好了，我們在說什麼！」
「要是聽說 Teresa 生病，『癢咖啡』不高興死了。」
「至少一百家會很高興。」
「我們希望得癌症的人卻活得好好的。」
「希望那個人公司出事倒掉的，卻訂單接不完，業務蒸蒸日上。」
「天天詛咒也沒用。」
「人生不如意事時常八、九、十。」
「就是。」
「Teresa 說有人會說她是報應。」
「每個人都有仇人，都有人詛咒。」
「我勸 Teresa 要爲幸災樂禍的敵人活下去，活給他們看。」

「就是，Teresa 去開刀、化療，要一兩年吧？」

「要活就只能這樣。」

「能去見她嗎？剛才用另一支手機連一下，所有的 LINE、IG、臉書都沒回應。」

「我也見不到她了，隔一陣子吧，Sandy 也不回覆。」

「我想起來了，我的衣索比亞豆子還有兩磅在你們店裏。」

「瑪斯特寶可夢店嗎？」

「瑪斯特海賊王店，千萬別弄錯。」

「知道啦，別擔心，資深顧客的需求一定會先顧好，會員權力絕對不會受損。下個月室內可能先暫停。」

「暫停？你接起來吧，Sandy 不管事，你是小三。」

「無怨無悔的曉珊，胖得像座山的小山，開門、掃地、算帳、公關的吳小三，『無三小路用』的曉珊。」

「我的衣索比亞不能斷啊，否則會殺人或者——」

「自殺，對厚，你有說過。」

「是啊，每個月一次的創意新品比賽，會員的講座呢？研習班呢？要停了？」

「不然呢？」

「開始焦慮了，明天去你店裡，還是晚上去？」

「慢一點，慢一點啦，先跟你講，就是怕你——歇斯底里。」

「天啊，毒癮快發作了。」

「控制點，控制點，到時候有一些文案要請你幫忙，要 po 在網路上。」

「愈想愈恐怖，胸口悶，走不動，跳不起，腦袋空。」

「好了，好了，我要去通知其他人，我們網頁和ＩＧ、臉書的啟事，過幾天會公告。」

「這是真的嗎？感覺你很淡定，是騙我的吧？」

「你先別告訴別人，別手賤，腦亂，如果一大堆人知道了，衝來咖啡店，都來搶，你的兩磅衣索比亞我就不敢保證了。」

「知道了知道了知道了，不公布絕對不公布。」

「Teresa 前天已經去開刀，不知道狀況好不好，要拖很久了，感覺要進一個很長很長的隧道。」

「真的。」

「本來我還想建議你們三個店二十四小時營業。」

「有一年這樣做，員工不好找，不好管理。」

「真的可惜。」

「瑪斯特本店也十二年了。」

「猝死比較好。」

「？？？」

「園區很多工程師猝死。」

「這樣死有比較好嗎？」

「咖啡毒癮者的命運。」

「亂講。」

「喝茶的不會。」

「亂講，都是刺激品。」

「茶是悠閒。」

「咖啡是戰鬥。」

「希望哪天也這樣死，反正沒牽掛，Teresa 也沒牽掛，Sandy 也沒牽掛。」

「算好死。」

「要有修的才不會拖，要死不死拉很長，可怕。」

「真的！」

「我也要去檢查身體，你也要去。」

「不用，我去輸過血，不給我捐血。」

「雜質太多！」

「P！血裡太多咖啡。」

「我的病菌太多，人家也不要。」

「說得也是，好啦，我要去忙了。」
「衣索比亞！」
「好啦，好啦，海賊王店。」

★在臉書 po 幽靈船

「有人看過這艘船嗎？我在靜浦海灘拍到的。」
streaming 把昨天拍的照片 po 上臉書。
很多人上網回應：
「看起來好荒廢，爛爛的，生鏽？」
「無人船，很長，五、六十公尺。」
「好像看過，活生生的鬼船。」
「你有去了嗎？」
「看到消息就去了，跟幾個騎重機的朋友。」
「還騎那台哈雷 XL1200 嗎？」
「早就摔壞了，現在騎二手的 KAWASAKI VERSYS X300。」
「厲害。」
「『萬華鐵屁股隊』，沒事繞台灣一圈。」

「登船了嗎？」

「上不去，有點危險。」

「被搶劫？有病毒？」

「放這麼大的船在海上漂，不是很奇怪嗎？」

「萬一撞上了怎麼辦？」

「聽說是第二次來這裡，這艘船去過幾個港，聽說最遠到過夏威夷，總之港務局的會找船去拖走，免得發生危險。」

「不弄沉嗎？乾脆。」

「可能有糾紛，怕麻煩。」

「就在海裡飄嗎？」

「不管她自己又會漂走。」

「好想上去看看。」

「這艘船跟我夢到過的很像，有船名嗎？」

有一個陌生的名字來留言，美航，streaming 快速點了一下，看了看「有關」這個頁面填寫的資料，有一些社會運動的書籍和聳動的節錄語，一件綠色迷彩軍用大衣，感覺不是簡單的。

「有啊，模糊不清，好像有兩三個，刮過，塗改過，中文、英文、韓文都有。」

「啊！」美航回應。

「怎麼了？」

「應該是潮流的關係吧？」

「她就在海裡飄嗎？」美航回應。

「應該是。」

「眞厲害。」

「你還會去嗎？船還在嗎？」

「不會去了，不能上去。海流很強，風浪也大，有人上去過，說是空的，死魚、鳥糞很多，很臭。」

「最好不要去，說不定有不好的東西。」

「誰拋棄她的找不出來嗎？奇怪？眞的沒資料嗎？」

「爲什麼你會夢到這艘船？」streaming 回應。

「不知道耶，就夢到。」美航回應。

「飄來飄去，就這樣飄來飄去。」

「可惜拍太少，那天風很大，會有霧水打上來，又濕又鹹，怕車會生鏽，很快就走了。」

美航離線了。

「有點可惜。」

「還是在旁邊看看就好。」

「你們車騎到海邊歐。」

「應該沒有人做那種瘋狂的事，那邊眞的很荒僻。」

「是保護區嗎？」

「不知道。」

「反正就去了。」

「船還在嗎？」美航又回來了。

「應該漂走了。」

「下次要通知我。」美航回應。

「如果有，說不定在別的縣市海邊。」

「我也覺得。」

Streaming 去美航的臉書加好友，她即時看了，沒有回應。

★ streaming 給朋友的建議

「老兄，其實不用擔心啦，我的碩班也唸四年了，我準備重考。」streaming 安慰這個認識不久的年輕人。

「眞的嗎？」

「學歷重要嗎？」

「重要。」

「好吧，我尊重你。我沒有高中文憑，大學文憑，研究所文憑，還是活得好好的。」

「眞的啊？同等學歷。」

「眞累，你還是被制約的人，我們不同國。」

「你有開明的老爸支持，我們沒有。」

「在妥協和墮落之前，我還在努力保持清醒。」

「你是大師，偶像，不要這樣啦，指點一下迷津。」

「好吧，上次那個和我們一起唱歌的冠傑有沒有，大學唸到第七年，還是被退，結果——」

「天后街星辰KTV那次嗎？」

「是啊，很性格的那個，綁辮子，耳朵有兩個耳環，唱重金屬搖滾的那個。」

「歌聲很滄桑，難怪，打LOL也出神入化。」

「同一個band的，『逆火燃燒』，聽過嗎？是過去式了。」

「你參加的活動眞多，認識的人眞多，你還參加band？」

「有啊，當過主唱耶，不過後來發現不行，我沒辦法專心做一位歌手，練習太無聊。人生有趣的事太多了，不能擱淺在一處。」

「好吧。」

「我們還是維持好朋友，大家互相支援。」

「在你的臉書和IG有看到這個樂團，很詭異。」

「好玩啦。」

「後來這人怎樣？」

「唸三、四個大學，由北部唸到南部，再唸到東部。」

「結果怎樣？」

「冠傑那時候說要退就退，開始找學校轉學啊。學校多得是，隨便轉學都有學校會收，此處不留爺自有留爺處。」

「結果怎樣？」

「導師打電話來啊，說那個必修的教授原諒他了，決定給他過，叫他回來上課。」

「streaming 眞的嗎？streaming 眞的嗎？」

「擔什麼心，學校沒學生，要學校做什麼？你不回去，教授走路。」

「是歐，可是我上課跟他吵，差一點打起來。」

「是在忙什麼？」

「大賣場打工，還有家教啊，教兩個國小的數學，最近還在博愛街夾娃娃機店擺了一個檯子。」

「當台主？你眞是！」

「沒辦法，場主是兄弟，要助陣。」

「大街小巷都是夾娃娃機，沒搞頭啦！這叫做爆發經濟，撐不了多久。」

「就沒辦法啊。」

「我的友台有給貓點心和零嘴的罐頭，可以去抓抓看。」

「眞的不用。」

「台灣製的罐頭，很好抓，我教你，有撇步，你養了那麼多貓。」

「眞的不用，我來路很多，你還教數學？」

「懷疑啊？我好歹也是資工系的。」

「果然是『英雄聯盟』的最強王者，好吧，你還有幾學分？」

「差通識必修的兩學分。」

「那太簡單了，在家等學校的電話吧。講難聽點，你們交錢註冊，學校有錢賺，多唸兩年，學校多收錢，有什麼不好。」

「說得也是。」

「比你爛的多得是，有人一學期只去兩三次，還是過。」

「說得也是，那我再等等吧。」

「做你的事，這其實是小事啦。」

「這樣厚——」

「其實你也不要太爲難教授啦，給他一點面子，人家也是要吃飯的，大家互相、互相。」

「也對。他有說不會爲難大家，睡覺也不會管，滑手機也不會管，點名的時候人來就好。」

「就是嘛。」

「說眞的，坐在那邊上課感覺浪費時間，聽他一直吹牛。說自己留學英國，那個學校多好多好，得諾貝爾的十幾個。自己讀書多認眞，多辛苦、多厲害。」

「你眞的有要學歐？否則幹嘛花那麼多錢和時間唸大學。」

「也是想聽一點。」

「好了，好了，大家互相、互相啦。」

「說得也是，那我再等等吧。」

「很快就會打給你的，學校會怕你跑掉。」

「好吧，就這樣。」

「就這樣。」streaming 打了個呵欠，離線。

★ 最美的活火山

「你這張紫色雛菊拍得好棒啊，看起來有一兩萬朵，長得好茂盛啊。」

「數大就是美，在中央路路邊花圃拍的，密密麻麻，沒想到有這樣的美景。」streaming 興致昂揚的說。

「公家的也種得出來這樣的，眞是奇蹟。」

「外包廠商厲害。」

「另一張也好特殊，滿地落葉，這是什麼樹的啊？怎麼會想到要放在一起對比。」

「青楓，孔子廟後面的。很久沒人打掃了，滿地枯葉。兩張拍攝時間差沒有十天。對比，一生一死，一個繁盛正在拚命生長；一個枯萎，掉在地上，都死亡了。」

「眞的啊。」

「反正每天拿著相機到處趴趴走，東拍西拍，到處有奇遇。」

「眞的不簡單，現在很多人像你這樣的，到處逛，可是做不出什麼東西。」

「那天是因爲要到旅行社，談去菲律賓看火山的事。騎車經過中央路，剛好遇到紅綠燈，不小心看到旁邊花圃的花長得這麼茂盛。太陽很大，光線很好，就把車停下來拍，沒想到——」

「怎麼了？」

「有輛救護車一直跟我按喇叭，我有看到車啊，警笛聲這麼大，誰沒聽到。我停在路邊耶，他一直要擠過來，其實我沒擋到啊。」

「對嘛，救護車有時候很霸道，一直追人家，嚇死了。」

「其實我的摩托車已經靠邊了，是前面的轎車不肯讓，紅燈啊。」

「後來呢。」

「管它，機會難得，下一次不一定有這樣的心情做這樣的事。這種卽興式的靈感最難得。」

「說得也是，很多精彩的作品都是不經意的。」

「其實，我知道很多救護車並沒有那麼緊急，有人沒事就打電話叫救護車。開車的想說反正出車了，有人付錢，不嚴重也是這樣開。」

「是啊，有時候上面是載狗啊貓的，我聽說。」

「眞的啊，誇張。」

「說一下你要去菲律賓看火山的事。」

「馬榮火山，比富士山還美，形狀、曲線最完整，全世界曲線最完美的火山。上個月我才知道有這樣的地方，我 google 給你看。」

「你怎麼知道這個地方的啊，好厲害。」

「你等一下，我截圖給你。」

「streaming 你都不用上班嗎？眞令人羨慕。」

「其實生命很短暫，趁年輕，想做什麼趕快做。」

「眞的耶，羨慕你，眞有勇氣。」

「沒錢就去打工幾天啊。除了在國內，我去過澳洲，法國，反正邊旅行邊打工。全世界先進國家的年輕人都這麼做，你出去就會知道。」

「先進國家？感覺我應該去辭職的。」

「其實生命是你的，青春是你的，自己要做自己的主人。」

「我就是沒有勇氣，乖乖地上班，乖乖的工作賺錢。」

「應該覺醒啦，別當低薪的奴隸，別慣壞老闆。嘿，這就是馬榮火山，你看——」

「天啊，這麼美，天啊！」

「Rose，說眞的，你去辭職吧，跟我去吧。」
「天啊，這世界眞的有這樣的地方，太難想像了。」
「而且就在菲律賓，離我們這麼近。那邊還有修道院的遺址歐，被火山爆發的岩漿損毀的。」
「活火山耶。」
「要坐越野車歐，那裏還很原始，不人工，不商業，現在不去遺憾終身。」
「我的臉都好熱，流汗了，眞的太迷人了。」
「Rose，明天就去辭職！」
「太想去了。」
「嘿嘿嘿——」
「你在對的時間遇到對的人。」
「是這樣嗎？」
「嘿嘿嘿——」
「你在撩我嗎？」
「你感覺呢？」
「聽說你常常這樣。」
「其實男人女人之間就是這樣。」
「嗯——」

「怎樣呢？」

「也許會跟別人去。」

「擔心男朋友嗎？」

「才不會，他也常常和別的女伴出遊，我們說好給彼此空間和機會的。」

「就是嘛，可以考慮跟我去一次，眞的。」

「……你說話一直會有其實，其實兩個字。」

「眞的啊？我沒發現呢。」

「也許會跟別人去。」

「歐。」streaming 淡淡的說。

……

Rose 和 streaming 兩個人幾乎同時離線了。

★ 為浪浪奮鬥一下

「阿辛姊在山腳的浪浪之家要被拆了你知道嗎？」LINE 使用白爛貓貼圖的寂寞花「叮」的一聲，傳了訊息過來。

「有看到消息了。」streaming 回傳訊息。

「阿辛姊明天中午要開始絕食了，通知很多媒體，新聞稿也發了。」寂寞花說。

「什麼時候拆？」

「二十一號一大早，還有三天。」

「真的啊？真的要絕食嗎？」

「有新店、中和、淡水、桃園的朋友，總共五個要和她一起絕食。那個郭子、桃妹，你認識的啊？」

「認識，一個很兇一個很嗆，兩個可以打一百個，我軍的大將，你這朵寂寞花也是，應該很多人去支援吧？」

「我是不甘寂寞的寂寞花，你不去嗎？咦？」

「絕食，嗯，沒有用。」

「可是有其他辦法嗎？」

「其實自焚也沒有用，什麼時代了，凱達格蘭大道八年自焚六個，沒事，燒了就燒了。」

寫完這句 streaming 有點後悔，十二星座運勢在今日短評上說，天秤座的人今天言多必失，要謹言慎行，還是忍不住了。

「總統府前面歐？沒聽過。」

「就是啊，媒體不報導，誰會知道。」

「你不是認識幾個議員嗎？。」

「有啦，去關心過，延了幾個月，違建，很難辦。」

「政府配套都沒做，那些狗要怎麼安排，也沒說清楚。」

「他們就是這樣，我幫你連一些浪浪的、寵物的平台，再加一些網站，直播的，發動一下，應該會有不少人會去。」

「絕食耶，阿辛姊身體很多病，快五十歲了，大家很擔心。」

「現在這招眞的沒有用，有人絕食結果被抓到偷吃東西，偷喝水，很多後來體力不支，送去醫院打點滴，灌食，沒有用，只是鬧一鬧而已。」

「你很沒同情心。」

「不是啦，其實阿辛姊養太多了，四、五百隻，沒好好管理，環境太髒亂，每隔幾天就死一隻，怕怕。」streaming 說出實話，心裡覺得不錯。

「沒辦法啊，人力不足，每隻要洗澡，打預防針，忙不過來。」

「太難了。」

「一天光飼料就不得了，還好有善心人士贊助。」

「捐錢的善心人士不少，實際幫忙的沒有。」

「我知道你和阿辛姊吵過架，爲了大家，還是要去幫忙。」

「沒有入心啦，只是覺得沒有用，貓、狗也會絕食。」

「要怎麼辦？難道要放火燒掉，才會有媒體注意。」

「現場燒嗎？警察去的話，也有消防車會去，警報聲一響很熱鬧。」

「喂，你每次通知我們有事，我們可是二話不說，在花蓮、台東還是趕過去。」

Streaming 感覺到拿著手機傳訊息的寂寞花，正在抓狂。

「是、是、是。」

「你很糟耶，我要刪掉你的連結。」

「不要這樣啦，我也是有良心的人。」

「到底來不來！再問你一次。」

「來來來，投降。」

「不要不甘不願。」

「會找幾個人去，至少三個好嗎？三個。」

「這還差不多。」

「嗐。」

「嘆什麼氣！你剛才說貓阿狗的會絕食啊？真的假的？」

「當然真的啊，我養過那麼多貓、狗，我家的那隻，看我買了隻新貓就不開心，幾天不理我，每天臭臉，不吃不喝。」

「太好笑了，吃醋。」

「我鄰居養的黃金獵犬，鄰居死掉，牠不肯吃東西，瘦成皮包骨。」

「這麼聰明！太有靈性了，後來怎麼樣了？」

「苦勸啊，慢慢安慰。」

「有效？」

「有啊，眞情感動天。」

「眞好玩。」

「你對貓、狗懂太少，養貓、狗比養小三值得。」

「什麼話！不過我沒養過寵物是眞的。」

「寂寞花，養養看就不寂寞了。」

「那要下很大的決心，我還沒準備好。」

「那你幹嘛那麼關心浪浪的事？」

「兩回事好嗎？」

「還好貓、狗不會自焚。」

「咦？」

「貓、狗不懂生火。」

「好啦、好啦，Streaming 別嘲笑人家。」

「我會去，時間再喬。」

「記者會的時候需要人。」

「放心，我了。」

「謝啦，欠你一次，這次一定要幫忙。」

「我了。」
「明天阿辛姊那裏見，爲浪浪奮鬥一下，加油！加油！加油！」
「不見不散。」streaming 回傳訊息。

★威尼斯社區主委

「主委有在嗎？」streaming 輕聲地說。
看到主委家燈還亮著，便走到他家門口來。
「有啦，這麼晚還沒睡，快兩點了。」
「其實我是看到主委家裡的燈還亮著，所以來找你。不好意思，打擾了。」
「配合警察冬防，去巡邏，剛剛才回來。」主委浮腫的臉孔看起來很疲倦。
「這樣歐，其實——其實我——」
「坐啦、坐啦，什麼事情？」主委笑笑地說。
「好啦，主委辛苦了。」
「來這邊的社區民衆都要服務啊。」
「我住那邊，二一一巷十二號。晚上，常常，有幾個年輕人——」
「我知道，我知道，來來，天氣冷有戴帽子，光頭會冷厚，來來，這裡有監視器，我放給你看。」
主委站起來走到一個櫃子旁邊說。

Streaming 拉拉帽子，笑了笑。

「冬天怕寒流夏天怕太陽，光頭的辛苦人家不知道。主委這裡有監視器歐，太好了。」主委熟練的標出時間，按了幾次按鍵，很快找到畫面。

「你說是這裡，對不對？」

「沒有錯，你看，就是那幾個。」

「抽菸，菸頭亂丟，垃圾亂丟，講話大小聲，摩托車衝來衝去。」

「對對對，主委知道。」

「有幾個住你那裏的來抗議過，鄰長有找他們家長說，我找過警察配合行動一次。」

「眞的啊？」

「還煮的咧，這兩個兄弟從小就很亂。他老爸亂，老媽也亂，沒辦法啦，講很多次。」主委搖搖頭說。

「實在受不了，垃圾亂丟，半夜大小聲。」

「大家也不敢說，有人說了幾句，第二天家就被噴漆，丟大便，車子被刮，摩托車椅墊被割，連我也被嗆一次。」

「監視器有拍到吧？」

「監視器被打壞好幾隻了。」

「這樣啊——」

「長大就不會了，少年都這樣，你少年時也做很多這種事，對不對。」主委說。

「這個，沒有這麼惡劣啦。」

「這樣好了，我陪你去跟他們說，好不好。」

「這個——他們五、六個歐。」

「就是這樣啊？記得也有去跟學校說，沒有用，老師怕他們。」

「難搞。」

「我也想不到招式對付他們，不知道要怎樣。不只你住的這裏，三〇九巷那裏也一隊，那個是拿刀拿槍，比這裡亂。」主委說。

「眞的啊？」

「除了這兩兄弟，其他不知道哪裡來的。」

「有調查過，好幾個休學的，有竊盜前科，還好沒有傷害罪。」

「吸毒？」

「好像沒有。」

「拿他們沒辦法？」

「你看要怎樣才好？」

「嗯，嗯，其實——其實——」

「假裝沒看到，沒聽到就好。」

「嗯，嗯，其實——其實——」

「沒有就找流氓來教訓好了，你有認識的嗎?你不是有參加一些團體，上街頭抗議示威那種。」主委似笑非笑的說。

「沒有啦，那些人和這樣的不一樣。」

「我知道你們是搞政府，搞國旗，搞警察的。」主委臉上的油光更亮了。

「沒有啦，沒有啦，只是網軍而已。」

「網軍?」

「不專業，隨機而已，沒有領補助的。」

「跟你說，大尾的，這些少年會怕。」

「我哪裡有認識的，唐，眞糟糕!」

「沒有，再想想看怎麼辦好了。如果可以，我跟管區的聯絡一下，請巡邏警車過來繞一下。」主委說。

「好，好，嚇嚇他們也好。」

「好啦，我再來打電話。」

「謝謝主委。」

「跟你住一起那個女的最近沒看到。」

「歐，搬走了。」

「來來去去好幾個厚？」

「三個，只有三個來住過。」

「嘿嘿嘿。」

「朋友，朋友啦。」

「哈哈哈，一人出一項，大家沒輸贏。」主委笑著說。

「自然就好。」

「有一個短頭髮的很有禮貌，上次出車禍我幫忙調解，看到我都會叫阿伯、阿伯。」

「歐，他去英國學設計了。」

「去英國歐，這位小姐不錯。」

「他是男的。」

「這樣歐，身分證？咦——」主委疲憊的臉上有點困惑。

「那我先回去了。」

「不要坐了歐，好啦，好啦。」主委吐了一口氣。

「主委——」

「不會啦，我不會說你有來講他們，放心啦。」

「歐，是、是，感激不盡，感激不盡，主委累了，要保重身體。」streaming 脫下帽子跟主委點點頭，很誠懇的說。

★紙箱躲一躲

美航 po 了一個裝洗衣機的紙箱在臉書上，然後打了幾個字：

「這是我最安全的家。」

streaming 笑了笑，按了讚，然後回應：

「其實我小時候也愛躲在紙箱，不知道爲什麼？」

美航按了一顆紅心。

「很多貓也愛鑽紙箱。」

Streaming 想和她多說些話，快速的 po 起文來。

「現在還這樣呀。」美航回應。

「發生了甚麼事？」有人留言。

「不要長大眞好，現在找不到紙箱可以藏起來了。」美航回應。

「其實你是在找紙箱的替代物。」streaming 回應。

「也許是。」美航回應。

「你們在說什麼，看不懂。」有人留言。

「村上春樹。」streaming 回應。

「水準不夠。」美航回應。

「東野圭吾、宮部美幸。」streaming 回應。
「太娛樂。」美航回應。
「好吧，魯迅、杜斯托也夫斯基。」streaming 回應。
「太沉重，古代社會的作家。」有人留言。
「我只是在找一個紙箱。」美航回應。
「台灣的。」streaming 回應。
「台灣沒有重量級作家，金庸還不錯。」美航回應。
沒有人再插入 po 文。
「正在書展，也許應該去找找。」streaming 回應。
「現在還有人買書？」美航回應。
「有些還不錯啦。」streaming 回應。
「我私訊你。」美航回應。
「OK。」streaming 回應。
……
「你喜歡貓。」美航回應。
「其實嚴格的說，是別人的貓或狗，自己不會養，不想養。」streaming 回應。
「你有趣。」美航回應。

「那些貓有叫漢娜、鄂蘭、羅蘭、巴特、法農等等。」streaming 回應。

「你是個搞笑的人。」美航回應。

「深度的。」streaming 回應。

「別搞深刻或者偉大，反胃。」美航回應。

「當然，只搞搞顛覆，我們這時代沒有偉大的人，只有被打得很臭的名人，沒幾個可以乾淨的。」streaming 回應。

「你的臉書有五、六萬個朋友。」美航回應。

「差不多，IG，LINE 也有一大堆，這是我的一切，我存在的理由。」streaming 回應。

「攝影、重機車、慢跑、美食、旅遊、毛小孩，嘖嘖嘖，你的社群還眞多種類。」美航回應。

「讓大家都有機會看到彼此，很美好，不覺得嗎?」streaming 回應。

「也許該跟你見個面。」美航回應。

「來者不拒。」streaming 回應。

「你可能會受傷。」美航回應。

「其實我是討厭貓、狗的，只是現在流行。」streaming 回應。

「哇!」美航回應。

「有趣嗎?」streaming 回應。

「更有趣了。」美航回應。

「資本主義社會的空洞和疏離，人們互相憎恨的結果，需要貓狗療癒。」streaming 回應。
「我們有可能互相嫌棄。」美航回應。
「見過再說，也許，我是很多人的紙箱。」streaming 回應。
「？？？？」美航回應。

★鑲大師的期望

streaming 接到「鑲嵌工藝協會」夢萍的 messenger。
「你有看到『島の夢工作室』的照片嗎？」
「有有有，眞炫，了不起，迷人。」
「最近有一個日本和荷蘭合作的團隊，要來拍鑲大師的專輯。」
「太強了，其實——很想知道他是怎麼創作的，那幅『艷麗的島』很驚人，上次我們車隊有特別去聖雅旅館看，高有十公尺，寬也有五、六公尺吧？」
「你內行，那些各種顏色的石頭，從印度，羅馬尼亞，義大利，奈及利亞和澳洲進口，台灣本地的用花蓮的玉石。」
「好鮮豔的顏色，每顆都是大大小小的原石，很多人以爲是油漆上去的，講好久，他們還是半信半疑。」
「那些圖案百合花、鯨面、龍、鳳凰，還有櫻花，都是一顆顆石頭原色拼貼出來的。」

「浴火鳳凰最漂亮。」

「那些小石頭，不容易，用了不少特殊的方式和管道，才能進口。」

「眞的是。」

「作品底下是濕軟的灰泥，黏性、親和性特別好，英國來的，能把各種質地的石頭緊密黏著在一起。」

「眞的是，鑲大師眞厲害，知道世界各地有那些這麼漂亮的石頭。」

「不只這樣，切割、打磨石頭的工具包括德國的鋸子，瑞典的鑿子，日本的切割器和砂紙。」

「就是這樣。」

「你知道『危險情人麵包』嗎？」

「聽說過，有網友每次都說讚，其實——還沒吃過。」

「麵粉是法國進口的，油是烏克蘭的，起司是義大利的，海鹽是琉球的，黑糖是台灣的。那也是鑲大師和朋友一起投資的，得過世界的大獎。」

「哇歐。」

「台灣就是多采多姿。」

「好想去鑲大師的工作室參觀，看他怎麼做，怎麼鑲嵌的。我揪一些人去，大師願意嗎？要付費嗎？」

「這就是我爲什麼聯絡你的原因啦。」

「是歐。」

「上禮拜我不是發了一個『反移民進住溪南村』抗議活動的問卷，你都沒塡要不要來參加。」

「啊，忘記了，不好意思，事情太多了。」

「好啦，這個活動是鑲大師和那裡的村民、民意代表共同發起的，大家在他的工作室集合，出發遶河堤，走五公里。」

「要去他的工作室歐，很棒啊。」

「他需要一些人助陣。」

「了解了，沒問題。」

「謝謝，你可以找一些人一起來嗎？」

「沒問題，找十幾個應該可以，馬上傳訊息。想請問大師爲什麼要發起這個活動？」

「有一群捕魚的佔住了溪南村的公地，這些移民，包括了外地來的漁民和外籍配偶，越南、印尼、大陸新娘，大約有三十幾戶，一兩百個男女老少。」

「眞的啊！有點恐怖。」

「快二十年了政府不聞不問，最近還說要讓他們就地合法。」

「不行吧？可以這樣嗎？大師爲什麼生氣？」

「他老家就在那邊啊，溪南村就在海山溪流進大海的地方，最早的工作室就在那裏啊。」

「原來如此，其實眞的很糟糕。」

「原來那裏很單純，就是個漁村，他們來佔用了之後，常常唱歌、跳舞、喝酒，大聲叫嚷，很亂，又挖地種菜，弄得很髒，就不肯離開了，住了十幾二十年。」

「真的，外來的靠不住。」

「就是啊，有威脅感。」

「當然要抗議，違法就不行，時間？地點？」

「我再把問卷轉給你好了，一定要趕走。」

「沒問題，一定去，揪幾十個一定沒問題。」

「靠你歐。」

「說要去看鑲大師的工作室，保證轟動，義勇軍全員出動。」

「我就知道，找你這個憤青最有用。」

「太小看我了，我是精銳青、展覽青、文藝青、遊蕩青，厲害的。」

「哈哈，有趣。」

「唯一不厭世，生活真美好。」

「那些人在那邊真的不好看，日本、荷蘭的電視台來拍，鏡頭避不掉。」

「真的不能貽笑大方，讓那裏乾淨點，支持『鑲嵌工藝協會』，支持鑲大師。」

「see you，夢萍。」

★ streaming 在國際書展遊蕩

streaming 低下頭用 messenger 跟美航連絡。

「幾點會到書展？」

「我大概一點半到三點之間會到。」

「可能在哪個區？」

「從信義路十七號售票亭進去，先去外文書籍區，然後到主題廣場。」

「了解。」

「可能會去聽一下演講。」

「紅沙龍？藍沙龍？夢想沙龍？」

「看看，只是看看。」

「想聽哪個人的演講嗎？」

「我看過名單和講次，大部分是促銷的商品和過度包裝的作家，很假掰，只是去看看他們怎麼玩。」

「哇，你很傷人。」

「我希望自己有一天也被這樣販賣。」

「哈哈哈。」

「人最多是在漫畫區，動漫區，人潮洶湧，呼吸困難。」

「其實那也不容易。你穿什麼衣服，留什麼髮型？」

「你應該認得出來。」

「我吃虧了，我的臉書有我的照片，你的只有大鬍子馬克思。」

「每個臉書的照片都是挑選過和修改過的，不是眞實的。」

「說得也是。」

「在咖啡吧見面嗎？」

「到現場再連絡吧。」

「好吧。」

streaming走過親子文學區，美食主題館，閱讀森林區，書展市集，外文圖書區。隨手翻了翻一些書，雙手拿滿了各書店給的廣告單。

他雖然不想拍照，還是忍不住拿起手機四處瞄了瞄，框了框，點了點。至少是來過了。

場內充滿了嗡嗡的聲音，交談聲，招攬聲，演講者透過麥克風發出的聲音，歌手在現場演唱的歌聲，嘈雜的鼓掌聲、叫好聲此起彼落。

繞了幾個區域，頭腦昏沉沉的，來到擠滿人的「奇幻文學區」。

展示區的上方吊著一艘三桅卡瑞克式帆船，這艘船幾乎有十公尺長，船尾是弧形的，船首是粗大的斜桅，其後是前桅及中桅，三根船桅上裝配了幾張滿風式的橫帆，船尾有個三角帆。這是一間出版社爲主打書《魔海遠征》，耗費巨資打造的大型帆船。在堆積如座小山的新書後，有一幅大型的看板。

看板上畫著波濤洶湧的大海，紫色的骷髏，金髮、大胸、細腰的女妖，英俊的年輕船長，兩隻傑克羅素㹴犬，以及一位帶著洋基 NY 棒球隊帽子的小男生。

圖畫兩側寫著：

穿越時空，航向前世的島嶼，尋找困在鏡子中的戀人。只要找到那面鏡子，用雷神之錘打破，就能救出困在裡面百年的美麗女子。

《魔海遠征》集愛情、友情、熱血、魔法、迷幻、神器、遠航、打鬥、以及奇異的玄幻場景。

本書狂銷十萬冊，掀起閱讀熱潮，電影正在拍攝中。

其他還包括：獅子女巫與衣櫥、馬與男孩、賈斯平王子、銀椅，還有龍槍系列：龍槍編年史、秋幕之巨龍、冬夜之巨龍、春曉之巨龍、龍槍傳奇等等，這些作品大部份他都讀過了，還堆在床頭櫃上，不時拿來翻一番。

手機出現美航就在附近的訊號，放下手機，streaming 集中精神在人群中搜尋。好一會，是她吧？在船首的那頭，應該是，美航應該也看到他了。

人潮洶湧，空氣溫熱、混濁，streaming 感覺胸口和後背滲出汗，他伸手抹抹光裸的頭和臉上的汗。

不知道爲什麼，streaming 不想過去，是累了嗎？還是穿了牛津鞋是錯的，腳不舒服，還是剛才買的那杯咖啡口味太差，人工奶油的甜膩讓人反胃，又貴了十塊錢。

美航似乎看了過來，他移開眼光。

隔幾秒鐘，再偏過頭，她已經不見了，被走來走去的人遮住了。

手機沒有響起，訊號顯示正在離開。

streaming 也離開這艘船，慢慢走向四號門。

手機沒有響起。

反正臉書沒有連，來往的文字可以刪除。

市府路上人們也不少，至少不悶熱，空氣好多了。

手機「叮」了一聲。

牆角有幾個人面無表情的抽著菸，眼睛漫然的不知看向哪裡，空氣中飄浮著淡白色的煙霧。

streaming 走到花圃水泥圍欄上坐下來，拿出手機滑起來。

十五分鐘前，有人在威尼斯社區貓寶貝 po 了餵貓善心婦人和屋主兒子吵鬧的影片。現場的幾個人臉色很難看，有的抱胸，有的指指點點。忽然有人拿起一個桶子，將裡面的水猛的潑向旁邊的貓群，聚在那兒的貓四散逃逸。有人大吼大叫，向前拉扯。之後有人留言：

「streaming 要過來幫忙處理嗎？」

「怎麼這麼惡劣！」

「搞甚麼鬼，只會餵貓，也不來清理，一堆飼料，又髒又臭又長蟲。」

「貓也有權利活下去。」

「動保會的呢?動保會的呢?」

「要報警嗎?」

「愛貓帶回去自己家養，丟在這裡什麼意思。」

「影片拍起來有證據，罪證確鑿了。」

「大家過去好嗎?有空的請過來。」

「阿里，雪兒，streaming，阿吉啦，有空過來一下，要快。」

「……」

streaming退出畫面，轉到「燙燙咖啡店」的頁面。這家新近爆紅的店，推出了新口味的紅寶石巧克力慕斯蛋糕，顏色鮮紅艷麗，焦褐色的巧克力，令人垂涎欲滴，限時搶購中打九五折。

streaming放下手機，心裡想：

等五分鐘吧，也許。

也許等會可以去吃吃新鮮的慕斯。

那麼一切便會變得很美好。

第柒章

翻轉的遺跡

▲一、那個遺蹟才正確

「大趨勢工作坊」的主持人麥慶夫，站在書桌旁，手上拿著一疊按照時間早晚編好號的照片，老花眼鏡懸在鼻梁上，彎下腰，費力的一張張排好，準備等會要用機器掃描到電腦裡去。

這是「三興企業」陳榮富董事長委託的自傳書寫計畫，十萬字的初稿已經完成了，接下來是照片的編排和文字說明。

陳榮富董事長生平的故事並不複雜，這個人發達起來的原因是當時政府強力推行的三七五減租以及耕者有其田政策，幾代是佃農的祖輩，不知所以然的分到很大塊的土地。陳家三個兄弟有了這個基礎之後，從事成衣加工製作，環保回收等事業，加上各縣市陸續推動都市計畫，國內經濟起飛，土地價值暴增，原本不值錢的大片田地，二、三十年間就成爲富人，在海外也投資設廠，成衣廠的跨國企業經營得有聲有色。

還好不是有大地主或累積幾代的富貴家族，麥慶夫以前接過這樣的傳主，光親戚就兩三百人，彼此之間的關係，要製作七、八個表才弄得清楚。傳主對撰寫者也不尊重，要求多，付錢慢。這是大部分富貴人士對待文字人的態度，總覺得他們這類人只是惹事生非，或沒有什麼用的人。像陳榮富董事長這種新富的家族，書讀得不多，卻比較客氣。

當然對貧乏的，世系不詳的，幾乎沒有資料的家族歷史，就靠他做爲記者、編輯者的訓練，拼拼湊湊，東引西錄，把它鋪陳出來：

祖先渡海來台後，為人傭耕，勤勞節儉，積善樂群，鄉里之人無不讚譽，傳承數代之後，枝繁葉茂，皆為安順良民。子孫莫不秉承庭訓，努力奉事，敬天修德，累積善行，是故天道酬勤，庇蔭子孫，陳榮富董事長事業騰達，鴻圖大展，其來有自，成為社會的典範……

這是四平八穩的撰寫模式，其中的語句除了人名和頭銜，可以套在大部分人的生平上。就好像街頭巷尾有人過世時，擺在附近的花圈中間的題辭，男喪就用「碩德堪欽」、「道範長存」、「德業長昭」、「高風安仰」，女喪就用「懿範猶存」、「淑德永昭」、「母儀足式」、「慈暉長照」等等。

放在書桌上的手機，「叮」的響了一聲，麥慶夫撿起來看了一下，是「迢迢日報」的記者高敏仁傳來的LINE，遲疑了一下是不是要點開來看，又一聲「叮」響起來，還是趕快滑開，免得等一下響個不停。

螢幕顯示一連串排列的留言：

「前『獨立時事報導』麥社長慶夫兄在嗎？」

「在嗎？」

「請指教。急！」

「双城市的文化局長駱文鋒聽說是你們那裏的人？」

問的是麥慶夫居住地的人物，他知道駱文鋒，這人開過飯店，陶瓷工廠，幾年前擔任了南市區攤販管理委員會的主任。麥慶夫左手拿起手機，右手拿下掛在鼻梁上的眼鏡，深深吸了口氣，伸出食指，開始回覆。

「別消遣我，『獨立時事報導』我倉庫還有剩下的雜誌兩、三千本，要嗎？幫我賣一些。」

「嘻嘻嘻。」

「駱文鋒家在日本時代開始發跡，日本人教他做生意，很受重用。叔叔，伯伯在日本唸醫學、財金、法律，各個有成就，市中心關帝廟一帶土地都是他們家的。」

「國民黨時代呢？」

「也還好，反正有錢有勢，親戚當過農會總幹事，還有縣議員，主要是跟著派系大老葉天朝。」

「葉天朝啊，當過○○部長那個嗎？」

「是啊。」

「忠心耿耿。」

「之前不是喔，出過事，後來被收編了。」

「這樣啊！」

「你等一下，我送你駱文鋒阿公日本時代昭和十二年寫的漢詩。」

「漢詩？」

麥慶夫在檔案夾中搜尋，找到多年來持續收集的「双城市漢詩作品輯錄」，點開，找到駱俊杰的幾首詩，整理一下，傳了過去：

「祝皇軍南京入城」

皇軍戰捷入南京，簞食壺漿父老迎。旭日旗飄東亞地，三呼萬歲凱旋聲。

「忠君愛國」

掃蕩中原膽氣雄，丹心一片表精忠。馬嘶塞北風雲黑，血染江南草木紅。

壯士忘身能護國，書生投筆始從戎。大和魂魄原無敵，萬里沙場百戰功。

過了好一會。

「這是什麼？」

「讀不懂嗎？再想想。」

……

麥慶夫瞄了瞄手邊「陳榮富董事長傑出成就照片集」的幾張照片，編號1是「中華民國勞工總會十大傑出勞工」，編號2是「國家磐石獎」，編號3是「僑委會海外華人創業楷模」，編號4是「綠色企業百家聯盟副總召集人」，編號5是「台灣人海外政治經濟召集人」……

「了解了，寫這些詩，國民政府來了，不是完蛋了。有被關嗎？」

「不會啊。」

「怎麼不會，這明明——」

「再寄兩首給你看，你就懂了。」

麥慶夫點了點手機，再轉傳了另幾首詩過去：

「祝台灣光復」

已收抗戰功，光復舊疆土。父老喜光復，感激銘肺腑。惟我大中華，團結誰能侮。國是三民唱，邦家一脈連。

桓桓蔣主席，允文兼允武。艱難八星霜，億兆同心履。……

「天啊，我懂了。」

「好吧，還有事嗎？」

「聽說受到新任市長提拔，很賣力在推動藝文活動，最近有一個可能會引起大話題的活動。」

「老碑文召喚新世紀？」

「對！會去嗎？」

「看情形。」

「我和千葉優子會過去。」

「這麼有興趣？」

「我要去樹林坪找一塊三十二師的舊營區的地界碑，優子要去訪問『報國飛行員』賴乾坤的家人，可能還要募款建一個新銅像。」

「三十二師的舊營區？」

「舊的駐軍地方，看看有留下一些什麼說，想去確定一下，還有一個碑，就在要去的武乃山公園一個角落邊，重新翻製的，做得還不錯。」

「我大概知道在那裡，碑文有嗎？」

「網路查得到。」

「部隊都遷走了。」

「對啊，整個軍營都變成廢墟了。」

「裁軍裁得太厲害了。」

「現在部隊再多也沒用。」

「說得也是。」

「反正——」

「那個優子要來嗎？看到她覺得不舒服。」

「拜託、拜託，是一個朋友希望照顧她的，沒辦法，日本新聞同業的。」

「你不覺得她有問題嗎？真的是 NHK 的記者嗎？」

「自由投稿人，影片在 NHK 播過，你也看過。」

「不太老實，味道怪怪的。」

「聞得出來？」

「感覺有點歇斯底里，浮誇！」

「五十多歲了，大陸、日本、台灣到處跑，反正是朋友介紹的，互相有一些合作關係。」

「眞麻煩！」

「過氣的社長，還是廣結善緣好。」

「那壺不開提那壺。」

「只是勸你。」

「『報國飛行員』這個題目有趣嗎？鄉下出身的青年，自願加入神風特攻隊，回家告別父母，臨走前在親人、鄰居前唱日本國歌，要大家愛國，也太煽情了吧！」

「她有一批人是做專題的，上次你不是有看過他們做的『台灣的上海繡花鞋』那個節目嗎？」

「騙吃騙喝。」

「幹我們這行的，大家差不多啦。」

「好吧，若是忍不住說了一些話，你要見諒。」

「我跟她說過很多次你這個人的毛病了，她了解。」

「了解就好。」

「十二號早上見，我開車到你那裏。」

「好吧，然後我載你們，跟以前一樣。」

「謝啦，會帶一瓶酒過去。」

麥慶夫放手機，摘下眼鏡，閉上眼，休息了一下。然後繼續上網打了關鍵字，查了查「老碑文召喚新世紀」的活動。根據文化局網站上文宣的說明文字，他們是準備把武乃山的「河山重光碑」重新整理，做法是主體不變，但換掉碑上不適當的文字。清除碑文的活動是在現場舉行的，將要挖除現有的碑文，讓壓在底下文字重現，這個活動象徵舊政府時代結束，新時代的到來。文宣海報上說，這是個前所未見的創舉，具有特殊的意義，活動現場也會做直播，讓大家能見證這個歷史時刻。

千葉優子也要來，這讓麥慶夫感覺不太舒服，他眼前浮起了這女人的模樣：個子瘦小，染得很雜亂的頭髮，一片紅褐一片枯白，剩下的灰黑色毛髮看起來也很黯淡。千葉的老花眼很嚴重，看什麼資料都要戴上眼鏡，視力感覺比自己還弱。兩人一年多前曾經在台北中山北路的一間啤酒屋見過，千葉自稱在哈爾濱、南京、上海做過很多採訪，做過很多主題，紀錄片也在中國大陸和日本 NHK 播過。麥慶夫遇過類似的日本人，知道大概是怎麼回事，沒想到這次也要來。來的目的是訪問「報國飛行員」賴乾坤的家人，可能要募款建一個新銅像，這讓他感覺有點麻煩。

不過，就是這樣，過氣的人，只能掛個虛擬的工作室的名稱，幫某些公司行號撰寫文案，替政治人物寫些婚喪喜慶的應用文字，能夠接到寫個人傳記的案子，就算大筆生意了。如果有機會寫點小東西，拿些稿費，建立一點人脈關係，確實沒有什麼高不高興，樂不樂意的。

二、新時代的任務

車子駛過狹窄而繁榮的市區，在馬路上和一些車輛擠來擠去，左轉右轉，經過兩個裝有自動測速照相的箱型立桿，來到東郊丘陵上。位在半山腰的武乃山公園，林木森森，建有步道，花圃，石桌椅，涼亭，設施還算完整，環境頗為乾淨整齊，一直是市民休閒，活動的場所。

文化局的工作人員在園區最大的八德亭，佈置了一個簡單的會場。亭子正面上方掛著紅布條：「老碑文召喚新世紀」，四週插了幾面寫有標語的關東旗，亭子旁搭了兩座紅白色相間的帳棚。帳棚裡面有幾張桌子，上面擺了一些資料和新聞稿，還有飲料和點心。

不少人已經圍在那裏了，幾位白髮蒼蒼，面貌枯瘦的老先生在亭子裡或站或坐。幾位年輕的、資深的地方文史專家站在帳棚旁，手上端著茶杯，彼此說著話。五、六位工人，則在一輛工程車旁待命，車旁邊堆著一些電鑽，圓鍬，繩索，推車。

「河山重光碑」的所在地，是一個直徑十公尺左右的圓形平地，周圍有十幾株長得高聳肥厚的龍柏，兩三顆挺拔的馬尾松，這些樹保養得很好，蓊鬱的暗綠色，生意盎然。

「河山重光碑」材質是厚實的灰黑色花崗岩，高約三公尺，立面有三段，基座是矩形的，寬約兩公尺，第二段是較小的矩形，第三段則是尖頂方柱，柱子高約一公尺二十公分，正面中央是嚴肅端正的顏體字碑文。

年代久遠的石碑，清理過後，看起來齊整肅穆，旁邊搭了兩座簡單的鋼管施工架，幾隻鋁梯打開腳站在旁邊。

戴著印有「天應農藥廠」灰底紅字遮陽帽的麥慶夫，和高敏仁、千葉優子三人走了過去，和工作人員打個招呼，簽了到，拿了一份資料，各自翻閱起來。

上面列的資料和麥慶夫平日收集到的差不多，還有一些日文的資料，因爲程度不夠好，只能讀個六、七成。

快十點了，文化局長和文資科的幾個工作人員，由停車場那邊走過來。

駱局長身材矮矮壯壯的，四十多歲，前額光禿，黑色頭髮捲捲的，臉頰紅潤，看起來精力旺盛。幾位文史工作者和地方電視台記者，圍了過去。

駱局長一面走一面和他們說著些什麼，一會才來到八德亭前面。

「感謝大家，共同來見證這個歷史的時刻。」

「局長，什麼時候決定要這樣做的？」

「局長，是誰決定要這樣做的？」

「今天確定會出現日本時代的碑文嗎？」

許多人七嘴八舌地提出問題。

「這是縣務會議決定的，很多專家學者一起開會討論出來的結果，這個石碑和上面的字，大家覺得不妥當，幾十年了，大家不敢做決定，我認爲應該是來徹底解決的時候了。」駱局長說。

「這樣公開拆除，好像沒有人這樣做過。」

「與其偷偷摸摸，不如公開給大家知道比較好，對不對，這個碑上的字不合乎時代，是威權時代的產物，常常被噴漆，被塗髒東西，是應該讓它退出了。」駱局長聲音宏亮。

「開會的專家學者都同意嗎？還是多數決？」

「沒有投票，不需要投票，有共識。」駱局長的嘴角彎成八字形，很堅定的說。

「局長，時間——」

文資科的賴科長，輕聲提醒局長說時間到了。

「各位朋友，各位——」

駱局長走向桌子旁邊，拿起麥克風，用手敲了敲收音頭，清清喉嚨，向大家說：

「各位朋友大家早安，謝謝大家來參觀這一次很特別的「老碑文召喚新世紀」的活動。我們準備把碑上面的文字清除掉，這個是威權時代政府建立的，已經不符合時代要求了。根據在場幾位令人尊敬的文史工作者和耆老的口碑，目前大家看到這幾個字是民國四十幾年硬弄上去的，之前這個碑是日本人建立的東西，非常堅固，上面還有『北白川宮能久親王駐馬處』的幾個大字。」駱局長說。

圍觀的人群中，有人在旁邊低聲的交頭接耳。

「有照片，那時候有幾張照片。」
「眞的嗎？我有比對過，好像不是這裡，碑不太一樣。」
「應該是這裡，只是全省好幾座這樣的碑，蓋得都有點像。」
「當時國民政府強行用『河山重光』這幾個字，硬貼上去，這是一種破壞古蹟的行爲。今天，我們準備把這一塊碑文去除掉，讓原來的字重新出現。還給古蹟的眞實面目，個人相信這是一個非常重要的時刻。」駱局長說。
「這座山的名字改了好多次，每隔一陣子就改一次。」
「最早叫武乃社山，後來叫親王山，光復後叫神州山，後來又改回來爲武乃山。」
有人嘀嘀咕咕地說著。
「今天在這裡見證這個歷史的時刻，大家應該感覺到非常有意義，北白川宮親王當時帶著軍隊來討伐這邊的反抗軍，本地軍抵抗很激烈，將軍的部隊吃盡了苦頭。亂事平定以後，來接收的日本人把這邊的社會變得很有秩序，很安定，建設很多，本地的人都非常懷念那個時代。」駱局長一邊說一邊額頭上冒出不少汗水。
「聽說還有好幾個地方的紀念碑，包括學校大門的題字，要陸續改掉，青天白日要拿掉，還有中華民國年號要改成西元。」
「不知道是局長的意思還是縣長的。」
「他們想的應該一樣，才會在一起，當他手下的官。」

人們交頭接耳，繼續地談論著現場的狀況。

「今天來了好幾位耆老，他們為這個碑做了很多口述歷史，當時還有本地最有名的詩社在這個碑落成時，特別舉行擊缽吟會，寫了很多頌讚的詩，資料上面都有。」駱局長擦擦頭上的汗水說。

麥慶夫低下頭讀了讀，感覺還算平穩、順口。

親王碑

錦屏西望鬱蔥蔥，上豎豐碑記偉功。形勢雖非天塹險，溪山妙有武陵風。

東南半壁奇峰在，起伏層巒萬壑通。百里莫教輕小邑，親王名字誦無窮。

相關的詩作還有十幾首，「親王碑」他也讀過，這些詩普遍塾師氣味很重，套了不少慣用語，拼拼湊湊的，加進些典故。不過日本時代留下的相關文獻就是這些，也沒有其他的了。

「我先來介紹一下，這一位是蘇進來先生，另外一位是藍運財先生，這兩位也曾經參加過太平洋戰爭，到過澳洲作戰，非常了不起。」駱局長伸手介紹了久候多時的老人說。

兩位年紀很大，頭髮灰白的老先生，緩緩地站起來，向大家揮揮手。

「老當益壯，他們也非常高興今天可以來見證這個歷史，感謝我們文資科賴科長做的這些安排。現在請科長跟大家說明一下——」駱局長說。

「局長，各位媒體記者朋友，文史工作者，老前輩們，大家好。這次奉局長指示辦理『老碑文召喚新世紀』的活動，感謝大家踴躍參加，等會我們會先請施工的朋友幫忙去掉舊的文字，露出曾經被掩蓋六十多年的舊碑文，等這個舊碑文出現後，後面我們會請專家來幫我們修復，除了恢復舊觀以外，還要把碑的附近作一個整修，包括花圃，投射燈，解說牌——」賴科長說。

「這麼麻煩喔，時間來得及嗎？」千葉優子說。

「應該可以。」高敏仁推了推厚重的眼鏡說。

「他們準備得差不多了，好像是先有做了一點工作，試挖了一小塊，所以等下動工，很快可以挖下來才對。」麥慶夫說。

「等一下我們先去賴乾坤那邊嗎？」千葉優子說。

「不是約下午兩點？」麥慶夫說。

「先去樹林坪，看那個三十二師留下來的廢墟，還有一塊石柱碑，就在附近，距離兩公里。」高敏仁說。

「要趕快去拍照，沒有去看的話有點危險了。」麥慶夫脫下帽子搧了搧不時襲來的熱氣說。講完之後便快步地向前走去。

高敏仁看到這位前輩頭頂禿了大半，皺紋很多的頭皮晦暗無光，毛髮稀疏，畢竟是有年紀了。

「三十二師剿匪陣亡軍士紀念碑就在前面一百公尺左右，等下去看一下。」麥慶夫說。

「那個重要嗎？」千葉優子說。

「因爲這個部隊後來駐紮在樹林坪上，爲了紀念部隊陣亡的官兵，所以才立了一個碑。這個碑原來在市區關帝廟旁邊，後來才遷到武乃公園來的。」高敏仁說。

「跟日本人打戰？」千葉優子說。

「三十二師之前有跟日本人打過，後來再跟共產黨打，敗得很慘，消滅了一大半，師長被俘虜，後來逃出來，重新整編。」高敏仁說，他的手機發出一陣震動聲。

「這個部隊的人之前跟日本人打了幾次，有輸有贏，後來撤退到台灣來，整個部隊遷到這裡。」麥慶夫補充說。

「陳誠以爲這個部隊很強，所以調去東北，沒想到……」高敏仁瞄了瞄手機螢幕，一面說。

「其實這個紀念部隊陣亡將士碑還在武乃山公園，我都覺得很意外。」麥慶夫理了灰白散亂的頭髮，擦擦汗，重新戴上帽子。

「位置偏僻啦，還有一些老人還在，不好現在就弄掉。也可能那些人還沒想到，我看快了。」高敏仁說。

麥慶夫許久沒有看到高敏仁了，他的近視似乎更重了，兩眼看起來迷茫無神，眼袋厚重，身體浮腫，嘴巴有點歪斜。千葉優子看起來差不多，枯黃，身材瘦小，兩隻眼神閃爍不停，心思很多的樣子。

高敏仁雖然是來參加這個活動，然而不時瞥瞥手機，滑動手指回覆訊息。胸前掛著的是他視若珍寶功能很強的相機，他也不時的拿起相機，湊到眼睛前，框取鏡頭。

「我可不可以不要去那裡，那個地方讓我不舒服。」千葉優子眨眨乾澀的眼睛說。

「你就在山下等著就好，沒有怎麼樣?你要自己去嗎?」麥慶夫有點不耐煩的說。

「你有車嗎?」高敏仁盯著她說。

「……」麥慶夫偏過頭。

「好吧，只好這樣吧。」千葉優子口氣無奈的說。

賴科長講完了，駱局長跟著宣布說：

「現在開始吧。」

現場響起一陣掌聲，歡呼聲。

工人們拿著工具，走到碑的旁邊，現場的人們也走向前去，紛紛把鏡頭對準今天的目標物。

工人們架好梯子，爬上架好的簡單鷹架，拿著電動鑿子切入石碑縫隙，開始鑿動。

眾人舉起相機，攝影機，對準那個目標物。

鑿子發出「答、答、答、答」的聲音，碎石飛濺。

有兩位男子擠到紀念碑前來。

「原來寫的是什麼字啊?」有一個留著長髮，梳著馬尾的男子說。

「也不確定，好像也是『威震蠻荒』什麼的。」另一位穿唐裝的中年男子回答。

「那是清代的那個碑吧?」梳著馬尾的男子說。

「『威震蠻邦』，我記得，蠻邦。」穿唐裝的中年男子回答。

「清代的碑就這麼大嗎?六公尺多耶。」梳著馬尾的男子說。

「日本人來加底座了。」穿唐裝的中年男子回答。

「原來如此，所以總共有三個碑文，現在要弄第四個。」梳著馬尾的男子說。

「是這樣吧。」穿唐裝的中年男子說。

「北白川宮親王是了不起的人，作戰很厲害，到德國去學軍事的。」在旁邊的千葉優子插嘴說。

聽到千葉優子這麼說，這兩人互相看了看，沒說什麼便走開了。

「沒有想到親王在這裡還有紀念他的碑，眞是太厲害了，一百多年前了。」千葉優子轉向麥慶夫說。

「你們日本人最喜歡來台灣，很多你們的紀念物。」麥慶夫說。

「這裡以前是日本人住過的嘛——」千葉優子說。

工人把「河山」兩個字鑿下來的時候，掉落的石塊，發出很大的聲響，現場發出了驚呼聲。

現場快門聲不斷，大家急著選好的角度拍照。

麥慶夫低下頭看了看相機螢幕，倒回去檢查剛才拍的照片，連拍幾張中「河山」兩個字碎裂、掉落的畫面都抓住了，只是光線稍微暗了點。

高敏仁走來走去，拿著照相機在不停拍照，不時還轉成錄影，收錄四週的景象。

「奇怪，怎麼是空白的，有字嗎？」有人高聲地說。

「還沒有啦，等一下看看，可能要清一下。」賴科長說。

「重光」兩個字接著也裂開，掉下來了，碎塊紛紛掉落地面上。

好一會，大家擠到前面去了。

「怎麼了？怎麼了？」

「不要太靠近，不要太靠近，危險，危險！」賴科長說。

駱局長雙手插在腰際，皺著眉頭。

又經過一陣激烈的鑽動，塵土飛揚，碎屑亂飛。

石碑上的「〇〇〇敬題」，「中華民國四十三年菊月」也掉下來了，還有一些灰色的水泥殘塊，還黏在石碑原來的位置上。

「有字嗎？怎麼回事？」梳著馬尾的男子問。

「看不出來咧，還是那時候被破壞了，被前政府破壞了。」穿唐裝的男子說。

「是這樣嗎？有可能喔。」梳著馬尾的男子說。

人們驚詫的說著。

工人在石碑上面用鑿子和鋼刷開始清理，另外幾個人把鑿下來的那些碎塊，用鏟子鏟到手推車上。

一台鐵牛車駛過來，停下，司機下來，從後座放下兩條木板，工人就把手推車推上鐵牛車的車斗。

「賴科長，這是怎麼啦？」穿唐裝的男子又再問。

「奇怪，沒有字，看不出來。」梳著馬尾的男子說。

「你看得出來嗎？」一位年輕地方文史工作者說。

「好像有，好像是宮，有一個口字。」穿唐裝的男子說。

「是這樣嗎？看不大出來。」梳著馬尾的男子說。

「奇怪，這麼大塊的石頭上面，竟然沒有字。」穿唐裝的男子說。

「被挖掉了！」駱局長說。

「還是用水泥抹掉了。」賴科長說。

「眞的看不出來。」梳著馬尾的男子說。

「太可惜了，一百多年前的東西。」穿唐裝的男子說。

「最主要這個是有歷史價值，是歷史事件的重要證據。」

「竟然被他們破壞了，太可惡了！」年輕的文史工作者說。

「我覺得如果有字的話，慢慢弄，應該還是看得出痕跡。」另一位資深的文史工作者說。

「對，對，對，黃先生您是古蹟專家。」賴科長說。

「對，急不來，我覺得。」年輕的文史工作者說。

「要先暫停嗎？如果太勉強恐怕眞的會破壞。」資深的文史工作者說。

「這可能是一個沒有字的碑。」穿唐裝的男子說。

「有字，有照片，資料裡有啊。」賴科長說。

「北白川宮——哦哦——能久親王——哦——駐馬處。」穿唐裝的男子說。

「是，就這幾個字。」賴科長說。

「耆老啊，地方人都說有。」臉色難看的駱局長說。

「剛才那些被鑽下來的『河山重光』，也有幾六十多年喔。」穿唐裝的男子說。

「有沒有記錯。」梳著馬尾的男子說。

「不可能啊，一定有的，文獻上都有記載。」賴科長說。

「上面寫什麼？」梳著馬尾的男子說。

「……」

「到底有沒有字？」穿唐裝的男子說。

年輕的地方文史工作者忍不住，爬到鋼架上面去看。

另外一位記者也迫不及待地爬上另一個架子。

「澆點水，澆一點水，水潑上去就可以看出有沒有字。」有人這樣喊。

「潑潑看，潑潑看。」有人附和。

一位工人提了一桶水來，朝石碑潑了上去。

石碑被潑的部分頓時濕了一片，顏色晦暗。

水沿著石碑流了下來。

好一會，石碑上還是看不出什麼。

「怎麼會這樣？怎麼會這樣？」賴科長說。

記者和年輕的文史工作者從鋼架上下來。

工人繼續用鑽子，清除上面黏附的水泥塊。

「局長啊，怎麼辦呢？」年輕的文史工作者說。

「不能想像，不能想像。」駱局長仰著頭，有點失神，嘴裡喃喃的唸著。

「我看先暫停吧，等工人繼續整理，看看能不能夠發現什麼。」賴科長說。

「這不能急喔，要慢慢做。」資深的文史工作者說。

「對，古蹟的東西不能急，先暫時停工吧，用鑽子鑽也會破壞。」梳著馬尾的男子說。

「聽說你們已經做好新的碑。」穿唐裝的男子說。

「還沒，還沒。」賴科長連忙否認。

「爲什麼不乾脆建個新的？」穿唐裝的男子說。

「本來是想這樣，可是文化部不同意，經費主要是從他們那邊來的。經費本來想從縣政府出，縣長沒有同意，他認爲改碑上的文字就好。」駱局長說。

「題字題好了嗎？」一位記者問。

「是題好了，也請書法家摹好了，照原來的字體摹的，很有名的書法家。」賴科長說。

「這下麻煩了。」另一位記者說。

「不會啦，請專家再來看看，說不定有新發現。」駱局長說。

「不可能是空白的！」賴科長說。

「我們走吧。」麥慶夫向高敏仁努努嘴。

「烏龍一場。」高敏仁下巴繃緊，眼睛盯著手機螢幕，一面回答。

「本來是個好題目，結果變成這樣。」麥慶夫雙臂抱在胸前，聳聳肩。

「這樣也是個好題目啊，嘿嘿嘿。」高敏仁笑著說。

「這個笑話鬧大了。」麥慶夫說。

「很經典，會有一陣熱炒。」高敏仁說。

「你這人就是好事，不是有來的記者都有發出席費？」麥慶夫說。

「麥兄你年紀大糊塗了，沒發生事情，我們靠什麼吃飯？你以前幹記者，辦雜誌，不是這樣嗎？」

高敏仁眼光由手機那兒移過來說。

「歐，我們是沒事也要弄出事來。」麥慶夫說。

「就是嘛——」高敏仁說。

高敏仁停在原地，低下頭，手指快速的在手機上滑動。

「讓他傳一下訊息。」千葉優子說。

「我們那些招式現在都用在網路上了，網路上一堆亂七八糟的人，整天造謠，爆料，搞色情，愛看的人很多，雜誌沒人看。」麥慶夫說。

「一個時代，一個時代。」千葉優子說。

「自從改成要用電腦打字、排版以後，我覺得自己變成個笨蛋，是個奴才，總是聽主人的使喚。」

麥慶夫說。

「一中毒就毀了。」忙著發訊息的高敏仁還是能搭話。

「搞不懂電腦在幹什麼啊？不知道誰在監督我們，看著我們，總覺得被人監視著，一舉一動都被人注視著，手機也差不多，將來還有『天眼』，絕對逃不掉。」麥慶夫說。

「講得眞恐怖。」高敏仁說。

「我覺得就是這樣。」麥慶夫說。

「眞的耶，我也有這種感覺，街上到處都是監視器，沒有人跑得掉。」千葉優子用驚嘆的語氣說。

好一會，高敏仁手指停了下來，放下手機，抬起頭，深深的吐了口氣。

「走吧。」麥慶夫說。

「我去領個出席費，中午我請客。」高敏仁說。

「八德亭的桌上好像還有特產花生糕，紅棗乾伴手禮，做得好精緻喔。」千葉優子說。

「剛才說的三十二師剿匪陣亡軍士紀念碑就在前面，要去看嗎？很近。」麥慶夫問。

「既然來了。」千葉優子說。

「說得也是。」高敏仁說。

「這次不看，下次說不定就不見了。」麥慶夫說。

▲三、歷史一直會翻轉

麥慶夫載著兩人，來到兩公里外的樹林坪。這個地方是市郊另一處山坡上的開闊地，由此處往下眺望，可以很清楚地看到底下沿著溪流，蓋起來的密密麻麻的民居。樹林坪一帶曾經是個很大的營區，駐有一個師的部隊，附近民居做軍人生意的很多，有小吃店，洗衣店，撞球間，雜貨店，冰果店等等，還有不少退伍沒地方去的老兵，在附近搭了不少違章建築，暫時的住在這裡。因爲陸續裁軍之後，這些店逐漸消失了，違章建築也破損或倒塌了，馬路兩旁看起冷冷清清。

麥慶夫把車駛離大馬路，來到一條雜草叢生，落葉堆積的小徑，這條小徑四處種滿相思樹，其中還夾雜了尤加利，白千層，油桐等樹木，雜亂的生長著。

「我記得在這附近，前面一百公尺左右。」麥慶夫說。

「這個地方好陰森喔，怎麼怪怪的，剛才看到好多土地公廟，還是百姓公？」千葉優子說。

「千葉懂得眞不少。」麥慶夫說。

「這次在台灣住了八個多月了。」高敏仁說。

「沒有啦，還是不行的吧。」千葉優子瞄了麥慶夫一眼說。

「你是台灣人吧？還是混血的？」麥慶夫側過臉看著她說。

高敏仁的嘴角泛起一股微笑。

「我是日本人，不是護照給你看過了？」千葉優子臉色發青。

「那是護照，你本人呢？」麥慶夫說。

「我父親是台灣去日本早稻田大學讀書的，我母親是眞正的日本人，讀過北海道大學的。」千葉優子口氣堅決的說。

「我覺得是這樣。」麥慶夫說。

「怎麼說？」千葉優子說。

「你的國語講得很好，日本話又有腔調，台語又都聽得懂。」麥慶夫說。

「這樣子啊。」千葉優子說。

千葉優子忽然停下了腳步。

「麥慶夫很神經，專門注意小地方，神經你知道嗎？」高敏仁用手指比了比太陽穴說。

「不太了解。」千葉優子搖搖頭說。

「我很麻煩的。」麥慶夫說。

「那時候受不了國民政府，他們有反抗，被抓的很多，不想回來。」千葉優子似乎累了，臉上的肌肉垮了下來，說話聲音很小。

「當然。」麥慶夫說。

「我做這個節目，NHK 一定會播放的。」千葉優子說。

「當然。」麥慶夫說。

麥慶夫繼續往前走，高敏仁拉了一下千葉優子，兩人跟了上去。

「『報國飛行員』的故事太精彩了，出發前要母親爲他縫製白色衣褲，表示了決心，出發前竟然還唱『君が代』，準備爲國犧牲，很感人。」千葉優子一面走加快腳步一面說。

「還沒撞到美國的軍艦，機械故障，半途就墜機了。」麥慶夫頭也不回的說。

「眞是這樣嗎？好像有撞到一艘。」千葉優子驚訝地說。

「你有查清楚了嗎？」麥慶夫說。

『沙鳶之鐘』和『報國飛行員』，還有吳鳳的故事，都很精彩，大部分人都相信那是眞的。不過本地人是講客家話，不是台語，知道吧？」高敏仁說。

「跟他們約好了嗎？」麥慶夫說。

「有啊，他的孫子輩可以接受我們的訪問，還有鄉長說也要來。」千葉優子說。

「鄉長也要來嗎？」麥慶夫說。

「聽說是日本NHK的，就要親自來。」高敏仁說。他的手機又響了，他轉過頭去接聽。

「有人提議要募捐，做一個新的銅像放在那裡，『沙鳶之鐘』就是這樣子啊，變成一個很好的地方觀光點。」千葉優子握起拳頭，語氣帶著興奮。

「對啊，就是要有一個故事，故事行銷的概念，日本人一定很喜歡來。」麥慶夫一面說一面把帽子脫下來，朝臉上搧了搧。

「我去年也找到賴乾坤的同學，很老了，和日本同僚的後代，他們有來過這邊，舉行紀念會，一起懷念，一起吃飯，我還有照片歐。」千葉優子說。

「場面很感人。」高敏仁插了一句話。

「也有反對的，說那個是幫日本軍國主義宣傳的東西，很丟臉。」麥慶夫說。

「怎麼會呢？那時候大家都是日本人，又是在戰爭時期，做這個事很正常啊？」千葉優子撥了撥凌亂的頭髮說。

「吳鳳穿紅衣，戴紅帽，騎白馬的故事，沙鴦之鐘的故事，還有這個報國飛行員的事，都很像，招式都一樣。」麥慶夫說。

「很感動人不是嗎？」千葉優子乾澀的眼珠眨了又眨。

「國民黨來了以後，沒多久那個銅像就被家裡的人賣掉了，賣掉那個買了一台抽水機，用來幫忙田裡的灌溉，很好用。」麥慶夫把帽子戴回頭上說。

「感覺很奇怪。」高敏仁放下手機，嘴歪了歪。

「不會啦，八田與一的銅像現在也是很熱門。」千葉優子說。

「你有看過圖片嗎？報國飛行員的故事以前還放在課本裡面教小學生的。」高敏仁說。

「教課書很重要，——讓小孩子知道事情是怎樣。」千葉優子嗓子有點啞了。

「沒錯，誰執政，誰就編他自己要的教科書。」高敏仁說。

「那個銅像做得非常棒喔，跟眞人一樣高，是有名的日本雕塑師東京美術學校的淺岡什麼的做的。」麥慶夫說。

「賴乾坤這個銅像確實做得眞好，很有現代感，很讚嘆，是個藝術品，我以爲。」高敏仁說。

「聽說每天同學經過的時候，要跟他鞠躬敬禮。」麥慶夫說。

「銅像弄起來，恐怕會被另一批人噴漆，砍頭。」高敏仁伸起右手手掌，做了一個往下砍切的動作。

「怎麼會？看大家的意思啦，反正我們就是想要這樣做。」千葉優子說。

「台灣很自由。」麥慶夫說。

三個人踩著枯枝敗葉，掃開橫生的雜草，來到一根石柱前面。茂密的樹林遮擋住陽光，顯得陰暗，空氣中瀰漫著腐葉的氣味。

這塊碑只是一塊黃泥色的石柱，高大約六七十公分左右，寬不到四十公分，看起來狀況不大好，灰灰髒髒的，附近雜草叢生，積滿掉落的樹葉，上面只有幾個字，已經不太清楚了。

藏在樹林中的鳥被驚擾了，吱吱叫著，拍著翅膀飛掠而去。

麥慶夫拿起照相機，費力地擠著眼對焦，取鏡頭，準備拍照。

高敏仁走向前，放下手機，相機，彎下身，把碑前面的雜草拔了拔，還拿出一條毛巾擦拭上面的泥土，灰塵。

弄了幾分鐘，便氣喘吁吁，汗流浹背。

「老弟，身體虛弱歐，太少運動了。」麥慶夫說。

「死不了，我們這種人。」高敏仁說。「我的東西一發表，很多人都希望我早點報銷。」

「偏偏又活很久。」麥慶夫說。

「嘿嘿嘿。」高敏仁笑笑。

千葉優子走上前，戴起老花眼鏡，讀起了碑文：

「陸軍——軍營營地——」

「對，就是這個。」麥慶夫說。

「後面還有地號和年份——」高敏仁說。

「算是正式的紀錄。」麥慶夫說。

「這個沒意思，剛才那個才有東西。」千葉優子說。

「武乃公園裡那塊剿匪陣亡軍士紀念碑，確實保持得還不錯。」麥慶夫說。

「這個就是個營區的證明吧。」高敏仁說。

「前面那些破爛的房子是一些老兵搭的違建，人死了，遷走了，房子也爛了。」麥慶夫說。

「剛才怎麼只拍一下就走，我有很多問題不懂。」千葉優子說。

「在那裏多待一下就會被注意，說不定會有一堆記者跟過來，不太好。」麥慶夫說。

「今天場面是『河山重光碑』的，三十二師剿匪陣亡紀念碑，文不對題。」高敏仁說。

「我看不太懂——剛才武乃山那個陣亡軍士紀念碑的內容。」千葉優子說。

「哪裡不懂，我幫你看。」麥慶夫說。

優子打開手機中照片的資料庫，麥慶夫也打開剛才照的照片。

「本師奉命成立……什麼，什麼……威震中原，死傷慘重……百戰成功……師長陸軍少將什麼，什麼的。」千葉優子瞇著眼唸了起來。

「要花一點時間讀，這個資料有，查得到。」麥慶夫說。

「念革命之艱鉅，大功未遂……中華民國〇〇年十月十五日立。」千葉優子跳著唸完了。

「不容易，認識這麼多漢字。」麥慶夫說。

「死掉人的名字我看得懂，上校，上尉，士兵什麼的。」千葉優子說。

「對，就是這個部隊戰死者的名字。」麥慶夫說。

「什麼是內除——國賊，外抗——強權。」千葉優子歪著頭問。

「對內消除反叛的賊人，對外抵抗外國人侵略。」高敏仁額頭冒著汗，喘著氣說。

「就這樣？」千葉優子拿下了眼鏡。

「這是軍人的責任。」高敏仁說。

「你怎麼會對這個有興趣啊？這個不是台灣人的東西。」千葉優子說。

「說得好，很多人就這麼說，這不是本地人的，不是台灣人的。」麥慶夫說。

「奇怪了，陣亡紀念碑不是應該放在這裡嗎？自己的部隊。」千葉優子說。

「也有道理，應該是有考慮過。」麥慶夫說。

「我外公就是這個部隊的。」高敏仁說。

「外公？」千葉優子一面說，一面伸手搧開不時飛來叮人的蚊蟲。

「難怪這樣子，你不是最討厭國民政府的嗎？原來你媽媽是——」麥慶夫說完，感覺有點暈，脖子和後腦脹脹的，血壓高起來了。

「我原來也不知道，後來看到很多外公留下來的東西，像筆記，軍校同學的聯絡簿才知道的。」高敏仁一面撿起地上的手機、相機一面說。

「好奇怪的人啊，你。」千葉優子說。

「有什麼奇怪，血統是血統，道理是道理。」

高敏仁把這塊標註了記號的小型石柱弄好之後，開始移動身體，前前後後拍起照來。

「你祖父不是二二八事件以後被抓到槍斃的嗎？沒想到你母親是——」麥慶夫說。他看著這位言辭銳利，個性浮躁的記者，果然不是單純的人，正常家庭出身的無法如此。

「誰知道他們怎麼在一起的。」高敏仁說。

「好奇怪的人啊，你父親高木村不是也被毒死嗎？聽人家說。」千葉優子說。

「亂講的，他是癌症死的。其實高木村不是我的生父，我母親說我真正的生父姓潘，有可能是原住民。」高敏仁說。他的手機不斷發出電波震動以及「叮」、「叮」的聲音。

「他們這樣說，你就承認？」千葉優子說。

「我沒有公開承認過，反正——」高敏仁笑了笑說。

「說不說實話，要看實話對你有沒有好處。」麥慶夫說，他也伸出手拍打叮在身上的蚊蟲，黏上的蜘蛛網。

「薑是老的辣。」高敏仁說。

「哼！」麥慶夫從鼻孔噴了一口氣。

「我有一些遺傳性的病，不吃藥控制不行，我查了又查，很想確定是誰給我這樣的遺傳。」高敏仁說。

「痛不欲生？」麥慶夫說。

「你們兩個講的話，爲什麼很多我都聽不懂。」千葉優子說。

「你的身世那麼複雜，難怪你——」麥慶夫說。

「怎樣？」高敏仁瞪大了眼珠說。

「原來跟我差不多，很難說清楚啊。」千葉優子很感嘆地說。

「反正就是這樣，台灣以前的人窮，常會把自己的孩子送給人家養，搞到最後，很多人也不知道自己到底姓什麼。」高敏仁說。

「父不詳，台灣的人一直父不詳。」麥慶夫說。

「你祖父眞的被槍斃？」千葉優子說。

「是啊，被槍斃的啊，名單上有，補償費也領了。」高敏仁聳聳肩說。

「哇，眞可憐、眞冤枉。」千葉優子說。

「沒有什麼冤枉不冤枉的，我看過他們的資料，那時候他們就是一群人佔領了軍火庫，家裡藏了一大堆手榴彈，長短槍，又殺又搶。」高敏仁說。

「你怎麼這樣講你的祖父啊！」千葉優子忿忿地說。

「反正就是這樣，資料都在，查查就知道。軍人，公務員被殺的，那時候就補償了，我們是後來。」高敏仁說。

「高敏仁還是比較可愛，敢說眞話，雖然聽起來很怪，很不舒服。」麥慶夫點點頭。

「這樣啊！？」千葉優子費力的吞了吞口水說。

「我們這裡有一個很有名的大人物，叫葉天朝的，民國三十五年的時候，還穿了日本人的軍裝，帶了一大堆人說要跟國民政府的部隊作戰，他底下的人也不客氣毆打這邊的外省人，搶公務機關的東西。」麥慶夫說。

「蛤？」千葉優子張大了嘴。

「後來被抓啦，家裡賣了很多田地去賄賂長官，好不容易保住了一條命，後來因爲很配合政府，領導百姓做安善良民，就讓他當大官。」麥慶夫說。

「當到部長，這個駱局長的阿公就是和他一夥的。」高敏仁說。

「眞的啊？」千葉優子說。

「姓葉這家人還不錯，佔到便宜了，沒有出賣栽培他的黨部，還算講道義。」麥慶夫說。

「有人得了便宜翻臉不認人，給他當了大官，一路升官，最後還倒打栽培他的黨。」高敏仁低下頭看看手機螢幕，又抬起頭說。

「對啊，政治就是這種髒東西，兇狠的人，敢的人，才能夠出頭，一堆高官和有錢人都說自己是政治受難者，眞好笑。」麥慶夫說。

「我同意，政治不是高明的騙術，是惡意的騙術，不過，你是老了才這麼道德。」高敏仁說。

麥慶夫看到他身上沾了些蜘蛛網，幾片枯葉，還停了一隻灰色的蛾，高敏仁似乎並不在意。

「年輕就這麼道德，只是那時不能說，也不敢做。」麥慶夫說。

「你這麼有把握自己是對的？」高敏仁說。

「混了幾十年了，還是覺得自己年輕時就是對的。」麥慶夫說。

「好官也是有。」高敏仁說。

「現在看不到。」麥慶夫說。

「沒那麼嚴重。」高敏仁說。

「誰主政就捧誰，就說誰的話，保證不會錯。長官要你幹什麼你就幹什麼，保證日子好過，才有機會吃香喝辣。」麥慶夫說。

說完這些話，麥慶夫也覺得偏激了些，不知道爲什麼，每次和高敏仁說話，不知不覺就會變成這樣，很久以來他不這樣說話了。

「就是這樣，不倒翁。」高敏仁說。

「那你怎麼這麼討人厭？」麥慶夫說。

「現在不是這樣，A上台罵A，B上台罵B，你不罵他他不把你當回事，你罵，他才會尊重你。」高敏仁的語調變得亢奮，尖銳，浮腫的臉上滿是汗水。

「威權時代是要捧當權的，捧，他才給你飯吃，現在沒事罵罵才可以撈點油水。」麥慶夫說。

「我眞的聽不懂你們在說什麼。」千葉優子吞了吞口水，搖搖頭說。

一隻松鼠在樹林中追逐什麼，沿著樹幹竄上竄下，引起一陣騷亂。

「差不多了吧？」麥慶夫擦擦脖子上的汗水，他盡量壓抑心情，慢慢地呼吸，免得血壓升得太高。

「差不多了，反正不來，可能過一陣子就被弄掉了。」高敏仁看著這個灰髒晦暗的石柱說。

「人都是爲了自己。」麥慶夫說。

「用軍事壓迫統治的時代過去了。」高敏仁說。

「嗯，軍隊被一步步搞爛、搞空。」麥慶夫說。

「我們要去找賴乾坤家人了嗎？」千葉優子說。

「好吧，走啊，約好了就去。」高敏仁說。

麥慶夫用雙手力地擦刷、拍打身體，把攀附在衣褲上的草和蟲子弄掉，一會兒他低著頭走向車子，神情顯得十分疲憊，走路也搖搖晃晃的。

「該吃午餐了，老傢伙沒電了。」高敏仁說。

「你們要想好要做什麼，要怎麼做。」麥慶夫說。

「這是好事啊。」千葉優子說。

「就是見證和紀錄。」高敏仁說。

「應該要有正義的。」千葉優子說。

「他們只是單純的老百姓，別愚弄人家。」麥慶夫說。

「什麼意思？」千葉優子停下腳步。

麥慶夫抬起頭，皺起眉頭，兩眼直視著她的臉，千葉優子被這樣的眼神和動作嚇了一跳。

「怎麼了！」千葉優子臉孔表情有點驚惶。

「……」

「我了解了，不會，盡量不要去麻煩人家。」千葉優子用手輕輕地拍著胸口。

「麥兄是在地人，比較爲難。弄得好，皆大歡喜就好，弄得有人不高興，說難聽的話，他難做人。」高敏仁說。

「……。」

「麥兄，麥兄，我們目前只是在規劃階段，還沒有要怎樣，先訪問家屬而已，訪問而已，會很小心的。」千葉優子有點結巴的說。

「……。」

「問問家屬的意思再說吧。」高敏仁低下頭滑手機，一面說。

「麥先生你爲什麼要戴農藥廠的帽子？又是紅色的字，好奇怪啊？」千葉優子問。

「……。」

三人走到車子旁，陽光由樹林中稀疏處灑落下來，光線明亮得多了。

「嗐，總算，總算——」千葉優子說。

「等一下去一間有名的客家料理店，很有名。」麥慶夫說。他覺得很疲倦，力不從心了，頭腦昏沉，他相信吃點東西就會好起來的。

「客家小炒、薑絲大腸、白斬雞、福菜湯，很多很多。」千葉優子說。

三人陸續上了車，麥慶夫繃著嘴巴，握著方向盤，慢慢地倒車，退出小徑，駛向大馬路，離開了荒涼的樹林坪，朝下一個地方前去。

第捌章

有關洪朝偉先生的訪問記

▲一、幸運事件的紀錄

「迌迌日報」記者高敏仁打開影片「洪案資料 2019.3」，點了其中一個檔案「2019.3–1」，幾秒鐘後，螢幕出現了坐在黑色沙發上的洪朝偉。這個男人有著濃密的頭髮，皮膚黝黑，眼睛圓亮，身體微胖，穿著白色、藍色、紅色交雜的條紋襯衫，手腕上套著一隻黑白顏色相間天珠環子，看起來很幹練。

洪朝偉看了看架在身前的手機，伸手調了調鏡頭，然後說到：

「王社長說要做我的專訪，很榮幸，我們是老朋友了。我說要專訪就要做深入一點，我這個人一生很精采，說來你也不信，不過慢慢來，今天先給你一個前言。我請秘書先幫我寫好，等下照稿子唸，比較不會出錯，錄好就寄給你。別人不知道我的故事，你們算獨家，高記者算撿到寶。聽說你是報社『重案組』的組長，身價很高，水準很夠。王社長我們老兄弟了，感覺他有什麼目的，想套我的話，不過沒關係，我相信他不會害我……先這樣，來了歐，我要開始講了……」

洪朝偉拿起茶几上的一張紙，低著頭慢慢的唸了起來。

「我的幸運事件，至少有四次。我這個人眞的福大、命大。先講當計程車、貨車司機的故事，第一次是陸橋突然倒塌了，結果幸運沒有被壓到。那時候很多人的車子，都停在昭陽路橋底下，昭陽路橋你知道嗎？從光泉里到市區最大的橋，每天幾萬輛車通過。那裏有人私接水接電，中午有人來賣便當，賣飲料，沒人管，很好休息。

那一天發現車子怎麼在滴水，又沒有開冷氣，打開引擎蓋，摸了摸水箱，果然濕濕的。水箱，有一點生鏽，裂了幾條小縫隙，水滲出來。上次用「斯立控」塗上去修補的，乾掉了，要再補。想到後車箱的工具箱有，就去找，找到了，結果乾掉了，一滴也擠不出來。

「叮、叮」手機響了兩聲，高敏仁看了一眼，是推銷菊峰葡萄的廣告。

……水箱一直滲水不是辦法，會電線走火，車會燒掉，只好走去對街的泰和五金行買。剛走出陸橋底下沒有兩秒鐘，陸橋就「轟隆」一聲倒下來。

我嚇到，整個人仆在地面，被飛來的不知道甚麼石頭、鐵片刺到身體，痛得要命，很多地方流血，心臟都快停掉。

現場死了六、七個，重傷幾十個，橋下車子裡的人最慘，壓扁掉，橋上正在通過的卡車、轎車、摩托車摔下來好多台，現場實在很恐怖，到處有人哀哀叫。我的車也壓壞了半邊，沒救了。

註死的，沒辦法，說起來我也不是什麼大好人，就是菩薩保佑，時間還沒到，命不該絕。

手機電話響起，是由 LINE 打來的，高敏仁用滑鼠點了一下，按了影片暫停。

「老邱，怎麼了？」

「謝宗時準備要對我們提告，律師要我們先調解，約好下禮拜三。」

「我才出十萬塊，也算股東嗎？」

「拉麵店開始賺不少，你分了兩次錢，領了二十幾萬——不錯啦。」

「算詐欺嗎？」

「應該是，律師希望我們先跟他談，不一定要答應什麼條件。」

「我一定要去嗎？」

「你出現大家比較會怕，廣告也是你幫忙做的，媒體報導也不少。」

「你還是擺不平。」

「總是要處理，不然店裡那些冷凍櫃，廚房的設備，沒辦法換現金，很多人要買。」

「我再看看好了。」

「這些人沒完沒了，到處打電話，到處投訴。」

「了解了。」

高敏仁關掉電話，重新點開影片。

第二次是沒補上位，反而逃過一劫。

本來要飛去印尼雅加達接洽業務，臨時有事，取消了預定的機票，準備延後一週再去。沒想到一週到了，那邊又有狀況，再延兩天。因爲是臨時購買的，大象航空公司說要看情形。當天一大早公司通知我，天氣不太好，有可能補上下午三點的位子。如果願意，請我過去等待。我是候補一，還有候補二、三也通知了。

於是就聯絡了相關的關係人，說我可能在晚上八、九點到達雅加達。

在櫃檯等了兩三個鐘頭，櫃台說那個位子的客人趕來了，很抱歉。問我是不是延後班次，下個班次還有四、五個空位。我和候補二、三的臉色都變得很差，竟然有這種事。

我當然不願意，那是晚上七點的，到了都半夜了；接機的朋友，和後面安排的活動都要取消了。以前也發生過類似的事，只是不知道爲什麼，這次突然很生氣起來，對著櫃檯人員大吼大叫，罵大象航空辦事不力，開旅客的玩笑。後來他們的長官出來安撫我，警衛也來了。航空公司說要補償我，給餐券，給一百美元，我都不接受，一直說這個公司太不行了。正在爭吵，一位櫃台小姐說，有一位乘客忽然血壓升高，陷入半昏迷，已送下飛機，空出一個位置，問我願不願意補位。我覺得不想撿這樣的便宜，執意不要，就由候補二號的婦人補上了。

「叮、叮」手機響了兩聲，高敏仁看了一眼，是喬治，這個人的訊息現在不想接。

……這個戴著頭巾的婦人離開時，還向我深深一鞠躬，感謝我的慷慨。

我離開櫃台，在機場航廈混了一陣子之後，覺得很不舒服，就回家了。

第二天報紙和電視竟然播出一條新聞，說有架飛機在遭遇風暴，失去聯絡後，疑似墜落在爪哇海，機上一百八十七人目前無人生還。看到這條新聞，整個人坐在位置上不能動，心驚肉跳，很不舒服，還沒上班就先去媽祖廟拜拜。

第三次親眼見證到的荒唐事。

邱潔瑜你知道吧，很有名，現在還有人說她是台灣最勇敢的女人，爲抗議政府拆除合法住宅犧牲的烈士，說她是台灣秋瑾。在幸福社區拆除抗爭中自焚的時候，我在現場，只有她燒死。事件鬧這麼大，社區的人和全國各地抗議的集團全部聚集過來，很多人拿著她的遺像去遊行，去行政院、警政署丟雞蛋，包圍警察局，鬧了幾個月。報紙、雜誌連續報導，變成全國大事。她先生陳聖書還因爲這樣選上市議員、立法委員，後來竟然還當上國營企業的董事長，很好笑吧。

其實那天警察要攻進來的時候，社區的人都被隔離了，房間裡只有我們四個人。其實當時是想投降算了，可是李建興不肯，兩個汽油彈是他準備的。

因爲整個房間都是雜誌、報紙、書櫃、桌椅，很容易著火，說不害怕是騙人的。

沒想到警察開始破門，開始大吼要我們投降，用擴音器不停喊話。這個時候，李建興用打火機點火，竟然來眞的。我和謝文韜去搶，因爲動作太粗魯，玻璃瓶掉在地上，火一下大起來，燒到書桌和雜誌。火燒起來，濃煙密布，我們四個就趕快逃。那個地方只有一個門，撞來撞去，邱潔瑜跌了一跤，頭髮著火，亂吼亂叫。我們顧不了她，三個男人衝出來，沒想到她摔倒爬不起來。警察也有幫忙救她啊，可是來不及，渾身著火，沒辦法靠近，警察也害怕。後來說成她爲了堅持什麼居住正義，反對官商勾結什麼的，壯烈犧牲。

我在現場，那天的事李建興、謝文韜也很清楚，只是我們沒有說，說了也沒有人相信。大家都說邱潔瑜爲了堅持什麼，什麼，壯烈犧牲，就算了。人死了最大，眞相不重要；我們也有對不起她的地方，沒讓她先跑。其實開始是李建興說她是自焚的，那時候這樣說最有力量，李建興頭腦就是好，反應快。

我講的當然是眞的，她不是自焚的好不好，我人就在現場。

第四次只有我沒中毒。會去拿有機磷下毒，實在很誇張。

那個職員爲報復同事說他壞話，竟然在飲水器裡下毒。這個毒藥有點魚腥味，不是很濃，喝下去沒有什麼感覺。可是很快就有反應，頭暈，嘔吐，流汗，走路不穩。

還好一大早就有兩、三位同事先中毒，抓著胸口喊痛，臉孔、脖子變成黑青色。大家很緊張，搞不清楚怎麼回事，趕快送醫院。後來有人覺得飲水器裡的水不對勁，要大家不要喝。

我剛好交通堵塞，慢了十幾分鐘到辦公室。還覺得奇怪，怎麼桌上的茶杯有人幫我倒滿水，還沒來得及喝，同事就出事了。

全辦公室只有我的杯子被倒了水，害我被警察傳去問話。

「嘟——嘟——嘟——」手機電話響起，高敏仁按了影片暫停。

「老徐什麼事？」

「章局長剛被發現了一間寶庫，裡面堆滿菸、酒、手錶、骨董。」

「眞的啊，在哪裡？」

「新店〇〇路，半小時左右到那裏，大家會去。」

「好吧，怎會有這樣的事。」

「用親戚的名字租的。」

「厲害了局長。」高敏仁自顧自的點點頭說。

「這是你的案子嗎？」

「也是，追了半年多，十幾個檔案了，後來追的人很多，就有點不想弄，有時間會過去。」

「好歐。」

「ＯＫ，晚上去『鮮大王』啤酒屋，榮春要去蹲籠子了，關三個月，給他餞行。」

「這個人正直，夠義氣。」高敏仁說。

「沒有他提供的錄影檔，那個三屍案沒辦法報導。」

「就是啊。」高敏仁說。

「晚上見。」

高敏仁關掉電話，重新點開影片。

……根據檢驗，我那杯水含毒量很高，比飲水器裡的多五、六倍。

那位同事滿嘴胡說八道，說我瞧不起他，和科長一起壓迫他，讓他在辦公室抬不起頭來。根本沒有的事，倒是這個人經常遲到早退，愛賭博，生活不正常，欠很多債，公司很想開除他。

科長中毒不輕，三個多月走路還不穩，手腳常常抽搐。

這個人坐了好幾年牢，出來以後，國內待不下去，改名字以後到大陸去了，聽說也出事。

「這樣好了嗎？」洪朝偉放下紙張，抿著嘴，對著鏡頭說。

高敏仁關掉影片，把隨手寫的一些的文字編成「洪案資料「2019.3-1-1」，貼進檔案中。

▲二、作對的人下場都不好

迌迌報記者高敏仁倒了一杯茶，放在書桌上，點開電腦內的「洪案資料 2019.3」，找到洪朝偉寄來的第二支影片「2019.3-2」，接著拿起一支筆，然後再點開影片。

洪朝偉拿著另一張紙，向鏡頭眨眨眼，「呵呵」笑了兩聲，開始說：

我這個人在江西龍虎山眞圓道觀修練過一段時間，師傅爲我打通任督二脈，開過天眼和地眼，還練成一張鐵嘴，開口會傷人。只要把對方的姓名放在符紙上，唸這個人的姓名、住址、年齡和咒語，早晚三次，唸三遍，一定有效果。

這是事實，只要我對他詛咒，沒有不應驗的。例子非常多，講幾個嚴重些的，這些人有名有姓，可以查的：

最早我是靠黃主任的介紹進入亞台企業，成爲他的部屬，眞的很感謝給我這個很好的職位。對黃主任三節的禮數，相關婚喪喜慶該做的從來沒少過，下的命令都認眞執行。只是不知道哪裡得罪他，可能是交辦的事沒達到要求，禮數質量不夠，說話得罪了他自己不知道，或許要找別人取代我。總之，某天開始，黃主任對我講話很不客氣，退公文，退禮金、禮物。幾次向他陪禮、道歉，找人說情，他還是這樣當面、當衆的罵我，要我調職甚至辭職。

「叮、叮、叮、叮」手機響了幾聲，高敏仁看了一眼，是同事張慧婷傳來一段文字。

「邱渝民準備辭職下台了，不再擔任〇〇部長，下午兩點在立法院召開記者會。底下是辭職書的內容……。」

高敏仁皺起眉頭，張慧婷就是搞不清楚，這種新聞是新來的政治記者才感興趣，只能寫些不痛不癢的報導，就是些卽時性的垃圾而已。部長下台換一位就是了，猜到是誰也沒什麼話題性。那些人物鼻子、眼睛長得都差不多，這十幾年，誰坐那個位子都一樣，搞不出什麼名堂，不管藍或綠執政很多重要部會首長的名字大家還不熟，爲了狗屁倒灶的事就下台了，同事徐穩標說這些人：「上台十年功，下台三分鐘。」

……因爲實在不願放棄這麼好的職位，只能忍氣吞聲，希望他趕快升官或調職，確實是度日如年。也許是幸運吧，黃主任突然檢查出罹患了咽喉癌，情況嚴重。住院沒多久，喉嚨就切除了一部分，因爲不斷的化療，請假一年多，說話必須借助發聲器，因爲不堪這樣的折磨，終於提前退休了。

「叮、叮」手機響了兩聲，高敏仁看了一眼，是房屋仲介傳來的訊息。提供幾筆內湖區的小套房，價錢還不誇張。搬了六、七次家了，煩了，現在這間住了幾年還算不錯，和管理員、鄰居相處不錯，只是總覺得是別人的財產，說不定該買間套房，安定幾年。

除此之外，被我開口念咒、寫符的，眞的在劫難逃。在我家附近亂丟垃圾的那位鄰居，家裡進出人物複雜，每次跟她客客氣氣的說，別亂丟垃圾，還是老毛病不改。有一天她家裡停放的摩托車莫名其妙起火，燒掉了半間屋子，害不少鄰居的車子也遭殃，實在很糟糕。還有我想調單位的事，那時候想換單位的原因是感覺原來單位沒有挑戰性，沒有未來性，去跟長官表達意願，竟然被拒絕。主事者是老同事，之前還幫過不少忙，那時去拜託他，打了幾次電話，電話中還滿口答應，後來不接受請調的理由非常牽強，說我能力強，單位不能缺少我這樣的人材，這樣的話鬼都不能接受。這位忘恩負義的朋友，聽說得到憂鬱症，在浴室上吊自殺。有一位每天抱著狗的辣媽，經常放任狗在社區大小便，不管里長、鄰長還是誰說，不是相應不理，就是惡言相向。不知什麼時候突然很少出門了，聽說是腎壞掉，洗腎了。還有一次出車禍，那次紅燈搶快，撞了橫向過來的車。我的車車頭損壞，幾處擦傷，但對方竟然要我賠買新車的八十萬，上班損失五十萬，手臂骨折、腦部剉傷一百萬，眞是獅子大開口。

「嘟——嘟——嘟——」手機電話響起，高敏仁按了影片暫停。

「謝宗時他們去告了。」

「這個案子很難成立，詐欺什麼？他們心甘情願簽字的。」

「難講。」

「搞個兩三年看誰先受不了。」

「好吧。」

「先這樣吧。」

「沒考慮拿一點出來，大家認賠。」

「不可能，進口袋的，我高敏仁還沒有拿出來過。」

「好吧，就這樣。」

「就這樣。」

高敏仁關掉電話，重新點開影片。

……那種舊車，只值一兩萬，其他的費用都高估了一倍吧。幾次和解不成，告上法院，來來回回一年多，還沒有結果，眞是討厭。這個人太貪心，他最近騎摩托車摔車，傷到脊椎，短時間無法恢復，官司就拖著。那時候我在法院有三個案子，這條最沒營養，另一個是三億多的詐貸案，第三個是教唆殺人案。爲小車禍出庭太沒面子，我都請律師去處理。

還有偷過我家花草、腳踏車的，散布謠言的，背後中傷的……和我作對，欺侮我的，有些有看到報應，有的還升官，有的家庭事業順利，沒有倒楣。這是因爲他的事業正旺，氣勢正高，報應要緩一緩。不過遲早會的，我有一張名單，還在等著，我看著那幾個人，不時唸他們的名字，我敢說這些人下場一定不會好。

高敏仁把筆往桌上一扔，站了起來，看一看手錶，嘴裡喃喃的唸了幾句。好一會，拉開椅子，重新坐了下來，準備作一些後製。把洪朝偉的臉打上馬賽克，聲音弄沙啞，下個標題，編號「2019.3-2-1」。然後再把這「2019.3-1-1」、「2019.3-2-1」兩支影片，貼到報社另外經營的，十幾萬人訂閱的「迌迌大爆點」網站上。

▲三、司法是正義的

迌迌日報記者高敏仁坐在「隱廬大廈」洪偉朝家中的客廳裡，茶几上放著一支錄音筆，攝影機架好位置，對準目標，開始錄影。

「總經理，你知道我來訪問你的目的嗎？」

「不知道，不重要啦，你們報紙一天賣一百萬份，訪問我是我的榮幸。」

「沒有啦，現在沒有。」

「幾份？」

「二、三十萬吧。網路比較多，現在人喜歡看網路。」

「網路最沒人性。」

「請教您，那時候跟著劉董事長、游立委炒作股票，一天進出幾億，人家封你天下第一管家。」

「過去的事啦，每個人都有機會紅幾年，抓住時機就有機會。」

「黨政軍都吃得開。」

「沒有啦，好沒有十年，亂啦，那時候。」

「有關那件官司。」

「官司？我很多啦。」

「這樣啊，我想問的是——」

「我那時候在大園買了兩間倉儲，花八百萬，總共六百坪。朋友做生意倒掉，周轉不過來，我是好意幫他。」

「眞的啊。」

「倉庫裡有一堆貨沒有清理，我還在傷腦筋。沒想到那貨裡面有批手鐲，手鐲含有幾種特殊元素，有人在電視打廣告，用網路做傳播，一下子爆紅。」

「鍺嗎？」

「不知道是什麼東西，好像是。原來是在廣西山裡面開採的，只是花紋漂亮，根本不值錢。被這樣傳說，不得了了。」

「數量多嗎？」

「叮、叮」手機響了兩聲，高敏仁看了一眼，是騷擾電話。

「三千多副，手鐲、項鍊，耳環。」

「哇！」

「原來倒閉的朋友要來拿，我當然不肯。」

「當初契約沒有寫清楚嗎？」

「哪裡有寫這麼多。這個人失蹤一兩年突然出現，倉庫裡還有一堆成衣、襪子他都不要，只要手鐲、項鍊，耳環。」

「那就打官司啊。」

「對啊，搞了快三年。」

「我說的不是這件事。」

「歐，是那個職員自殺的事嗎？跟我沒關係，家屬一直賴我，說是我逼他的。」

「真的啊？」

「沒有證據亂說話，沒有遺書啊，怎麼證明是我逼他。」

「有遺書也不一定。」

「就是嘛，他家裡打電話來，我都有錄音，就知道會來鬧，嘴巴說沒有用。」

「叮、叮、叮、叮」手機響了幾聲，高敏仁低下頭滑了滑，是同事老妖傳了一些情色的、猥褻的圖檔，讓他莞爾一笑。

「有人證嗎？」

「同單位的有幾個說我態度不好，要求太多，那算壓迫嗎？公司經營本來就是要賺錢的，要有效果的。沒有能力，事情做不好，長官不能要求嗎？講什麼東西！」

「嗯。」

「玻璃心啦，想當年我還是年輕人的時候，做錯事還被前輩打過，屁也不敢放。沒有做好事自己覺得很慚愧，對不起老闆。」

「嗯，現在不是這樣。」

「我做工人出身，在山上挖竹筍，開過計程車，做板模工，開小公司做貿易，開過卡拉ＯＫ酒店，做仲介買賣房子，大股票公司當業務經理，董事長特別助理，開過幾家公司，最有名是賣髮膠的三美企業總經理，大陸也開分店，跟幾個企業合作，賣家俱、建材，學歷從國中畢業混到美國國際貿易碩士。」

「洪總的故事真傳奇。」

「訪問我就好，夠你們寫幾十萬字。我就是台灣的代表，這幾十年，白手起家，流血流汗，賺了十幾棟房子，不像你們靠流血流汗的人賺錢。」

「台灣很多企業世界一流。」

「就是嘛，很努力，真的很努力。」

「只是不太守法，我採訪過很多。」

「什麼叫守法，老弟你外行，守法要怎樣賺錢？」洪朝偉的眼珠瞪得很大。

「嗯。」

「講起來悲哀，台灣人做生意沒有偷吃步，沒有鑽漏洞，就不會做生意。」

「以前是做仿冒品起家，做廉價品起家，這我知道。」

「後來去大陸、去東南亞教人家做廉價品，還覺得自己很厲害，騙騙騙，哈哈哈，騙到就贏。」

洪朝偉拍著大腿說。

「這麼嚴重？」

「什麼汽車、電器、機械、建築、家俱、服裝不是抄別人就是代工，看多了。」

「真的。」

「我們早一批進去大陸的，教那邊的做磁磚、做陶瓷、做玩具、做鞋子，做家俱，還有成衣，賣大陸市場，賣東南亞，也賣回台灣，錢有賺到啦。」

「還有電子產品。」

「酒家、按摩店、房地產、老鼠會、佛教、道教、股票，全部也是台灣去教會的，哈哈哈！眞的是反攻大陸，三民主義救中國。以前去上海，虹橋機場跑道旁邊還長草，北京街上還有駱駝。以前去覺得北京、上海是鄉下，現在回台北，台北變鄉下。」洪偉朝大聲的說。

「眞的侵略性很強，狼性，要限制比較好。」

「怎麼限制？人家也很努力啦，說實在，跟早期台灣人一樣，怕窮。」

「不容易厚。」

「我告訴你，手機、家具、建材、電器、衣服、車子，你眼睛看到的，沒有一項跟大陸沒有關係，講難聽一點食衣住行哪一樣沒有？連槍砲彈藥、軍艦、飛機，酒店女人，最高級到最低級，哪裡沒有？騙肖！很多人坐船坐飛機，早上來晚上回去的都有。」

「洪總眞是內行人。」

「沒有啦，我是做生意的啦，比較沒水準，沒道德。」

「在東莞、深圳，喝酒喝死很多。」

「出門在外。」

「幾百，上千都有。」

「我們找你不是為這個。」
「這樣啊，那是什麼事？」
「有關一位女士的。」
「無聊，就是婚外情啊。」
「是嗎？」
「解決了啊，賠一筆錢，算倒楣啦。」
「這個——」
「很多人說是仙人跳，不是啦，那是真感情。反正在一起的時候真情流露，我們都沒有後悔過，很值得啦。」
「叮、叮、叮、叮」手機響了幾聲，高敏仁低下頭滑了滑。
「你很忙厚？」
「沒有、沒有，抱歉，怕有急事，我先關靜音好了。」
洪朝偉笑了笑。
「那麼，後來那個女的？」

「跟她先生還在一起啊，反正愛情的事，誰擋得住。」

「也有道理。」

「高記者有女人嗎？」

「沒有，沒有。」高敏仁推推鼻樑上厚重的眼鏡說。

「這麼沒路用歐？女人隨便也有。」

「這方面真的沒路用。」

「我幫你找，沒女人在身邊身體會搞壞，同居、嫖妓都不好，難怪你一天到晚寫些有的沒的。」

「好，哪天跟洪總一起去玩玩。」高敏仁身體熱了起來。

「這個世界很好玩的，不是你們想的那樣，記者十件事有九件都亂寫，在我看來。」

「嘿嘿嘿，對了，你們後來怎樣了。」

「以後大家沒來往了。我太太說要離婚，我也說好，反正這樣了，她自己後來說不要的。」

「嗯。」

「人生沒幾次真愛。」

「我們想問的是你跟宋雅君的事？」

「什麼？」

「當初聽說劉老闆的保薦，她才有機會進入經濟建設委員會，然後一路往上爬。當副主委任內出了事，劉老闆又幫了忙。」

「……。」

「後來發現學經歷造假，據說也是你們幫忙。」

「學歷假有什麼關係？看太多了，轉得過就好。」

「是嗎？」

「假年齡、假夫妻、假經歷、假人、假臉、假奶、假陰莖，太多了，轉得過就好。」

「果然是老江湖，要靠你了。」

「我哪有這麼大的本事。」

「那時候是關鍵人物，劉老闆只是打電話，真正操作是洪總。」

「你們──」

「想了解，願意談一談嗎？」

「我很早就和宋雅君這個女人斷絕關係了，沒有來往，你們想問的事不記得了，這麼久了。」

「資料我們有準備，請您過目。」

「這個──。」

「會議記錄、簡報、公文、錄音帶，還有照片。」

「你們──。」

「……」

「剛剛發佈台〇的董事長你們就要攻擊她，有人要她下台嗎？」

「反正——洪總是內行人。」

「太厲害了，你們太厲害了，有不少人提供資料。」

「這件事如果你願意證實，我們有提供資料的費用。」

「太厲害了，你們。」

「洪總，確實嗎？」

「有費用？多少錢？」

「十萬到五十萬之間。」

手機「嗡——嗡——」的響了幾聲，高敏仁分了一下神，沒有去管它。

「爲什麼保薦她，她後來參加的群益開發案被檢舉，又聽說你們動用關係去影響。」

「我看這些資料沒有用，證明不了什麼，好多關係人也死掉了。」

「群益開發案她至少涉及了關說，超貸，環評造假。」

「調查過了，結案了。」

「你不是跟她決裂了，被她出賣了。」

「那是你說的，我沒有說。」

「嗯？」

「你們那次弄倒的余董事長是很不錯的人，被你們報紙一報導，身敗名裂，家破人亡。」

「有這麼嚴重嗎？余董事長沒有那個把柄？誰也弄不倒他。」

「如果再給他當兩年董事長，整個生化產業會和電子業一樣，變成世界一流，讓台灣賺大錢。」

「不曉得。」

「你們報那些料害死他，寫得太誇張。」

「沒有啦，只是順風勢，我們不爆遲早也有人爆。」

「傷天害理，台灣就是給你們搞慘的。」

「彼此彼此啦。」

「你們這些寫東西的什麼都不懂，專門挖人隱私，經營一個企業多困難你們知道嗎？蓋一個大樓多辛苦你們知道嗎？種出一碗米多辛苦，你們知道嗎？」

「總要人監督。」

「誰指使你們來的？」

「不方便說。」

「好吧，我大概猜得出來，玩這種，沒有用。」

「你知道的。」

「好吧，你們回去吧，讓我想一想，幫我問候你們社長，我們是老朋友。」

「當然，當然，社長對這個案子期望很高。洪總是最關鍵的人物，只要你能說一些，就可以了，相關的人我們有去拜訪過了，都是大官、教授。」

「社長說我不接受訪問就要爆我的料，我現在還不能出事，只好乖乖聽話。」

「洪總愛說笑。」

手機又「嗡——嗡——」的響了幾聲。

「我還有幾個案子，去法院像去灶腳，沒有精神管這件事。」

「這件事——」

「當大官的誰沒有幾件事，大驚小怪啦！五十萬也不多。」

「說得也是。」

「可以走了。」

「希望不要和宋雅君聯絡好嗎？」

「說不定宋雅君會出五百萬給我。」

「哈哈哈。」

「哈哈哈。」

「我知道誰提供資料給你們的，至少有兩位我認出來了。」

「高抬貴手。」

「你們有錄音、錄影我知道，我的客廳也有錄音、錄影。」

「眞的歐，哈哈哈。」

「哈哈哈。」

高敏仁打開資料檔，把訪問洪朝偉的錄音檔編爲「洪案資料 2019.3- 3- 1」，儲存進資料檔裡去。他點開上週貼的「汩汩大爆點」網站上的兩支影片，已經有五萬多人按讚，留言的有一百多則，已經有人稱他爲「唬爛王」，但洪朝偉和新任○○主委宋雅君過去的關係，有沒有藉勢藉端，官商相護的糾葛，很多人有興趣。高敏仁覺得如果發展順利，這將是丟到鯊魚池裡的一塊肉，將會起一陣瘋狂的追逐。

▲四、一門忠烈

汩汩報記者高敏仁打開影片「洪案資料 2019.3」，螢幕出現了坐在黑色沙發上的洪朝偉。他看了看架在身前的手機，伸手調了調鏡頭，然後拿起茶几上的一張紙，低著頭慢慢的唸了起來。高敏仁拿著之前他傳過來的信件，和幾張老照片對照著讀著：

我五歲的時候流行痢疾，痢疾有聽過嗎？發高燒，拉肚子，一天拉十幾次。媽媽告訴我不要去廟口玩，那裡很多人得病。我不聽她的話，偷跑去那邊，回來兩天以後就發燒。隔幾天就傳染給媽媽、弟弟，我一個禮拜打針、吃藥就好起來了，弟弟也好了，媽媽卻死掉了。

我的祖父和父親一直是忠貞愛國的人，受到很高的讚揚。祖父在鐵路局工作，因爲盡忠職守，認眞又負責，受到很多獎勵。有一次颱風夜，風雨很大，他還在五德大橋的工寮看守，不肯離開。講是擔心有人通過發生危險，橋假使斷了他會卽時封橋。因爲不顧警告，最後洪水沖垮工寮，他也掉落洪水中，屍骨不存。這件義勇的表現傳遍鄉里，人人讚美。家裡的客廳還有一個匾額，上面寫著「大義可風」四個字。父親原來也是這樣的人，在公路局養路組上班，盡忠職守，認眞負責，好幾次冒險犯難，參加搶救山上坍塌的道路工程，受到表揚。不過，後來因爲爭取加班費的問題，和長官發生衝突。他和幾位道班站的朋友串聯，向上級反映；因爲得不到效果，就發動舉白布條抗議，被人煽動去佔領第三區養護工程處辦公室，眞是憨。事件後來結束，加班費重新計算，工程處長換人……

「嘟——嘟——嘟——」手機響了幾聲，高敏仁滑開手機。

「房東好，有事嗎？」

「那個檢舉我們違建的，今天工務局有派人來，要我們到現場會勘。」

「我有去問過啦，我住的那間確實是違建沒錯。」

「那、那——。」

「不用擔心，他們回去要寫報告，要呈報，要再通知，不服還可以申訴，還很久。」

「那、那——」

「沒事啦，就算要拆，還四、五年。要拆的幾百間，上千間，輪不到我們這裡，要排很久啦。」

「眞的啊。」

「我跟趙議員說過了，他說我們這邊七、八戶都是早期違建，你就一直跟工務局申訴，主管的人沒兩年就換人，他們怕惹事、怕麻煩。」

「有找趙議員說了啊？」

「反正就跟工務局鬧。」

「這樣啊。」

「聽我的就對了，別煩惱啦。」

……帶頭鬧事的〇〇〇升任組長，我父親和幾個參加的記大過，調職去東部。父親在花蓮縣銅門工作兩年，因爲颱風來襲，護衛一群小朋友過橋回家，不小心掉到溪中淹死。沒有撫恤金，講是有喝酒。這個小學爲感謝我父親，送了「義勇可風」的匾額，掛在我家客廳。

你知道嗎？眞的很冤枉。

我舅舅是有料的人，只是很少人知道，應該說不能被人知道，雖然那麼厲害。他是台灣幾個正牌神風特攻隊的隊員，眞正不怕死，爲國犧牲的！

他在日本受少年飛行兵的訓練，然後進入航空學校再訓練，成爲一個正式飛行員。少年飛行兵入學資格非常嚴格，頭腦不好，身體不好的根本進不去。變成正式的飛行員以後，參加過很多次飛行任務，雖然不是戰鬥員，不過也負責過很多次偵查敵情，運送物資，收集情報的任務，發生過好幾次空難，飛機故障，被敵人擊中，都被救起來，因爲大難不死，人家講是「吉星飛行員」。

到了太平洋戰爭末期，需要自殺式戰鬥員，舅舅自願報名參加，準備駕駛一架爛爛的飛機，衝撞美國的軍艦。當時飛機也只有裝去塞班島單程的油，沒有回程的。後來他由菲律賓起飛，從此沒有回來，講是被美軍攔截機擊落，也有講是機械故障，飛到一半掉到在大海中，總之是爲國犧牲了。因爲表現英勇壯烈，受到很大的表揚，有感謝狀和晉升一級的證書。這兩項光榮的東西藏在外公家，一直放在衣櫃裡沒有拿出來，時局不對，不敢公開的說。

國民黨來了，誰敢說什麼，敵人！漢奸！對不對？

另外一位舅舅也是了不起的人物，只是他一直在香港，所以不是很了解。然後有一年他的兒子，也就是表哥，來台灣找到我家，經過他的敘述，才知道舅舅確實不是簡單的人物。由於身分特殊，家裡幾乎不談這個人的事，認爲就是一個失蹤的兒子，不能說出來的兒子。據說在日本時代，這個人就在基隆港留下了衣服、鞋子，一封遺書，假裝投海自殺，結果是偷渡到廈門。到那邊去以後改名換姓，投身國民黨軍政工作，表現十分傑出。大陸變天後，他轉進香港進行地下工作。所謂地下工作就是地下人員知道嗎？專門收集情報，製造動亂，散布假消息，策反，鋤奸，策畫群衆運動那些的。因爲種種顧忌，用過十幾個名字，有六、七國的護照，居無定所。其實有可能是雙面諜，搞不清楚，也有苦難言。

表哥說，也是經過很久，才慢慢確定眞的是舅舅。表哥的出現也讓我們吃了一驚，主要是想來認祖歸宗，順便把舅舅的骨灰移回來。曾經找過政府單位，但是被拒絕了好幾次。對於這個請求，經過家族長輩開會後，還是拒絕了這個來路不明的「表哥」。怎樣？很精采厚，我們家族不是簡單的，對不對？不是死老百姓。

「叮、叮、叮」手機響了幾聲，高敏仁低下頭滑了滑，是趙議員傳來的訊息，今天要議會審查的「地價稅調漲案」，他們「眞理聯盟」的五位議員不會出席，應該會流會，大家有共識了。

……這人之後沒有出現了，留下了一枚政府褒揚的「忠勇勳章」，和一本影印的，據他們講是舅舅的筆記本。這本寫得密密麻麻的簿子上，記載了很多看不懂的怪字、暗號和數字。據表哥的解說，上面有暗殺漢奸、敵方罪犯的過程，表哥說只要去查閱政府相關紀錄，還有幾本軍情局，國安局，保密局幹員的回憶錄上面，就可以看到舅舅的名字。

「叮、叮」手機響了兩聲，高敏仁看了一眼，是騷擾電話。

……幾年之後我試試聯絡這個人，他留下的通訊資料，地址，電話全部回覆說沒有這個人。我覺得是眞的，感覺還有難言之隱沒有講出來。而且舅舅所做的那些「忠勇」的工作，現在已經變成罪狀了，那天仇人後代說不定會找上門的。

說實在國民黨時代人才比較多，世界比較大，不像現在，關在島裡面，你踢我，我鬥你，外國沒人要睬你，那些官員根本沒見過什麼市面。台灣想選總統的人還要去美國報到，去那邊關在小房間裡給一個小官考試。去的人還覺得很光榮，卸世卸衆！見笑死！有時候想想實在很鬱卒。有錢跟他買飛機、買大砲，不賣你，還要看他們臉色，看！好啦、好啦，這是我加的，紙上面沒有，受不了多講幾句。

我有一位姑姑很厲害，十八歲就加入「女子挺身隊」去韓國，「女子挺身隊」是什麼你知道嗎？……
高敏仁點開那幾張照片，大都是家族合照，沒有文字說明，很難確定什麼。

高敏仁關掉影片，打開資料夾，找到「洪案資料 2019.3 」，把整理好的文字編成「洪案資料 2019.3-4-1」，貼進檔案中。然後準備作一些後製，加了幾句聳動的標題，再貼到「迌迌大爆點」網站上。

▲五、句句都是眞話

迌迌報記者高敏仁坐在「隱廬大廈」洪偉朝家中的客廳裡，茶几上放著一支錄音筆，攝影機架好位置，調好目標物，開始錄影。

「聽說你是望族的後代。」

「不太清楚。」

「查不出來。」

「我也不知道，姓過顏。」

「還是大姓。」
「嗯。」
「你說的這麼多，到底是眞的還是假的？」
「當然是眞的，沒有一句是假的。」
「可是很多我們去查過，好像是拼湊的，東一點西一點。」
「你們報紙每天都登假的，大家還是相信。」
「有去做過訪問和調查。」
「鬼話連篇，天天唬爛。」
「宋雅君車禍的男朋友萬鳴樹，警方覺得和你有關係。」
「這案子以前就查得清清楚楚，一點關係也沒有，你不是有筆錄嗎？還有法院的判決書。」
「車禍前和你在東方酒店談判。」
「不是談判啦，說得那麼嚴重，這個事已經講了一百多遍，我記不清楚了。」
「他怎麼會發生車禍？」
「那個人就神經，神經啊！投資失敗就失敗，誰知道會有SARS。那時候房地產、期貨、股票、鋼鐵業、服務業通通暴跌，那是瘟疫耶，古代就是瘟疫。」
「嗯，確實比較神經質，他離過婚，有一個小孩。」
「頭腦不清楚，沒經過大風大浪就是這樣。」

「宋雅君有逼他嗎？聽說損失快七、八千萬。」

「錢不是重點啦。」

「那什麼才是。」

「反正死了，死了就死了。咦，你今天手機沒有響。」

「忘記帶來了。」

「眞的歐。」

「快發瘋了。」高敏仁懊惱的說。

「呵呵呵，這麼嚴重歐。」

「算了、算了，洪總百忙當中願意接受採訪，非常榮幸，其他事不重要。對了，聽說有地下錢莊討債，黑道勒索，你出來喬。」

「當然要喬，什麼事不用喬？國家大事要喬，國際大事也要喬，做生意賺要喬，賠也要喬。如果你夠厲害，眞的抓到什麼亂七八糟的，我也要跟你喬。人死了就算了，不要太認眞。」

「對、對，聽說宋雅君和你都說要他去死這樣的話。」

「講這個話怎樣？那我叫你去死你會去死嗎？我覺得你們這些人很該死，眞的。」

「……。」

「這張還款證明？」

「我跟宋雅君具名的，萬鳴樹欠我們的錢，他應該要還的。」

「這個時間？」

「車禍前一禮拜，還好啊。」

「檢察官覺得有問題。」

「覺得沒有用，還有人說車禍是我們設計的，我和黑道有關係。」

「萬鳴樹就這樣死了。」

「你是眞的有正義感嗎？做這行的有正義感？」

「害死人沒有事嗎？還是男朋友。」

「想太多，不能做大事。」

「嗯。」

「洪總大概覺得我們這些人都是寄生蟲。」

「我沒有這樣說。」

「好吧，萬鳴樹是我親哥哥，跟我母親姓，大我很多歲。」

「什麼！眞的嗎？不像，長得不像。」

「你覺得呢？」

「我說的都是眞的，對不對，你要完整報導歐，我說得這麼精彩。」

「有人要看嗎？」

「反正你來訪問我，我就跟你說了，盡量配合了，呵呵呵。」

「……」

「萬鳴樹的事，有必要我會找你。」

「嗯？果然——。」

洪朝偉似笑非笑的說，高敏仁也睜大了眼睛。

「眞的嗎？洪總會找我。」

「呵呵呵。」

「呵呵呵。」

「想一想，你們還是有用的。」

「人死掉了，沒有那麼簡單。」

「我是生意人，你應該知道，很多事都可以談。」洪朝偉拍拍胸脯說。

迌迌日報記者高敏仁嘆了一口氣，向後倒在椅子上，拿下眼鏡，用雙手揉揉臉孔。好一會，才打起精神，坐直身子，打開電腦中的資料檔，把訪問洪朝偉的錄音檔編爲「洪案資料 2019.3-5-1」，儲存進資料檔去。上次剪輯過後，貼到「迌迌大爆點」網站上的內容，有十多萬人觀看。很多人留言認爲後續發展一定精彩，希望繼續貼文。

忽然間高敏仁覺得很疲憊，打了個深深的呵欠，停了一會，站起身來，準備去泡杯濃濃的衣索比亞咖啡。他相信，不一會自己又將充滿鬥志。

第玖章

灼熱之心

▲一、蔬食拯救你

「這是你的早餐。」柳錦絮把一份素食餐點放在電腦桌上。

「歐，素食。」

「醫生說的，你真的要吃這樣的。」

高敏仁皺起眉頭，噘起嘴唇。

「我幫你做的，親手，不是買的。」柳錦絮嬌嫩輕脆的聲音揚起來。

「真的啊。」

就是被她這種聲調所吸引，第一次是在聖克福教堂旁的「Caldereto」小吃店聽到的，那個聲音對他有著莫名的魔力，難以自制。柳錦絮也是美的，身材曼妙，下巴有點方，淡妝，十指塗著粉紅色指甲油，臉孔總是燦燦的笑著，很懂得應對客人，再去了幾次，交換了LINE，不久就交往了。

「珍珠奶茶，雞排，啤酒，太多了，很危險。」

「好吧，謝謝你。」

高敏仁伸出手臂抱住她的腰，柳錦絮靠過來，伸出手指撩了撩他的頭髮。

「黃瓜、白菜、蛋、麵包，我快死掉了。」高敏仁語調誇張地說。

信徒好幾萬的「吉愛慈善會」，經常收到信徒的捐款，也確實做了非常多慈善事業，包括修橋、補路、濟貧、扶助……推動素食。慈善會特別強調不殺生，有個性堅強的信徒在陸橋水泥橋面、路燈柱、電信交換箱貼上「菩薩不吃牲畜肉」、「不做畜牲不吃畜牲」的標語，這其實是違法，經人檢舉後，被環保局開罰單，不過撕了又貼，罰不怕。曾經有會中的人出來檢舉，吉愛慈善會捐款帳目不清，善款被挪用，師傅推銷佛像、男女道服，消災解厄符咒，辦的法會其實是斂財法會，新聞鬧大了，創辦人因此陷入憂鬱症，無法起床，也不見人。

禪心素食館是家很受歡迎的餐廳，爲了增加口感，做的菜裡面很多添加了動物組織，每道菜都比葷食還貴。

另一間玉蓮齋可以把素食做成雞、豬、魚三牲的模樣，還可以做成香腸、火腿、牛排、蚵仔煎……外表唯妙唯肖，甚至滋味也很像，素雞肉就有雞味，素豬肝就有豬肝味，烤鴨就有烤鴨味……婚喪喜慶都可以出外燴，辦五十桌以上的宴席。

高敏仁把臉貼近柳錦絮的胸脯間，聞到微微的香氣。

「我要去上班了，今天客人很多。」

「你也是素食，很有菜的味道。」

柳錦絮拍了一下他的頭。

「最近在掃蕩逃走的外勞，還有假結婚的，我看到警察局的通報，這一帶是危險區。」

「不用怕，抓到我我就回去了。」柳錦絮揚揚細挑的眉。

「眞的嗎？」
「這裡的人，嗯，不喜歡。」
「眞的嗎？」
「你比較好，對我好，給我很多錢。」
世界上存在有這麼多不同面貌的人，在那麼多不知道的「別人」裡，曾經是完全陌生的、不相干的她，竟也會來到這裡，讓高敏仁全然迷戀。
「反正我一個人，你有沒有想結婚？」高敏仁說出這樣的話，自己也很驚訝。
「不要。」回答得很快、很堅決。
「眞的？」
「要回去再結婚，很久以後。」
「這樣啊？」
「不要想太多，想多睡不著。」柳錦絮用哄小孩的語氣說。
「想你也不行。」
「騙人的。」
柳錦絮推開他，嫣然一笑，轉身出門去了。

▲二、TIP手機

騎著摩托車來到建國街的中華電信門市，抽了號碼，等了一會，叫號了。來到櫃檯，把維修單交給工程師，工程師看了看，由抽屜裡拿出送修單說：

「高先生，工程師回報了，裡面主機板壞了，要換掉。」

「換掉，多少錢？」

「唔，工程師估價是八千元。」

「八百還是八千元？」

「是八千。」

「這麼貴！」高敏仁吃了一驚。

「要換嗎？」

「才買一年多。」

「這個牌子常常。」工程師沒再看他，手中忙著在鍵盤上敲打，輸入著什麼。

「當初是爲了支持TIP才買的。不喜歡韓國人的東西，那個國家很野蠻，是沒有道義的國家；也不要iphone，太貴了；大陸的便宜，靠不住。這一支買了一萬四千多，用一年多，也太誇張了吧？」

「要不要看看新機種，有優惠。」工程師冷冷地說。

「完全不能修嗎？換一片，還是不願意修？真的是這樣嗎？」高敏仁說。

「……。」

「主機板壞掉？我這隻沒有修過耶，第一次送修而已，就壞得這麼嚴重。」

「先生等一下，我打給測試工程師，你跟他說。」工程師拿起手邊的手機說。

「好好好。」高敏仁感到一陣子鬱卒襲上心頭。

留著小平頭胖胖壯壯的范主任坐在辦公室裡，天氣炎熱，仍然堅持不開冷氣。

高敏仁找他協助調資料，戶政事務所裡來來去去的人很多，談話聲此起彼落，工作人員很忙碌。

下午三點了，穿著白色短襯衫的范主任身上發出陣陣酸氣。

「這些資料對嗎？」

「對對對，效率眞高，你來當主任半年，整個事務所氣氛不一樣了。」

「哈哈，抱怨很多，要求工作要有品質，三個月的工作量等於以前的一年。」

「想認眞工作，想為民服務的應該很多，只是沒有人帶頭。」

「你說得對，我只是起個頭。」范主任語氣堅定。

「這麼熱，主任室不開冷氣嗎？」

「不用，不用，我鄉下孩子出身，能省就省一點，雖然是公家的，還是人民納稅錢。」

「謝謝你提供的資料，咦？主任也用「TIP 手機。」

「支持一下，國產的。」

「聽說上頭對你有點不滿意？」

「你的消息眞靈通，果然是記者。」范主任笑了笑。

「關心一下。」

「要做事就不怕得罪人，反正，做了這個職位就照自己的理想去做，上面不高興，要調我去那裡，就讓他們調，就這樣。」

「嗯。」

瞬間，高敏仁想起一位單身的退伍軍人陶先生。那時候是去稅捐處二樓繳稅單，又遇見了他。許多年了，已經白髮蒼蒼，臉孔、身體都顯得枯瘦，但精神還不錯。

「退休這麼多年了，你還在做這個事啊？」

陶先生指著手裡用厚紙板做的牌子，張開沒幾顆牙，暗褐色的嘴巴說：

「『節約能源，隨手關燈、關水，國家省錢靠大家。』我還是勸人家要做好這些事，現在的人浪費，比以前嚴重啊，不說不行啊。」

「眞是有心，你還幫忙修水龍頭、換燈管、修門窗嗎？」

「老弟啊，別取笑我，有人要幫忙，還是可以的。」

「陶伯伯退休那麼年了，該休息了。」

「還可以的，很多公家機關、學校不讓我去了，叫警衛擋住我，我還是要去。」

「身體要緊。」

陶先生後來在大街上發生車禍，被一輛砂石車擦撞，摔倒在地，很快過世了。據說遺留的一點財產，全部捐給了某間學校。

「主機板壞了，打不開對不對，過熱造成的。」測試工程師說。

「怎麼一年多就這樣？」

「差不多啦，一年七個月，還好。」

「有朋友的三年了，沒有壞成這樣。」

「看使用狀況啦，有沒有二十四小時使用，充電太久，太潮濕，撞到過，都有可能。」

「我想想。」

「有時候也運氣、運氣。」

「運氣？」

「建議換一支新機比較划算，現在有很多選擇。」

「換一隻當然好，可是要這麼多錢。」

「現在人沒有手機不方便。」

「已經是人體器官的一部分……這麼貴歐，八千塊。」高敏仁還是很難接受。

測試工程師掛掉電話，櫃台前的工程師面無表情的說：

「先生要買新的手機嗎？不喜歡 TIP，可以買別的牌子，有優惠，到明天爲止。」

▲三、燃燒的啤酒

高敏仁來到漁珍鮮海產店，「亘亘日報」同事徐穩標，南國銀行李襄理，聖福里加油站的方站長已坐在那裏。

桌上擺著幾盤快炒菜：三杯雞、鐵板豆腐、客家小炒、塔香肉片、糖醋魚片，每個人前面立著一瓶綠色的啤酒，一隻玻璃杯。

「遲到了，自己先罰三杯。」高敏仁說。

「交了兩瓶了。」瘦高的徐穩標彎身，由地上拿起兩隻空酒瓶向他搖搖。

「我還欠一杯。」臉孔褐黑，兩眼眼底有鼓起臥蠶的李襄理說。

「快點，快點，我也第三瓶了。」梳著油頭的方站長說。

徐穩標張開嘴，歪過頭，用牙齒咬開酒瓶蓋，遞了一瓶啤酒過去。

高敏仁拿過來，把身前的酒杯斟滿，然後仰起頭，快速的連乾三杯。

冰冷的啤酒經過喉嚨的吞嚥，衝入胃中，只一會，泡沫浮起，猛的往上漫回喉嚨，溢滿嘴巴，幾乎要嘔吐出來，身體忽然一陣冰冷，一股莫名的驚惶感升起，兩眼發直。

「喔！乾脆、乾脆。」李襄理說。

「三杯了。」高敏仁向三人亮亮空酒杯。

「來來，吃點東西。」徐穩標說。

「要跟上來，才第一瓶。」李襄理喝完第二瓶，把空酒杯重重的放在桌上，拿起第三瓶。

高敏仁盯著眼前綠色的啤酒瓶，腦中瞬間閃過：

黨團大黨鞭的兒子縣議員羅文浩，爲了父親立法委員的選舉，連續一個多月跑攤喝酒，訂婚、結婚、廟會、節慶，一攤又一攤，白天晚上，終於在三山國王廟的宴席上喝下最後一杯啤酒。然後啤酒泡沫和鮮血由胃湧起來，從嘴角流了出來，當場昏迷過去，倒在酒席上，送醫過了兩天後死亡。

市長周秀瑛的兒子載著她跑行程，當天中午在里長家吃飯，喝了幾瓶啤酒，車子由地下道開出來的時候，沒有注意，搶了紅燈。一輛貨車正快速地經過，直接撞上左側，市長車子橫斜出去十幾公尺，周秀瑛頭部重創，臉孔變形，當場死亡。貨車司機檢測有些微酒精反應，不過沒有到違規的數字，他兒子倒是超過了標準。幾篇報導，包括高敏仁寫的，都說是貨車司機酒後駕車，釀成不幸。

「再來，再來。」李襄理說。

高敏仁夾起一塊鹹辣的豆腐，塞進嘴裡。

「高記者，報導寫得眞不錯。」方站長用手撫撫油油的頭髮。

「不敢當。」高敏仁說。

「今天初次見面，你一杯，我兩杯。」方站長說。

「是啊，五天見三次，想念得不得了，你一杯，我兩杯。」高敏仁說。

「讚！讚！豪爽。」徐穩標揮動細長的手臂說。

「你也陪一杯。」方站長說。

「那有什麼問題，來來來。」徐穩標說。

高敏仁舉起酒杯，仰起頭，灌了下去。

「豪爽。」方站長說。

三個人放下酒杯。

「你們知道嗎？」高敏仁說。

「知道什麼？」方站長眼睛眨啊眨的說。

「呃——」

高敏仁腦中喃喃的說：七、八年前喝酒騎車，後面載了報社的一位實習記者，摔倒後，這人受了重傷，右腿截肢，他左手左腳擦傷，今天身體的狀況和那天有點像。

「要講什麼？」李襄理黑褐色的臉孔湧起了暗紅色，眼珠裡佈著血絲。

「呃——」

「怎樣啦？」方站長說。

「我敬大家，乾杯、乾杯。」高敏仁說。

「想喝就喝，講這麼多。」方站長伸手再撫撫頭髮說。

「就是嘛。」徐穩標說。

高敏仁頭腦昏沉，胃鼓脹，不停打嗝，冷汗直流，不確定自己是不是真的喝多了，這麼快就暈了，等會不知道要怎麼回家。

▲四、爭議或者眞相

蕭蔓蔓來應徵「迢迢日報」社會版記者，T大中文系，K大社會研究所畢業，寫過一篇西門町女性理容師的報導文學作品，得過小獎。她的父母在商界、宗教界擔任主管，來頭不小，介紹人童智勝董事長在政經界聲勢顯赫，和社長是高爾夫球友，新禧扶輪社的同仁，應該很難拒絕。總編輯要高敏仁先看她試寫的幾篇，然後給意見，之後他們會商量、決定。蕭蔓蔓把其中一篇稿子寄給了高敏仁：

鍍金的「熾愛の夢」

鼎金大樓二十五樓的「熾愛の夢」圓廳，每周只開放星期三、星期四兩天，由早上十點到傍晚五點。參觀者必須先預約，一天只能有五百名入場名額，入場劵每人兩千。「熾愛の夢」塑像在圓形大廳的中央，塑像周圍用欄杆圍起，不讓人靠近。

「熾愛の夢」以名媛傅麗絲的純金塑像知名，當時富商王宗憲爲了追求她，送了一座按照全身比率一比一的黃金打造塑像，博取她的歡心。據說是高達百分之九十九的黃金，重達二百多公斤，花了上億台幣。因爲知名度高，許多廠商用陶瓷、塑膠、金屬，仿製了大大小小的「熾愛の夢」塑像，風靡一時，成爲熱銷商品。

傅麗絲得過亞洲公主冠軍頭銜，演過六、七部青春男女戀愛的電影，名氣響亮。當時已有金融業大亨男友的她，很快地便轉身投入王宗憲的懷抱，且將這個象徵熾熱的，奮不顧身愛情的塑像，放在他們居住的海邊別墅，定期向大眾公開。那位金融業大亨則放話，一定會想辦法報仇，洗刷恥辱。

塑像是知名的歐洲雕塑大師安東尼．華托所雕塑的，傅麗絲穿著一件緊身的洋裝，曼妙的身材曲線畢露。用珠寶鑲嵌的眼珠又黑又亮，臉上帶著柔媚的笑意，臉頰兩朵紅暈，身體向前微傾，右手抬起，五指微張，左手向後伸直，下巴昂起，雙唇微張，低胸的玫瑰花瓣式的衣領，露出半顆圓潤的乳房。

以銷售飼料及獸皮致富的王宗憲，幾年後欠了鉅額賭債，又因酗酒、吸毒，屢屢上報紙的社會新聞版，傅麗絲對他不離不棄，就算他身邊女人不斷，在警察局、法院出出入入，也沒有分開。王宗憲後來遭到黑社會暗殺，死在一個巷子裡。傅麗絲則在酒會上躲避一位多金的政治人物騷擾，不小心墜樓死亡。然而許多雜誌認爲案情並不單純，王宗憲和傅麗絲的死牽涉到商場恩怨，情慾爭奪，黑道搶奪地盤，甚至政治因素。報章雜誌不斷的報導兩人的故事，甚至有人寫出了一本書《飼料大王的金色戀情》，揭露其中秘辛，風行一時。

黃金傅麗絲被另一位蔡姓富豪收購，放在鼎金大樓的二十五樓圓廳，這座「熾愛の夢」塑像是一個浪漫的傳奇，每年吸引了衆多的民衆來觀賞。

人們癡迷地看著這炫奇、華麗的塑像，爲這樣的愛情感嘆。

蔡姓富豪曾接到一封勒索的信函，信函裡有幾張照片。照片指出，這號稱純金的塑像，許多地方有鏽綠以及細細的腐蝕小孔。此外是半張蘇富比公司的鑑定證明書，雖然只有半張的影印紙，但已足夠說明「熾愛の夢」黃金總重量只有不到十公斤，本體其實是銅製的，頂多是外表鍍層薄金而已。

蔡姓富豪沒有理會這個勒索，於是媒體便刊出了「廉價的愛情」、「假黃金真情慾」等等報導，蔡姓富豪則重申眞金不怕火煉，然而藉維修之名悄悄關閉這個大廳。一年後風波停息了，便又再度展出。

雖然媒體舊事重提，但沒有影響參觀的人數，人們還是對純金打造的「熾愛の夢」，以及這對關係複雜男女的浪漫故事，充滿好奇與想像。

高敏仁從抽屜中一堆雜物裡，翻了翻找出一支跟手掌長度差不多的「熾愛の夢」金屬塑像，放在電腦桌上，擺好。靜靜地凝視，一會，拿起手機，找到蕭蔓蔓的圖像，滑了一下。

「我們要的是爭議，不是眞相。」高敏仁在 LINE 上寫。

「歐，了解。」蕭蔓蔓幾乎是卽時回信了。

「這是報導，不是新聞。」

「我還要克服的很多。」

「有時候會要眞相，眞相也要有新聞性。」

金黃的「熾愛の夢」塑像已經褪成灰灰淡淡的黃色，身體繡蝕得斑斑駁駁，摸起來有點刮手。塑像的臉倒還好，笑意柔媚，臉頰兩朵紅暈，眼睛還算黑亮。

「歐，了解，我重寫。」

「這篇留著，題目很精彩，非常有潛力。」

「花很多心血。」

「看得出來。」

「我有機會和大哥您共事嗎？」

很多年前買的，應該是想送給楊雀雀吧？還是楊雀雀買來送給他的，不記得了。

「很快就會知道。」

「感恩。」

高敏仁放下手機，抽出一張衛生紙，仔仔細地擦拭這個小小的塑像，上面的金漆紛紛掉落下來，露出淡灰色的基底，「熾愛の夢」看起來殘缺、晦暗，好一會，再把她放在桌上，靜靜地凝視。

▲五、雪花膏的氣味

在統聯客運寬大舒適的綠皮座椅上，坐在一號位置睡得惺惺忪忪的高敏仁，忽然聞到一股淡淡的香味，那是種遙遠的熟悉的味道，然後聽到一個蒼老尖細的聲音說：

「廣興站到了嗎？我想上廁所。」

「過去了，過去了，怎麼不早說。」司機不耐煩的回答。

「我、我不曉得啊。」

微微睜開眼，一位看起來已有八十幾歲，滿頭白髮的老太太，搖搖晃晃的用雙手抓著駕駛座旁不銹鋼柱子，跟司機說話。

「已經過站了，沒辦法停下來。」

「我很急哩，司機先生。」

寧靜的車內，零零散散坐著的人，幾乎都醒來了。

是雪花膏的味道，母親的味道，遙遠的記憶了。

「還有多久才到。」

「二十分鐘。」

「……。」

「司機先生——。」

有人開始悉悉唆唆的說些什麼。

「現在十一點多快十二點了，那裡可以借廁所？」

「司機先生——。」老太太的聲音有點哽咽。

「好啦，好啦，前面有個加油站，給你下車好了。」

「謝謝歐，謝謝歐。」

一會，車子在一間暗沉沉的加油站前停了下來。

「我沒有衛生紙。」

司機抬起浮腫的眼看了看她，高敏仁在口袋裏掏了掏。

「你有嗎？找給她。」有人說。

司機遞了一盒衛生紙過去。老太太抽了抽，僵硬顫抖的手，一直沒有辦法抽出一張。

「整盒帶下去！整盒帶下去！」司機大聲的說。

「好、好，要等我，等我一下。」

老太太巍巍顫顫的走下車去。

高敏仁低下頭看了看手錶。

「嘖、嘖，這是在——。」有人發出不耐煩的聲音。

已經坐了三個多小時，高速公路上塞車塞了四十分鐘，好不容易下了交流道，看看就快到終點站了。

那個停止營業的加油站很大，藍色、紅色的、白色的招牌，暗沉沉的，模模糊糊的，看不出來寫的是什麼字。

高敏仁站起身，跟司機說：

「我去看她一下。」

司機點點頭，挪了挪身體，打了一個呵欠。

「大家不要下車，馬上要走了。」

老太太果然找不到廁所。

高敏仁快步地在黑暗中找了一會。

「這邊、這邊。」高敏仁叫她。

「謝謝、謝謝。」

老太太拿著那盒衛生紙走過來。

高敏仁拉開廁所門，然後退到旁邊。

「這是蹲的，我沒辦法。」

老太太看了看，嗚咽的說。

高敏仁走到另一間殘障廁所，想拉開門，發現是鎖住的。

「眞的是歐，眞的是歐。」

高敏仁試了幾下，發現卡得不緊，便猛力一拉，門便開了。

「快點，快點。」

……

他們走回引擎聲轟轟作響的車子，上了車，司機立刻把門關上，車向前開去。

高敏仁把衛生紙盒還給司機。

坐在他旁邊的老太太說：

「失禮了，感謝大家這麼好心，真感謝。」

是雪花膏的味道，遙遠又熟悉的記憶了。

老太太臉孔乾皺，斑斑點點，頭髮枯乾，蒼白，牙齒也缺了幾顆。

「你一個人出來，後生沒有跟你來。」高敏仁說。

「今天是去台北給我媽媽培墓，拜訪親戚，時間不剛好，年輕人沒時間。」

「培墓？一個人出來不方便啊，怎麼讓你一個人？」

「是啊，是啊，媽媽的墓啦，還好碰到你們好心人。」

車子慢慢駛進了安善鎮市區，街道冷冷清清，沒有人走動，沿途的路燈兀自發著光，照著馬路。

「快到了。」

「快到了。」

「你要去哪裡？是這裡人嗎？」

「有事，會去住旅社，明天要工作。」

「謝謝你啊，好心有好報，對老人家這麼照顧。」

高敏仁點點頭，偏過臉去，一個幽深黯然的感覺升起，漲滿。他感到喉嚨發癢，下車後決定要先好好的抽一根菸，以便能夠遮去那個雪花膏的味道。

▲六、牙齒痛不能忍

忽然想起許久沒聯絡的楊美航，高敏仁用 message 寫了幾個打招呼的字，竟然很快就回覆了。

「你不是去台東教小學了嗎？」

「代課老師，一年半而已，就回來了。」

「不想繼續嗎？」

「不夠浪漫，也沒什麼偉大理念，簡單說，離開不了都市。」

「這樣啊？」

「光牙齒痛，找不到醫生，就想逃走了。」

高敏仁瞥了瞥書架的頂層，那裏有個塑膠罐子，裡面裝了兩顆最近拔掉的牙齒，大臼齒，另一顆是智齒。

牙周病，醫生說不能抽菸、喝酒、熬夜。

「現在？」

「在全家便利商店，信義路二段那邊，正職的。」

「很忙齁。」

「要求高，品項多，很緊迫，人滿滿，每天像打仗。」

「我們第一學府的學生運動領袖，帶頭抗爭的猛將，尖角社的大角頭！」

高敏仁伸手到頸部，揉了揉，那兒僵硬很久了。

「was，曾經是。」

「沒有意見嗎？對他們管理的方式，營運方式，我聽過很多抱怨，有什麼料嗎？」

「老高記者魂又來了，沒有沒有，根本沒資格說話。我連最起碼的工作都做不好，常常出錯，滿糟的。」

「你變了，哈哈哈。」

「得先站好再說話，站不好，別批評，是台東那裏的學生教我的。」

「那天過去喝杯咖啡。」

「只能講兩句。」

「到台東教書不是滿棒的嗎？很多文化人、搞藝術的去那邊，之前花蓮也是，很風潮。」

「太做作。」

「犀利。」高敏仁往後仰了仰脖子，好像有幾年沒做這個動作了。

「最感動的是每天可以吃到歐巴桑煮的飯菜，不是餐廳的，便利商店的，速食店的，就是家常菜飯，你了解嗎？就是大家圍在一張圓桌吃飯。」

「學校的伙食嗎？」

「是啊，學校請的歐巴桑。」

「這樣就感動。」

「太久沒有這樣了，第一次吃，眼淚就掉下來。」

「咦……」

「蘿蔔就是蘿蔔，飯就是飯，豬肉就是豬肉。」

「有差？」高敏仁再伸手揉揉頸部，還是很僵硬。

「眞的有差，那邊吃的是生命，這裡吃的是冰櫃的屍體。」

「你想做某個人的太太或者某個小孩的媽媽了嗎？」

「應該做不到，或者也許。」

「想過這樣的生活了嗎？相夫教子。」

「下輩子吧，太難了，跟那些歐巴桑比起來，我只是個渣。」

「這樣說。」

「就是，我受的教育和我自我教育的就是這樣，很爛。」

高敏仁眼前浮起楊美航浮腫、銳利的臉孔，很難想像她變成什麼樣子了，是眞的改變了，還是暫時的耽迷。

「你同時也在罵我嗎？」

「互相勉勵。」

「確實不容易。」

「沒有這樣的女人了，老高。」

「你牙齒好了嗎？」
「蛀牙終於拔掉了，痛了幾年。」
「我總共少了六顆牙了，還有兩顆蛀牙。」
「嗯，牙周病歐。」
「一言難盡。」
「不能再聊了。」
「那天過去喝杯咖啡。」
「好啊，只能講兩句。」

▲七、花與垃圾桶

在「誠正樓」三樓，新聞系演講廳裡，廳內坐了一百多位同學。
「我來問你，你看到這朵花，有什麼想法？請你告訴我三個聯想？」徐副總編說。
「我嗎？」高敏仁回答。
不知爲何被點到，心理完全沒準備，腦袋一片空白。
「是是，請。」
「教室裡沒有花。」高敏仁隨口講了這句。
「……。」

人群中響起笑聲和竊竊私語聲。

徐副總編的表情變得很嚴肅，眼神犀利。

「三個嗎？這個花很香，只是不知道爲什麼會在這裡，花很貴——」高敏仁覺得自己在胡言亂語。

「……。」

徐副總編的嘴巴繃了起來。

「花的香味，其實是一種毒耶，是引誘昆蟲的方法。」

高敏仁的身體發熱、滲汗，頭部也都是汗，覺得很不舒服。

「你能不能給我跟花有關的故事，你知道故事的意思嗎？你沒有女朋友嗎？」徐副總編說。

「我很少注意到花的事情，眞的，花眞的讓我想起女生。」

「你知道你的回答不夠好。」徐副總編說。

「哈哈哈。」很多人笑著。

「是、是。」

「好吧，我們來講另外一個問題，垃圾桶，講到垃圾桶你們會想到什麼？其他同學一起回答吧。」

徐副總編把身體和眼光轉向在坐的一百多位同學說。

焦點轉移了，讓他輕鬆下來。

人群中陸續有人回答：

「很骯髒的東西，我們要放到看不到的地方。」

「垃圾桶讓人家不敢靠近，不過幫我們清除了很多不要的東西，讓我們的環境變乾淨。」

「我是班上很多同學的垃圾桶，同學碰到什麼事情不開心的，都會來找我說。」

「哇，你很了不起。」徐副總編跟那位同學說。

「垃圾桶是非常重要的東西，經過徐副總編提醒，我們才發現。」

「記者很重要的能力，就是要發現人人不注意的地方。」徐副總編說。

「犧牲自己，照亮別人。」

「沒有照亮吧？」

「哈哈哈。」

「有注意到爲什麼用花和垃圾桶讓各位聯想嗎？」徐副總編說。

「……。」

「你們知道嗎？很多報章雜誌專門報導腥羶色的東西，不講究四維八德，不談鼓舞人心的事情，總是報導社會的黑暗面，我們的報社不要這樣的東西。這些報導對社會民心的影響很大，我們希望很多事是正向的，溫暖的，用心是善良的。」

徐副總編穿著米色西裝，打著紅領帶，態度從容，國語發音標準，聲調抑揚頓挫。新聞系系主任照往例，邀請他來和大家談媒體記者的社會使命。他願意來，是爲了傳承正派新聞人的香火。

「辦一個報要有一個報的格調，要有道德良知，報紙是要進到家庭去的，下筆時要想到會不會帶來壞的影響，會不會汙染年輕人的心靈。」

高敏仁伸手抹了抹額頭、臉上的汗。

「做為一個用文字報國的讀書人，讀書人現在流行的說法是知識分子，我們還是有所堅持的，必須堅持的。」

那時這家報社的經營有點走下坡了，可是還是大家畢業之後想去的公司。這家報社對很多新聞的處理，簡單的說就是粉飾太平，裝模作樣，做執政黨的傳聲筒。可是銷售量很好，因為軍公教以及相關機關團體一定要訂，報份不成問題。加上報社的福利好、制度好，受人尊敬，就是因為這樣，是全國相關系所畢業的，擠破頭的想要進去的三大報之一，連最喜歡批評政府的，桀敖不馴的學生也想進去。

這次以後他就開始默默鍛鍊這個能力，三個聯想，甚至四個、五個，強迫自己要有這樣的能力。

雖然知道不可能被錄取，還是去投了幾次履歷表。

之後那間報社遇到政府下令解嚴，社會言論尺度大幅開放，報禁解除，雜誌多如春筍，政黨輪替，幾年之間銷路便一落千丈，訂戶大量減少，虧損連連，社內成員退休、辭職、解聘、開除，一批批的離開，到最後甚至連位於黃金地段的報社大樓都賣掉了。

「迢迢日報」開始在台灣發行出刊後，一些缺乏競爭力的傳統報紙便逐一被淘汰了，其後電子媒體流行後，更多報社關門或者轉身為成電子版，在網路上經營。

或許徐副總編當時應該多錄取他這樣的人，他這樣由垃圾桶出來的人才有戰鬥力。

經歷了五、六間報社、雜誌、電視台之後。

他去應徵這一間最火熱，銷量經常第一的「迫迌日報」。

這家火熱的媒體由社長到幹部到最基層的記者，經常被告上法院，罪名包括：侵犯隱私、毀謗、妨害風化、違反國安法、間接故意殺人、藐視法庭、誣告、妨害自由、意圖使人不當選等等、等等，每個記者似乎額頭上都烙著水滸傳那些重刑犯臉上的「金印」，肩膀子上套著輕重、大小不一的枷鎖。

口試當時，三位人士負責問他，其中一位副總編輯問：

「跟蹤一位企業大亨，拍到了他幾張偷情的照片，時間、地點、動作，很明確，要怎麼處理？你不必先報告主管。」

「我會告知企業大亨有這樣的照片，如果必要，會讓他看到照片，問他打算怎麼處理。」

「不怕他公司的人員，社會的人脈，律師？」

「看著辦吧，反正拍到了，備了很多份。」

「之後呢？」

「如果態度不好或者是不理會，那麼就請示長官怎麼處理，如果要登就刊登吧。」

「之後呢？」

「如果他的態度很好，很配合我們的期望，那麼之後再寫一些報導，幫他重建形象。」

三位面試者互相看了看，面無表情，點點頭。

「你覺得『頂峰大樓』有沒有被攻擊的可能？」政治組的主任問。

「當然，中國大陸、回教激進組織、自己內部。飛彈、炸彈、縱火都有可能，畢竟是最大的目標，最有象徵性。」

「你覺得『頂峰大樓』還有什麼問題值得注意的嗎？」

「大樓有點下陷，偏斜了一點。」

「眞的嗎？」

「地震、地層下陷，建材老化，金屬疲憊，畢竟有點時間了。」

「眞的嗎？」

「招商是個問題，營運也是，董事長如果領導不當，內部發生鬥爭，應該會有事情。」

「眞的嗎？」

「一直有收集資料，遲早會有一些值得報導的，『頂峰大樓』很有機會成爲國際新聞。」

三位面試者面無表情，互相看了看，點點頭。

「你的績效很好，新聞點夠強，我們打聽過了，來報社馬上可以上手，歡迎你來。」副總說。

他很喜歡坐了三、四十人擁擠的「迫迌日報」辦公室，每張桌子上堆滿雜七雜八的資料、書本、紙條、夾子，四處有著煙臭味，食物味，垃圾桶塞滿各式各樣丟棄的東西，不斷有新的、刺激性的報導進來，辦公室內充滿討論、爭議甚至叫嚷的聲音；這是屬於他的地方。

▲八、美琪藥皂

安妮莎提著水桶和拖把，走進他的房間，撿起了一些堆在地上的東西，挪挪椅子，找到掃把，然後開始打掃。

「麻煩你了。」

「不會、不會。」

高敏仁停下了手中的工作，點起一根菸，然後在電腦裡點選了「逃跑計畫」合唱團的歌曲「夜空中最亮的星」。

「衣服要我幫你洗嗎？」

「不用、不用。」

夜空中最亮的星　能否聽清
那仰望的人　心底的孤獨和歎息
夜空中最亮的星　能否記起
曾與我同行　消失在風裡的身影

安妮莎熟練的掃好地面，用抹布擦拭桌椅，把垃圾倒進垃圾袋。

高敏仁站起來，站到一旁，讓安妮莎整理電腦桌面。

我祈禱擁有一顆透明的心靈
和會流淚的眼睛
給我再去相信的勇氣
越過謊言去擁抱你

「你不要一直工作，眼睛會壞掉。」
「是啊，要運動。」高敏仁捻熄了煙。
「吃飯也要正常，眞的。」
高敏仁走向前伸開雙手抱住她。
「哎呀，我去洗一下，流汗了。」
「不用、不用。」
兩人擁抱，親吻，撫摸，然後倒向床鋪。

每當我找不到存在的意義
每當我迷失在黑夜裡
夜空中最亮的星
請指引我靠近你

年輕的高敏仁跟隨「萬達徵信社」的黑卒仔、新德兩人撞開門，衝進了房間，黑卒仔去拉住站起來的，赤裸的男人，高敏仁、新德兩個人迅速的拍照、錄影。

安妮莎伸手抽了床頭上的幾張衛生紙，微笑著爲他擦拭，然後將揉成一團的衛生紙捏在手上，起身，走到浴室。

那個躺在床上的女人，披頭散髮，尖叫不斷，拉著床單遮著身體和臉。男人和黑卒仔扭打，新德去拍女人的臉，他則去浴室垃圾桶翻揀衛生紙、保險套。浴室洗手台上有一塊綠色的美琪藥皂，發出消毒水的味道。

高敏仁慢慢坐了起來，雙手撫著膝蓋，深深的吐了口氣，恍惚間，聽到新聞界的前輩「大趨勢工作坊」主持人麥慶夫，大聲的跟他說：

「你就投降吧！」

「前輩，我不了解你爲什麼會跟這樣的女人結婚，生兩個小孩。」高敏仁用很不以爲然的口氣回答。

「她穩定啊，能力強啊，只是不怎麼好看，腳大手大。」

「沒自信。」

「她以為我是作家，是記者，會很浪漫。」

「你會騙。」

「還好啦，男女在一起，大部分也是這樣。」麥慶夫噘起嘴，兩頰的法令紋拉成八字形。

「標準幸福家庭。」

「世俗標準。」麥慶夫搖搖頭說。

「她怎麼願意跟你——還沒分手？差那麼多，現在的人很少不分手的。」高敏仁語氣冷峭。

「哈哈，你和我岳母說的一樣，我太太也不想當個穩定的人，只是不敢。」麥慶夫難得笑出聲。

「男人不壞，女人不愛。」

「這樣說太簡單。」

「你就投降了。」

「穩定沒什麼不好。」

「眞的嗎？」

「你也投降吧！」麥慶夫大聲地再說了一次。

「嗯。」

「生個兒子，再過一次童年，陪他打棒球。」

「哼。」

「愈老愈不好，一個人。」

「嗯。」

「你是同性戀嗎？」麥慶夫大聲問。

「不是，完全不是。」

「是也沒什麼了不起，沒什麼大驚小怪的，還是結婚啊。」

「歐。」

每當我找不到存在的意義
每當我迷失在黑夜裡
夜空中最亮的星
請指引我靠近你

安妮莎走出浴室，一面用白色的毛巾擦拭褐色的胴體，一面向他微笑。她的乳頭像男人中指那麼粗，乳暈黑大，佔了三分之一的乳房，濃密的陰毛上沾著水珠。

「我等一下會去六樓打掃，完了會去自助餐那裏，要給你帶晚餐來嗎？」

「不要，不要，你還要回去照顧老公吃晚餐，不要這樣跑。」高敏仁不高興的說。

「好啦——老闆，你是好人。」

「明天你在哪裡？」

「先生要回去醫院，要推他去。」

「嗯。」

「醫院好多人，要很久，沒辦法的。」

「歐。」

「老公是好人，跟你一樣，只是身體不好。」

「我再跟你聯絡。」

「好啦，好啦。」

安妮莎穿好褲子、衣服，彎下身，兩手環抱住他，臉頰貼在高敏仁的臉上，好一會，站直身，轉過去，提起水桶。

「對了，在印尼的孩子好嗎？」

「上班了，開始要賺錢了。」

「那你可以輕鬆了。」

「他們要來台灣。」

「眞的啊？」高敏仁提高了聲音。

「老闆要幫忙歐。」

「嗯，會。」

安妮莎拉開門，笑了笑，出去了。

萬達徵信社的黑卒仔把那個女人在賓館的照片、影片、衛生紙以及保險套，拿給了欣昌水泥董事長的兒子，這樣他便可以順利的去談離婚的事了。這次成功的出擊，讓高敏仁分到三十萬。不過這外遇的女人卻在不久後，用藥迷昏了七歲的女兒，跟她在一起燒炭自殺了。因爲女人後來知道，外遇的這個男的也是先生安排的，唆使的，並不是眞愛。

有幾個月的時間，高敏仁感覺這個自殺的女人牽著女兒，站在自己床前。

夜空中最亮的星　能否聽清
那仰望的人　心底的孤獨和歎息
夜空中最亮的星　能否記起
曾與我同行　消失在風裡的身影

「你就投降吧！」麥慶夫向他大聲的說。

高敏仁聳聳肩。

▲九、素貞與雀雀

高敏仁在紅線捷運上，右手輕輕拉著吊環，總覺得吊環不乾淨，像大樓的電梯按鍵那樣，拉著，只是防止跌倒而已。

感覺左邊的座位上有人看過來，他微微的側側身，不理會那人的注視。車過了兩站，有人進車廂有人出去，他回過頭看了看，是的，坐在那裡的一列人群中，有一位好像是趙素貞。

之後並沒有再向這邊看過來，那人只是坐得比較突出，很容易便看到她了。

是她嗎？高敏仁側過頭，再確定一次。

短短的頭髮，蓬蓬捲捲的，酪梨形的臉，佈著褐色的斑，不好看，但也不至到醜的模樣，頸部圍著淡綠色的絲巾，身材發福了。

「是的。」

「你也覺得是她。」

「真的很像。」

楊雀雀的聲音突然出現在他的耳邊，許久沒有聽到這沙啞的聲音了。

在這擁擠但安靜的車廂內。

知道國中同學趙素貞死掉的訊息，是在一兩個月前，癌症，確實死亡的時間應該再早幾個月。

雖然過世了，她用「天使的眼淚——嘉明湖」做封面的臉書，還時不時的出現在群組中。

很多死掉人的臉書，時不時會出現，沒有人幫他們刪除或者就暫時留著，這些臉書就像一艘幽靈船。

趙素貞是「愛守望環境聯盟」裡面的一員，不很活躍，但就是固定的參與者。

那幾年的大陸黑心食品，台灣的塑化劑添加物，美牛及豬肉的萊克多巴胺以及瘦肉精事件，這個聯盟都是積極的抗議者，要求政府拿出解決辦法的督促者。然後是毒澱粉添入食品，胖達人麵包加香精，恆河米摻劣質進口米，新谷集團黑心油事件等等，「愛守望環境聯盟」沒有漏掉過，當然從不缺席的是反核四運動。

她成績優異，不是他這個階層的人，大學、研究所都是公立的，後來轉入教書行列，在某個高職擔任公民老師，可以接受的是，趙素貞沒有表現過成績優秀同學的優越感，不像班上其他幾位。

由部落格開始流行的時代，趙素貞便主動聯繫，和他有一搭沒一搭的留言，改成臉書、IG之後，也在第一時間就來加為好友，幾乎知道他所有事情。

趙素貞說：「這個時代就是這樣，我們被知道和不知道的人追蹤，也追蹤知道和不知道的人。」

他和楊雀熱戀的時段，趙素貞很清楚，在部落格上留了不少祝福的話，甚至還約過他們吃牛排、港式飲茶，熟絡的聊天。

兩年前吧？趙素貞很積極地聯絡，主要是邀請他參加「反對双城市鷺鷥林區開發案」的活動，趙素貞隸屬的「愛守望環境聯盟」希望告訴他這個面積高達 200 公頃的計劃，是多麼的可怕，市政府利用財團和御用學者，虛擬了美好的未來，劃出不可能實現的大餅，將強行通過環評，在不久之後就要開始動工了，「愛守望環境聯盟」一致認爲「鷺鷥林區開發案」對當地生態和環境將造成無法彌補的永久傷害。

高敏仁只是傾聽沒有什麼回應，基本上他是贊成這個開發計畫，因爲這個案子已經說了七、八年，歷經三任市長，一直懸而未決，剛上任的市長過去做了很多了不起的事情，要做這項計畫有一定的必要性和可行性，而鷺鷥林區那一帶需要有規劃的開發，從決定開工到完成至少還要七、八年吧。

趙素貞是一直被他的奇言異行吸引的吧？一個學業很差學生的叛逆行徑，如抽菸、喝酒、翹課、頂撞老師，發動罷課等等，還包括和楊雀肆無忌憚的戀愛。不知道會不會和她的出身背景有關？她的祖母是原住民，嫁給姓井上的日本人伐木工人，井上在敗戰後遣返日本，帶走兩個男孩，留下兩歲的母親，祖母後來改嫁低階外省公務員，又生了三個。她的母親回復潘姓，趙素貞則跟養父姓趙，這是在歷史課時老師要同學做家族史時，她在台上一面哭一面很仔細說出來的。

「好奇特的家庭啊？」那時候他想，原住民，日本人，外省人，她的祖母是怎樣的人啊？其實趙素貞第一次報告時編了幸福美滿的故事，說祖先跟鄭成功來台灣，不久成爲大地主，曾祖父當過清朝和日本時代的官，造福百姓很多，人家都說是三好家庭。這個不知道哪裡來的故事，讓同學們聽得如痴如醉，但很快遭到老師斥責，當場揭穿她的謊言，還把報告丟到地上。滿臉羞愧的她，眼淚滴在胸前，連地面都濕了一塊。

那時候高敏仁偷偷傳了紙條安慰她，還在紙條上用原子筆畫了鑽出雲層光芒四射的太陽。隔了一週重新寫了眞實的家族狀況，再度上台報告。

坐在講桌旁藤椅上的歷史老師，臉色鐵青，嘴巴繃緊，聽完後，點了點頭。鴉雀無聲的同學們，這才輕鬆下來。

「反正就是這樣，亂七八糟的，每個家庭都差不多。」趙素貞後來說。

「就是啊，沒法不同意更多。」

「歷史老師太勉強了，那時只是個孩子，懂得不多。其實我說的也只是一部份，我養父在大陸也有元配和兩個小孩，兩岸開放後也有來找。」趙素貞說。

「日本的後代有嗎？」高敏仁問。

「有啊，混得不好的比較多。」

「大團圓嗎？還是尷尬？說不清的。」高敏仁說。

「就是。」

後來高敏仁成為「迌迌日報」記者，讓趙素貞更主動的和他聯絡，在臉書、IG經常按讚，在LINE上po「愛守望環境聯盟」各式各樣的訊息。

來找記者的人通常有很多話要說，總覺得他們的事非常重要，記者一定要寫一些、報導一些。和楊雀雀的戀愛是大學二年級的時候，他跟李台興一起去學校附近的「皇后檳榔攤」買飲料，聽說裡面來了一個火辣的美女。

楊雀雀頭髮染成紫色的，脖子、頸部左右兩邊各刺了一條細細的、青色的蛇，身體部分由乳房到小腹，是大片火紅、金黃兩色的鳳凰，這隻鳥鮮活靈動，眼珠會隨著人轉，舞動的翅膀充滿奔放的力量。她的雙手指甲塗滿繽紛的顏色，上面綴著白色星星，腳指甲塗成紫紅色，腋毛刮了一個三角形，抬起手臂就能看到。

李台興是提供同學很多刺激和快樂的人物，爸爸是演習出事殉職的軍官，媽媽改嫁另一個退伍老兵，家裡是業餘賭場，經常有人進進出出。李台興個性溫和，只是經常神情恍惚，說話前言不對後語。不時被同學捉弄，學他講話結結巴巴的樣子，嘲弄他的衣服，鞋子破破爛爛，一禮拜不洗澡，身體很臭。

高敏仁和楊雀雀很快就擺脫其他人，經常一起到一座工寮吃檳榔、喝酒、唱歌，然後抽「凱他命」的香煙，然後互相探索、糾纏，彼此不斷達到高潮。

李台興被抓了，他也被牽連，還好證據不確鑿，一下子就放了。

這種事他不會很著迷，總是謹慎的。

流行的搖頭丸、安非他命、FM2、神仙水……都試過，只是淺嚐即止。

所以楊雀雀常罵他是爛人，僞君子，連珠炮的說：

「吃這個又不會怎樣，警察抓到不想抓。」、「快沒有罪了。」、「那有那麼多監獄關？再蓋五十間也不夠。」、「你緊張什麼？」

「嘿嘿嘿。」高敏仁總是用喉嚨這樣回答。

「全台灣有三百萬人吃這個你知道嗎？」楊雀雀嚷叫。

「嘿嘿嘿。」

大學畢業當兵沒多久，楊雀雀和李台興騎摩托車，撞到了檜木溪上中興橋的水泥橋頭，然後掉了下去。

橋底下的溪有一點泥沙，大部分是礫石和雜草，他們和車子直接落在礫石上，沒有一點好運氣。

七天後她就回來跟著他，兩人繼續聊天、吃檳榔、喝酒、唱歌。

李台興呢？楊雀雀說沒看到他，就是一個恍恍惚惚，飄來盪去的人。

楊雀雀的媽媽給高敏仁一個暗紅色的小布包，裡面有她的指甲和頭髮，並且在家裡設了一個牌位，上面寫了高敏仁和楊雀雀的名字，他們是冥婚了的夫妻。

楊媽媽還不錯，不時打電話聯絡，關心他的生活，過年會幫忙親家、女婿到城隍廟裡點平安燈，忌日也寄一些食物過來。

楊雀雀讓他知道女人的鼻子、雙眼皮、乳房、牙齒、身體的香味……很多是假的，經血多麼麻煩，衣服、耳環、髮飾、化妝品都是身體的裝飾物和包裝品。

但是還是非常的著迷，他把頭埋進楊雀雀充滿廉價洗髮精、髮膠的頭髮裡，不斷捏著她肥厚的乳房，進入她的陰道，不斷的抽動，讓龜頭在潮濕溫潤裡馳騁，享受無法言述的快樂。

她也是這樣吧？不斷的迎接男人的衝刺，快速的磨擦，乳頭突起，皮膚起著雞皮疙瘩，手腳冰冷，不斷的吟叫。

應該是體內不斷分泌出來荷爾蒙的驅動，雖然彼此嫌棄對方某些部份，兩人卻似乎無止境的沉迷其間，一見就要做愛。

當兵期間他和一些朋友，仍然的過著酒精和迷亂的日子，和一些劣質的身體不斷的交換、糾纏，在猥褻與恣肆中享受快感，退伍後他換了好幾個工作，持續耽溺過一段時間。

直到他覺得身體出了狀況，意識經常空茫、斷線，甚至尿失禁，體重掉了十公斤，頭髮大把大把掉，圓形禿；走路腿打顫，腦子裡有個聲音不時在呼喚，一種不知來源的警戒感升起，一在告訴他，需要去看醫生了。猶豫了幾個月，楊雀雀在他耳邊一直說不需要，因爲跟她的朋友們比起來根本不夠瘋。

高敏仁還是去找了一位醫生，參加了幾個療程和集體治療的活動，有效果，但不是他想要的，治療的醫生老是心不在焉，裝模作樣的親切，不著邊際的談話，開了一堆讓人昏昏欲睡的藥，斷斷續續去了幾次。但那些精神分裂、人格異常、憂鬱症、癲癇……等等的病人，讓他驚醒，然後決定跟那些同道的人逐漸分手。

他對楊雀雀輕輕地說：「我不想過這樣的生活了。」

之後便開始非常努力的工作，在媒體界力求表現。

每天喝咖啡、烈酒、興奮劑，亢奮的、不停的工作，然後吃煩安寧、百憂解、克癲平，讓精神鬆懈下來。

「你會死得比我慘。」楊雀雀說。

「看起來還好，身體還受得了，總是要正常的活下去！」

「正常？好奇怪喔？」

「總是要調整回來，總得要大部分時間正常，我不想當窮人。」

「從你嘴巴講出來就覺得奇怪。」

「我是個人才。」高敏仁不知爲何笑了笑。

「你眞的做得到嗎？我永遠沒辦法。」

「我想跟一個很正常的女生結婚，生兩個孩子。」

「正常？好奇怪喔？哈哈哈。」

「眞的。」

「哈哈哈！哈哈哈！」楊雀雀用著沙啞的聲音狂笑著。

「我想去『迌迌日報』，所以要更拚一點。」

「『迌迌日報』！『迌迌日報』耶？人家會要你嗎？」

「給我一點泥土，我就會長成大樹。」高敏仁認眞地說。

「爛人。」

「因爲夠爛他們才需要。」

「歪理。」

「這世界大部分是爛人在領導的。」高敏仁更認眞地說。

「你說的話，我沒有幾句聽得懂！」

「你只要跟我在一起就好，跟你做愛最快樂，再也找不到了。」

「你這個、你這個爛人，僞君子！假正經！」

「我愛你。」

「哈哈哈！哈哈哈！」楊雀雀頭往後仰，雙手猛力拍打，用著沙啞的聲音狂笑。

後來楊雀雀偶爾才會出現，時間越久越模糊，就算出現，說的話也含混不清，變成淡淡的影子，甚至消失了。

他在「迌迌日報」發表了幾篇專題報導，效果非常好，有幾天是報社統計閱讀量最多的專題，然後就有非常多的人要找他。之後他還在報社系統內建立了自己的「迌迌大爆點」網站，會員很快就達到十萬人。

趙素貞很積極地跟他聯絡，不時打電話、傳LINE，「反對双城市鷺鷥林區開發案」的活動許多媒體報導了，「愛守望環境聯盟」舉行記者會，到環保署舉牌抗議，發動萬人聯署，到監察院檢舉市政府種種違法事項，這項工作讓她廢寢忘食，不眠不休。然而領頭的那些人動機其實不單純，高敏仁暗示她，趙素貞並不接受：

「我不管理事長和總幹事有什麼陰謀，想要勒索錢或者想選議員，總之不能破壞綠地，那麼多濕地和溜池，候鳥、留鳥，就要被消滅，怎麼對後代交代啊？一點也不可以！」

「很多事不是那麼單純。」

「他們不單純，我們很單純，就是這樣。」趙素貞用很肯定的聲音說。

高敏仁覺得不知道爲什麼，雖然講她得很嚴肅，總覺得缺乏力量。

「呵呵呵。」

「爛人、髒人沒關係，替我們發聲就好，好人沒有用。」

「呵呵呵。」

「我眞的不甘心，大記者什麼時候過來？有一位淸大的教授想跟你說明爲什麼我們要反對，眞的，眞的。」

趙素貞還是迷信教授之類的人說的話，總以爲那類貌似斯文的人說的話很可靠。

半年前「鷺鷥林區開發案」還是開工了。

因爲涉及龐大的預算，土地徵收的糾葛，官商的頻繁往來，報社已經指派了兩個人負責追蹤案情發展，處理抗議團體的行動和檢舉函。

信義安和站到了，高敏仁側過頭瞥了一眼，趙素貞眼睛望著前方，不知道在凝視什麼。

「她在看什麼？」高敏仁說。

「我也不知道耶。」楊雀雀用沙啞的嗓子低聲地說。

他放下右手，在褲子上擦了擦，跟著下車的人，魚貫地走出車廂。

▲十、火燒起來了

惠陽社區大馬路邊的幾間店面發生火災了，高敏仁趕到現場，來到黃色封鎖線旁邊，警察吹著笛子，吆喝群衆退開。

現場濃煙滾滾，火星四射，怪味瀰漫。地上蜿蜒幾條水管，水在消防水帶中汩汩流動，像喘氣的蛇。許多摩托車東倒西歪的躺著，流淌在地面的浮油閃著七彩顏色，還有幾支濕淋淋的瓦斯鋼瓶，狼狽地站立在街頭。有人在奔跑呼喊，婦人、小孩在哭鬧，場面看起來很駭人。救火車、救護車、警車的警報聲，此起彼落尖銳的尖叫。據說已經沒有人在火場裡面了，幾個傷者已被送上救護車。

那時，牛頭董仔的紡織廠著火了。

六、七個消防隊出動，來了二十多輛大小消防車，一百多位消防隊員，持續灌救了三個多小時。火警發生在凌晨，僅有幾個人受輕傷，五百多坪的廠房，幾乎全毀。裡面的紡紗機、織布機、堆高機，成品，半成品，紙箱，辦公室，休息室，電子設備等等，便成了廢物。

起火的原因不詳，大概是電線走火、設備老舊等等原因，鑑識人員在現場蒐證。

他為牛頭董仔的紡織廠寫了幾天的報導。這座工廠是這人畢生的心血，出身警界的他，黑白兩道很吃得開，人也海派，和年輕的高敏仁很投緣，受到照顧很多，可以說是有求必應。由於跟著牛頭董仔走動，認識很多商場界的人物，經歷很多、很多次事件和風波，學習到了一個道理：「許多事的對或錯，都可以更改，許多事的真假，都可修正或倒轉。」紡織廠燒掉了，牛頭董仔暫時有點麻煩了。

確實起火原因應該是查不出來的。

保險理賠很高，積欠的貨款將可延遲或不還，牛頭董仔沒有損失，或許還賺了一點。

圓山飯店著火了，雄踞在山頭氣勢恢弘，色彩鮮艷的巨大建築，竟然著火了。濃煙由左側屋簷冒起來，金黃色屋瓦頂冒著白色、黃色、黑色的煙，滾動不已捲向藍白色的天空，風勢強勁，助長了火勢，紅橙色的火焰，像貪婪的舌頭，不停捲動。燒毀的黑色建築物體，不時由高空崩落下來。

十六歲的高敏仁，陪著幾位高三同學正在大龍峒孔子廟祝願，向孔子公祈禱，希望聯考能夠順利。人們開始喊叫，指著天空的烏雲，火災、火災，他們跑到空曠處，看著天空的大黑龍劇烈的、兇猛的滾捲、滾捲，「啊！」「啊！」的叫聲此起彼落。

他彷彿看到濃煙火光中優雅高貴的蔣宋美齡，端坐在一張雕工精美黃花梨木的太師椅子上，表情凝重的俯視著台北市。在她眼簾之下，那兒有著萬萬千千士農工商，賢愚不肖的眾多百姓。

大火繼續燃燒，甚至她的座椅也燃燒起來，蔣宋美齡仍然坐在那裏，寂然不動的凝視。

這個影像持續了很多年，情節有些變動，面容有點改變，不過基本影像就是這樣。

垃圾場著火了，城市各區域運來的垃圾燃燒起來了，人們不要的輪胎、家俱、塑膠品、紙類、花草樹木、食物……堆積如山，蘊藏在裡面發酵的沼氣，助長了火焰，燃燒持續不停。令人窒息的煙霧、臭氣籠罩了半個都市，久久久久沒有散去。

媒體報導知名的霧花舞蹈社的鐵皮屋排練場，荒山鼓隊排練場，轉火車劇團、橙光劇團的布景、道具、倉庫……，陸陸續續燒掉了。藝文界發起募捐，並請求政府給予實質上的協助。

高敏仁拿著相機在火災現場走動，不時舉起，對準，調整，或快或慢的按下按鍵。他用鏡頭將現場聚集的人物劃分為六塊，六塊中又做了特殊人物的匡列、特寫。除了災害現場的毀壞、狼藉，受害者呼天搶地，滿面愁容的面孔外，縱火者通常會在現場，注視著他親手做出的效果，仔細檢視照片應該找得出來誰是縱火者。

▲十一、磁磚終將掉落

「兩位前輩給我些指教好嗎？」蕭蔓蔓坐在位子上，向旁邊的同事說。

「嗯。」高敏仁漫應了一聲。

「兩位，眞的啦，拜託啦。」

高敏仁和徐穩標，放下手邊的工作，走過來，站在新進記者蕭蔓蔓的電腦前面，看著螢幕上的幾張相片。她的桌上堆著幾包打開的零食：仙貝、蛋糕、鳳梨酥，還有一小盆鮮綠色多肉、多刺的仙人掌。

蕭蔓蔓據說每天至少要洗兩次澡，身上總是帶著痱子粉的味道，她留著學生型的短髮，打字速度飛快，處理問題反應靈敏，口才便給。

「這個學校成立不到十年，外牆磁磚怎麼掉成這樣，誇張了。」跑過文教新聞多年的徐穩標弓著腰，瞇著眼看著螢幕說。

「學校給了幾十張照片，這一張是校門一進去的大樓和教室，這一張是川堂的。」蕭蔓蔓說。

「廢墟感。」高敏仁點點頭說，天氣炎熱，辦公室冷氣不冷，讓他情緒不好，鬍鬚懶得刮，黑色的渣渣爬滿了下巴。

「掉了七、八成，有的是自己剷除的，刮掉的，不然會砸到學生。」蕭蔓蔓搖搖頭說。

「通常二、三十年的公寓和華廈才會掉成這樣。」高敏仁說。

「是啊，幾年前開始，太危險了，人在路上走，磁磚天上來，好幾個案例。」徐穩標說。

「還有整個陽台掉下來的。」高敏仁說。

「真誇張。」蕭蔓蔓說。

「這個校長我認識，真可憐，到處請託，接任才兩年，以前在另一所偏遠的學校。」徐穩標挺直身體說。

「整個校園樓面坑坑疤疤，像得了皮膚病一樣，東一塊西一塊。」高敏仁說。

「應該不只是外牆的磁磚，地板的磁磚應該更嚴重。」徐穩標說。

「那種冬天會爆炸的那種情形，我看過。」蕭蔓蔓說話有點喘，心臟運轉似乎不是那麼順暢。

「就是。」徐穩標說。

「聽說上次找過立法委員，那個陳道維。」蕭蔓蔓說。

「哼，傻！」徐穩標說。

「什麼？為什麼？」蕭蔓蔓昂起下巴，堆在那兒另一層下巴消失了一半。

「十幾年前很多學校的工程就是民意代表、官員和校長的合作成果，不只這間，還有七、八間。」徐穩標慢條斯理的說。

「徐哥說的『合作』真有學問。」蕭蔓蔓厚厚的手指，快速的點著滑鼠換著畫面，出現在螢幕上的照片慘不忍睹。

「知道我在說誰嗎？」徐穩標看向高敏仁。

「我認識的那個不是這個，那個已經逃去大陸了。」高敏仁一面摸著下巴的鬍渣一面說。

低下頭的蕭蔓蔓，消失的下巴又回來了。

那個人出手豪邁，吃喝嫖賭樣樣來，口頭禪是「別假啦」、「別假啦」。選舉的時候借新聞車採訪車載買票現金，現鈔堆得像座金字塔，到處發錢。他的豪宅裡日日夜夜有三教九流的人進出，這人對當民意代表其實沒有很大的興趣，也不愛出席各項審查會、質詢會，是市黨部的人拜託出來選的，借重他的人脈和金錢。他的名言就是：「選舉就是靠買票，選上就是喬事情，事情喬得好賺更多，官越大，就是這樣啊，哪有什麼不對？別假啦！」

「厲害，那個人當選後手下有一組人馬，專門幫學校改善工程，做運動場PU跑道。」徐穩標舉起右手，點著食指說。

「跟著老闆走，有吃有喝。」蕭蔓蔓的聲音還是夾著微喘。

「不得——不佩服，檢調幾次要抓他前啊——總是有人通風報信。」高敏仁說。

「有死士，很講江湖道義。」徐穩標說。

「所以，教育主管單位不肯補助，因爲年限還沒到，不能拆了重蓋，只給了一些立刻有危險的補強經費。」高敏仁說。

「了解了，那他一直發新聞稿和照片給我們是——。」蕭蔓蔓問。

「嗯，總編要你處理是嗎？」徐穩標說。

「是啊。」蕭蔓蔓搖搖頭說。

「不找我們。」徐穩標說。

「你們啊——」蕭蔓蔓詭異的笑著說。

「怎麼樣?別笑我們，只是酒喝多一點，安善良民的。」徐穩標也笑了笑說。

「其實那麼多公寓，還有十層左右的華廈，都差不多了。」高敏仁說。

「磁磚掉，水泥剝落，水管生鏽，鋼筋裸露，化糞池堵塞，磚塊粉化，還有沒說到的嗎？」徐穩標說。

「哇！」蕭蔓蔓往後仰。

「我住的就是這樣的地方啊，倒是不會倒，就是爛爛的，就是進入老年期了，這裡病那裏病。」徐穩標提高聲調，聲音尖銳地說。

「台灣經濟起飛年代蓋的，不只台北、新北，整個台灣都是這類四、五層樓的公寓。」高敏仁說。

「有蓋到十幾樓的。」徐穩標說。

「黃金時代。」高敏仁說。

「我還沒出生。」蕭蔓蔓說。

「你年輕，你驕傲。」高敏仁昂起長滿鬍渣的下巴說。

「那個時代正在消失，只是轉型得太慢。」徐穩標說。

「我們正在見證。」高敏仁點點頭說。

「兩位大哥，我只有這一點值得驕傲，等下珍珠奶茶一杯。」蕭蔓蔓笑著說。

其實不只是這樣的，十多年前高敏仁和幾位朋友一起貸款，投資買小套房、公寓，一口氣買了五、六間，沒想到第二年發生金融海嘯，公寓被檢出輻射超標，周轉不過來，只好賠錢賣了。沒想到後來政府國內外經濟發展不起來，爲了刺激經濟，只好放任炒作房地產，一下價格飆漲，由於銀行利率低，游資多，資金又轉向這裡，可惜之前投資受傷慘重，再也買不起房子了。

「很慘，有的做鐵架子出來，用網子接掉下來的磁磚；有的貼警告牌，要大家小心，有的根本是危樓，看起來眞不舒服，醜！」徐穩標雙手插在腰際。

「台灣的房子不適合貼磁磚，冷縮熱脹，地震，雨又多。」高敏仁說。

「重點是偷工減料，那個時代房地產好幾波飆漲，還沒蓋好預售就賣光了，那有什麼品質。」徐穩標說。

「要更新，眞的要更新，老的，不，舊的不去──。」蕭蔓蔓說。

「難啊，推了多少年了。」徐穩標說。

「太難了，不是難，一家一個想法，現在的人難搞，懂太多，張牙舞爪，哪一個沒有自己的意見。」高敏仁說。

「有成功的，少。」徐穩標說。

「這個國中建築商的背景？」蕭蔓蔓歪著頭問。

「那個建商本來想出來選市長的，後來出了不少事，不敢了，轉過來支持幾個市議員、立法委員。」徐穩標說。

「不是支持，是養。」高敏仁說。

「其實我知道有幾個中學蓋得不錯，仁愛高中、中興高職蓋得美觀又堅固，很有美感，眞的很用心。」徐穩標說。

「沒有人有興趣看這個啊？」蕭蔓蔓說。

「你很進入狀況。」高敏仁說。

高敏仁想離開痱子粉的味道，等下要去陽台上抽根菸，他討厭自己的不舒服，但感覺必須這樣做。

「學生上課、活動不是太危險了。」蕭蔓蔓用厚厚的手掌，輕輕拍拍胸口。

「那是次要問題。」高敏仁說。

「這個新聞怎麼處理好？」蕭蔓蔓說。
「去繞一繞，拍幾張照片吧。」徐穩標說。
「就這樣。」高敏仁說。
「感覺那個校長想利用媒體，幫忙爭取經費，手機打了好幾次，LINE追得很緊。」蕭蔓蔓說。
「嗯。」
「你寫好稿子，反正總編會處理。」徐穩標說。
「好吧。」蕭蔓蔓說。
「懂了嗎？」徐穩標用著比較權威的語氣說。
「清楚。」蕭蔓蔓伸伸舌頭。
高敏仁轉身離開，徐穩標仍站在那兒，彎下腰，想跟她多說一點。

▲十二、風中之塵

高敏仁拿了兩杯飲料，來到大樓門口，走進管理室遞給了管理員彭先生。
「高記者，你太客氣了。」
「彭先生平常麻煩你很多，這杯紅茶給你，一點冰而已，你不吃冰的。」
「謝謝，沒有啦。」
彭先生是軍人退伍的，做事有條有理，盡忠職守。

「那天聽你說，你的老家怎樣啦？」高敏仁拉了旁邊的塑膠椅子坐了下來。

「很麻煩，沒人要管。」彭先生用手摸摸剩下不多頭髮的頭頂。

「好像偏遠了一點，交通不大方便。」

「老房子是問題，神主牌也是問題。我阿公那時候做的神主牌，很大，樟木的，上面從來臺祖一直到伯公、叔公，總共三、四十個。」

「你兒子在美國不回來了？」

「不回來啊，兩個女兒一個嫁人，一個不結婚，這種事女兒不方便做。」

彭先生眉毛裡長出不少白毛，管理員工作時間長，瑣碎的事很多，確實很辛苦。

「你父親的兄弟姐妹不是很多？」

「姑姑那些是要去煩惱自己先生家的，叔叔不說話，也沒有辦法。」

「那間老屋不是七、八十年了嗎？」

「對啊，沒有人要管，只有我這個長孫去修理，常常漏水，又有很多老鼠、蟑螂、麻雀。改建也沒辦法，錢要五、六百萬。還好現在有公基金啦，大家都有出，用來修理房子的。」

「神主牌找人做法事，我有認識的，化掉好了。」高敏仁建議。

「我叔叔也這樣說。我們還有一個很大的墓厝，裡面幾十罐祖先的金斗甕、骨灰罈，你知道墓厝嗎？」彭先生眼睛睁得很大。

「知道，民國六十幾年流行的，我們家族也有人這樣做。」

高敏仁很想抽根菸，喉嚨發癢，只好再喝幾口紅茶。

談話間，兩位穿著整齊套裝的小姐走過管理室，和他們點點頭。

「她們兩位是在國璽建設公司上班的嗎？」高敏仁問。

「是，一位是銷售，一位是秘書，住五樓，還有一位還在找工作，三個人住一起。」

「都沒結婚歐！」彭先生加重語氣。

「紅茶不錯吧，會不會太甜？」

「還好、還好。」

「你兒子知道狀況嗎？」

「知道啊，就沒有想要回來，綠卡也拿到了。」彭先生點點頭說。

那次大地震說是把南郊山區的明山靈骨塔震壞了，塔的三、四樓的左邊坍了一大塊，很多金斗甕、骨灰罈都倒了出來，砸破了，粉狀的骨灰散得到處都是。

他和一位同事一起去到現場，那時候很多家屬已經圍在那裏了。

不知道是地震的原因還是什麼，天氣變得很古怪，一會出太陽，一會又聚過來一大團烏雲，光線忽明忽暗，溫度忽冷忽熱。

靈骨塔周圍拉起了黃色封鎖線，警察在那邊維持秩序，不讓人過去。

餘震不停，五樓以上的塔缺了支撐，陸陸續續崩落，看起來搖搖欲墜。有一位法師在那邊唸經，很多家屬跪在地上，雙手合十，嘴巴唸唸有詞。

他走到黃線邊，拿起相機找角度拍攝。

突然有一陣燥熱的風由山坡那兒猛的吹過來，穿過靈骨塔，一股股迷濛的灰塵襲捲而來。附近的人紛紛低下頭，閉起眼睛，伸手遮著。高敏仁感覺到頭髮、臉上、身上撒上了一層灰塵。

「男丁太少。」彭先生感嘆的說。

「我們這個世代都生很少，男生、女生沒計較。」

「對啊，男丁太少。」彭先生還是這樣說。

「原來那個化掉，再去靈骨塔買個位置，供個神位就好了。」高敏仁說。

「是說老家還在，牌位還在，親戚會回來聚聚，沒有老家，沒有牌位，親戚就散掉了。」

「也是。」

「搞風水的說，老家沒弄好，牌位沒弄好，子孫也不會好。」

「是啊。」

高敏仁喝完飲料，把紙杯捏扁，點點頭。

「那個墓厝以後也沒有人管。」

「管理靈骨塔的說，他們那邊沒人要的骨灰罈，神主牌很多。」

「那後來怎麼處理呢？」彭先生提高了聲音。

「處理掉啊，骨灰倒掉啊，神主牌燒掉，我看以後這種情況越來越多。」

「沒有要生沒有要養。」

「是啊。」

「我也有孫子，外孫，你要看看嗎？」

「好啊。」

彭先生瞇起眼，打開手機，滑了滑螢幕，上面出現了好幾張嬰兒的照片，然後把手機遞過來。

「真的很聰明，七個月就想站起來，還不大會爬，嘴巴整天嘰嘰呱呱的在說話。」

彭先生露出溫暖的表情，和藹的笑著。

高敏仁看了看便把眼光移走，每個嬰兒都差不多，每個長輩都會覺得自己的孩子無比的可愛，是個神童。

有一則新聞報導，國立生命科學博物館裡面，有一間台灣神明廳展示館，廳堂中間放了一座製作精良的大型神主牌，神主牌上面按照來台祖的昭穆，列了七、八十位祖考、妣的名諱，木頭質料非常好，雕刻華麗，字體莊重，顯見是大家族的遺物。博物館是按公家程序向舊貨商購買的，收購過程合法，沒有弊端。有位參觀者發現那個神主牌上面的名字，是他們家祖先的，於是就照了像寄給長輩、親戚們。接到訊息後分布全島多達千餘人的子孫，大多覺得不妥當，討論之後由一位有權勢地位的長輩出面，把祂買回來重新安置。

　　那些灰塵沾到他的身上以後，怎麼清洗感覺都去不掉，從那天開始兩邊肩膀覺得很沉重，腰一直不舒服，後背上方還長了一個瘡，疼痛難當。

　　一位通靈的朋友告訴他，因爲有一位老婦人和男孩子坐在他的肩膀上，所以很沉重，脊椎也彎了，再下去會很嚴重。後來去一間神壇問狀況，說是還有一位面貌不詳的男人，縮小肢體，寄生在背後，所以會腫起來。之後做了幾次法，唸了許多咒，將這三個冤鬼驅逐出去，身體才輕鬆起來。

「你跟那些女人在一起沒有好結果。」彭先生語氣堅定地說。

「喔，只是暫時的，願意就來，不願意就走，反正一個人很自在。」高敏仁說。

「男人沒有女人不行。」彭先生說。

「確實是，我不能沒有女人。」高敏仁說。

「找一個吧，你看那麼多，我們大樓就很多。」彭先生說。

「彭先生有沒有我的包裹啊？」

一位牽著紅貴賓的婦人走過來，嬌生嬌氣的跟他說。

「沒有，沒有，有到了，馬上通知你。」

「好，眞慢！說今天會到的。等下有個修水電的會來，你就讓他進來好了。」

「修水電的是嗎？」

「我的水龍頭又壞了，討厭死了。」

「好，好，沒問題我會請他登記。」

婦人交代完，轉身離開了。

「我身體不好，心臟、腎臟、眼睛，都有病，沒人要。」高敏仁說。

「誰沒有病？」彭先生說。

「嗯。」

「你老了怎麼辦，我也六十多了，常常在想這個。」彭先生說。

「隨便啦，我還有親戚，病了找看護，不會死了沒人管。要是死了，樹葬、花葬、海葬都可以。」高敏仁說。

「不要太鐵齒！其實我最近也有點想開了，不想管這麼多，也管不了，沒有人要聽我的，想到就很累。」彭先生說。

「是啊。」高敏仁說。

「說實在，我有去一間廟聽道，多少有在修，你要不要去？我介紹你去，打八折。」彭先生說。

「你還有時間去喔？管理員工作這麼忙，每天十二小時。」高敏仁說。

「有時候去啦，沒空就聽錄音帶，還有影片那些的。這個要買，不便宜。沒有的話，我先借你聽聽看。」彭先生熱切的說。

「不要啦，我們這一行的聽了那些道理就不要幹了。我們專門吃臭腥的，每天打聽殺人放火的事，專門搞秘辛八卦，沒有事也要編出事情來，對不對？」高敏仁說。

「講這樣，有啦，也有報好事啦。」彭先生有些靦腆起來。

「……」

「現在時代不一樣，你們也很辛苦。」彭先生說。

「以前社會只准說好的，其實也不錯。」高敏仁說。

「是啊，高記者也這樣覺得歐，現在大家只喜歡看壞的，實在很糟糕。人心惶惶，沒有聽一些道理，眞的心理會不好。」

「最近風沙很大，又冷，灰塵又多，門口大廳我看你一天要掃三、四次。」高敏仁說。

「是啊，眞的很髒，還好，掃一掃就乾淨了。」彭先生停了一下，繼續說：「不過空氣眞的很髒，裡面不知道藏了什麼東西，很多人過敏，戴口罩還是一樣。」

「嗯，灰塵。」高敏仁在喉嚨輕輕地應了一聲。

▲

十三、濕掉的香菸

高敏仁在便利商店買了包菸，走出來，抬起頭看了看，幸福街一〇六巷十三號應該就在前面不遠處。

走了一會，看到一排商店之中，夾雜了一間「星藝美容店」。這間店的招牌是桃紅色的，招牌上用茶色藝術字寫著美膚、紋眉、拉皮、按摩，兩扇玻璃大門貼著花花綠綠的，幾個女人擺出千嬌百媚姿勢的圖片。

高敏仁查到星藝美容店，是一位花蓮阿美族女性開設的，公司登記資本額是二十萬，獨資，核准日期是2018-03-6，核准文號是〇〇……，單位是北市商業處。這家店還有幾間分店，都是用「星」字開頭。這位老闆在法院有幾件案子詐欺、妨害家庭等等，但都沒有判刑。

美容店旁邊的全宇百貨公司還沒有什麼人，廣場上列著幾排椅子，空著。

高敏仁來到紅武士拉麵店旁邊，拿起手機取了取景，照了幾張，然後把手機插在後褲袋。掏出新買的菸，點起來。

早上九點四十分，天空灰濛濛的，有幾股黑色的雲朵在移動，氣壓有點低。他左側的額頭不太舒服，陣陣抽痛。

十點五分，星藝美容店裡的燈光亮了。十五分，門前來了一輛G2電動機車，駕車的男子停好後，後座的人下車，機車便騎走了。

柳錦絜穿著淡藍色的牛仔褲，黃綠色夾雜的T恤，手裡提著紫紅色的袋子。

高敏仁拿起手機，調好焦距，快速的拍了幾張。

她推開門進去了。

店裡面的人在做些什麼呢？

高敏仁向前走了一段，來到一間「大汗燒烤店」前，停了一下，又點起一根菸。

一會之間，幾位男女騎摩托車，坐轎車的，陸陸續續來到「星藝美容店」前，推開門進去。

高敏仁逕直的走向那家店，店裡開始忙了吧？客人來了，她們要開始工作。

離店家十公尺左右，他轉彎了。

柳錦絮在裡面。

漫無目的走著、走著，經過了衣飾店、寵物店、理髮店、飲料店、雞排店……有兩百公尺吧，然後由右邊橫越到左邊，沿著剛才的路往回走，經過五金行、牛肉麵店、鞋店、美甲店……然後是「星藝美容店」。

柳錦絮在裡面做什麼呢？

終於找到她了，三個多月前突然失去音訊，不告而別，完全找不到人。

剛開始不在意，後來愈來愈不舒服，突然間開始瘋狂地找她。去過柳錦絮住的地方，工作過的電子工廠，精品店，早餐店，長照中心，問了十幾位曾經的同事。他喝了很多酒，吃了很多睡眠的藥，身體浮腫著，額頭抽痛。終於，前兩天接到一個簡訊，得知柳錦絮在這裡。

「你不相信愛情，還有很多人相信，不是很好嗎？」蕭蔓蔓爭著眼睛認眞的說。

「眞的啊？」高敏仁覺得好笑。

「我是個庸俗的人，我期待也等待。」

「眞的啊？」

「有位女老師愛上了一位外省軍人，家裡反對，軍人只好離開，還被派出國三、四年。回來後知道女老師還在等他，兩個人不顧一切的在一起了，分開總共十年了，我好想寫這個故事。」蕭蔓蔓語氣惆悵。

「民國四、五十年代。」

「差不多，她勇敢做了選擇。」

「後來？」

「白頭到老啊，很幸福。」

「我知道很多不好的例子。」

「你失望嗎？另一位女的也是和男的私奔，雙方家長親戚不諒解，兩人還是堅決在一起。」

「你知道好多這樣的故事？」

「後來他們不跟家族往來，兩人靠夜市擺攤一起奮鬥。後來男的先死，女的把他的骨灰罈放在床頭，七、八年；最後自己也過世，孩子們才把他們重新安葬在一起。」蕭蔓蔓的眼睛泛著淚光。

「……。」

「你看到的很多不好的我知道，但別說給我聽。」蕭蔓蔓扭過頭去。

「我——。」

再走到紅武士拉麵店前停下來，這店還沒開門。他抱著雙臂，盯著「星藝美容店」，好一會，高敏仁低下頭從腰後口袋抽出手機，看著剛拍到的畫面。柳錦絮仍然那麼高挑秀麗，令人怦然心動，別的男人不會放過她的。時間一分一秒的過去，他站在那兒，腳酸、頭痛，精神疲憊。如果柳錦絮是經濟好一點國家的女子，根本不會出現在這裡，不可能和他在一起，從開始就不會。

門打開，客人出來，又關上了。

天色暗了，烏雲聚來。

他走到廣場前的椅子旁，坐下來。

美容店玻璃門窗那兒似乎聚集了一些人，向他這兒指指點點。

不會吧？這裡是人潮聚集的商業區，很多人走動，不可能注意到的。

要跟她見面嗎？真的嗎？要說什麼？

行蹤曝光了，她會再離開吧？這樣好嗎？

忽然下雨了，雨絲飄降下來，頭髮濕了，高敏仁把手機藏在衣服裡面，保護著。

人們開始走避，街頭逐漸清空，廣場的人散開了。

眼鏡濕了，衣服也濕了，插在胸前口袋新買的菸也濕了。

偌大的空間人忽然不見了，一部分人躲在騎樓底下，四處張望。

廣場椅子上只剩下他一個人。

雨更大了。

很多人看過來。

頭部抽痛更加厲害了，左眼深處劇烈刺痛。

他慢慢站起來，拿起眼鏡，抹了抹濕濕油膩的臉，沒有抬眼看看「星藝美容店」，垂著頭，緩緩離開了。

▲尾聲

颱風來臨的那兩天

〔即時新聞／綜合報導〕中度颱風白鷺逐漸靠近台灣，預計明天一整天到後天上午影響最劇。由白鷺颱風的衛星圖片觀察，可以看到颱風巨大厚實，颱風眼也很清晰。根據中央氣象局的總雨量預測，宜蘭縣、花蓮縣山區的總雨量上看500毫米，台東縣、屏東縣山區400毫米，南投縣山區的總雨量500毫米；而新北市、桃園市、新竹縣、台中市山區的總雨量將達300毫米。氣象局宋科長表示，今晚東半部、東北部風雨越晚風雨越強，預測颱風暴風圈明天（27日）清晨接觸陸地，下午預計在花、東交界一帶登陸。颱風明天到後天上午離台灣最近，要提醒民眾注意強風豪雨。

呂國賢議員打電話到防災指揮中心，大聲質問到底放不放假？接電話的值班人員耐心地跟他解釋，風力要達到七級，陣風十級以上，就會宣佈停班、停課，現在還未達到。呂國賢說：「什麼時候會達到啊？你說一說啊，你們不講清楚老百姓怎麼辦？到底要不要。沒有的話，大家去上班了，又突然說放假，常常這樣。」值班人員官說：「長官決定以後會馬上通知。」呂國賢說：「長官什麼時候要決定？我是民意代表，老百姓關心什麼，我們就要反映。」值班人員說：「是是是，議員是第一高票當選的，要不要請縣長來回答？」呂國賢忽然暴怒起來：「你竟敢叫我去問縣長，縣長知道什麼？你們才是專業啊！不問你們要問誰？你簡單說，到底明天放不放假！」，「議員、議員別生氣，您誤會我的意思了。」，

「你說，到底明天放不放假！」

朱婉柔覺得焦躁，明天到底要不要上班、上課？電視出現的跑馬新聞，花蓮、台東、宜蘭、基隆停止上班、上課，臺北市停課，新北市停課，桃園市還未決定。要是不用上課，兩個小朋友要怎麼辦？上次留他們在家，每隔幾分鐘就打電話過來給她，櫃台生意沒法子做，實在不勝其擾。地政處的侯正雄股長就是大地震把辦公室震壞了，家裡發生火災了，也要趕去上班，要他幫忙帶孩子，門都沒有，罵了一百多次也沒用，上班第一，長官使命必達，其他不重要。嫁到這樣的老公，只好認命。「台灣颱風資訊中心」一直沒有報告，她在網路上看到狂罵桃園市長不肯鬆口的留言，已經多到四、五百筆了，她也決定加入。人多一點，聲量大，有決定權的人就會受不了。

高敏仁把剛沖泡好，熱騰騰的咖啡拿到嘴邊，輕輕啜了一口；閉上眼，讓咖啡在嘴裡、喉嚨裡緩緩流下。然後吞吞口水，抬起頭，在櫥櫃裡拿出六包咖啡，整齊地排列在咖啡機旁邊，這些豆子分別來自衣索比亞、肯亞、坦桑尼亞、巴西、印尼、越南。颱風天不能出門，原來和賞鳥學會專家洪先生約好，要去實地採訪外來種八哥鳥佔據鄉間街鎮，本土麻雀大量減少的實際情況，天氣壞只好取消了。本來還想去，但想想瞬間風雨那麼大，路樹會倒，招牌會掉，鳥況也不佳，就算了。趁這個空檔，正好趕一篇額外高稿酬的特稿：「〇〇縣垃圾車採購索賄弊案即將引爆」。「暗光鳥」周刊主編要他二十四小時內交稿，他準備大拚一場，快速地寫出兩萬字。擺在咖啡機旁的這六種咖啡，每隔兩小時沖一次，十二小時後再輪一次，就二十四小時了。巴爾札克每天喝黑咖啡五十杯，不吃東西，每天可以寫一萬字，高敏仁覺得自己還差他一大截。咖啡機旁邊的手機「叮」的一聲，是LINE的訊息，拿起手機看了一下，是○大尖角社那幾個學生，滑了一下，內容是說他們查到一個名字「麥天錫」，這名上尉軍人涉及一九五一年草鹿村槍擊無辜百姓的案件，據說這人有成家，還有兒子在媒體界，問他知不知道這個人。

杜仙樓手術完後第三天，醫生認為需要觀察一陣子，所以還待在病院裡。雖然不舒服，但仍然很積極的宣揚愛地球的觀念。他向來打針、給藥、量溫度和血壓的護士說：「你看看這麼可怕的颱風，剛才還跳電，開刀的病人真危險。地球氣候愈來愈極端，到處都是狂風暴雨，地震、海嘯、乾旱，地球溫度只要上升一度，冰河就會融化，海平面上升……」還不時將手邊成疊的書，轉送給她們，要她們好好閱讀。他身上插著管子，也沒有力氣去郵局寄書，否則有幾本還是想寄給莊孟賢，讓他多了解地球現在面臨的災難，那個頭腦不清的美國總統川普退出巴黎協定，不參加減碳運動，實在是糟糕。

莊孟賢把電視新聞播報氣象的聲音調大，讓自己可以聽得清清楚楚。手上另外捧著手機，不時滑動。他憂心忡忡地在客廳、廚房之間走來走去。這次颱風夠大，雨量夠多了，好不容易透過立法委員爭取到經費，正在進行的二級沉澱池工程，這下又要延遲了；施工到一半的池子，恐怕要毀了。這確實是命運的問題，以前幾任組長做了不少工程，都算順利，沒有天災人禍；做完了記功嘉獎，還調職升官。他卻一再出狀況。白鷺颱風風雨夠大了，暴雨下個不停，已經完工的部分經不起大水沖刷，一定會很慘。之後要辦災損報告，追加預算，沒完沒了。莊孟賢衷心佩服歐陽光輝董事長、廖明博總經理、顏經世主委那些人，每次經手就是幾十億、幾百億，大小工程一個接一個。出了事也面不改色，官司一拖幾年，被人告也告人。他不過是兩千多萬的整修工程就患得患失，睡不著、吃不下，好像背了個枷在身上，實在不適合做大事啊，做不來大事啊。

〔記者張嘉謀台北報導〕白鷺颱風來襲，強風豪雨不可小覷。氣象局又再度上修白鷺颱風的各地風雨預測。風力部分，今天下午到6時前，彰化以北縣市全部上修，平均風速可達8級，陣風最大可達13級；，……北北基、苗栗平地累積總雨量可達100到200毫米；桃園、新竹縣、台中、南投、嘉義縣市、台南可達150到300毫米；彰化、雲林累積總雨量可達100到200毫米；澎湖縣累積總雨量也上修到150到300毫米。

颱風來襲，飛往曼谷、胡志明市、雅加達、馬尼拉的班機全部延遲了，第二航廈大廳擠滿了旅客。胡春興教授坐在候機室，牙關緊繃，腦袋腫脹。他費力的由西裝左側口袋中，掏出裝血壓藥的鋁罐，倒了一顆，仰起頭，猛地丟了一顆進喉嚨裏。飛往東京的班機延遲了一個小時，是否停飛或者再延遲，還沒有通知。風雨忽大忽小，情況不明。安排在機場接他的人，恐怕會先走掉，這下麻煩了。大廳擠滿了人，或站或坐，聲音嘈雜，讓他呼吸困難，右腦疼痛不已。血壓藥卡在喉嚨，不上不下，想喝水，又站不起來，全身倦怠極了。

背對著胡春興教授的一排座椅，是準備到越南旅遊的團體。全團四十多人，或站或坐，不知道能不能出發的焦慮，讓他們坐立難安，領隊已經去航空公司櫃檯吵了好幾次。阮氏花也搭這個班機，安靜的坐在這群人中間。她照顧三年多的老盧過世了，可以回家了。雖然有些傷心，不過賺了不少錢，終於能回家看看父母和孩子，還是很高興。颱風的狀況，沒有影響心情，她知道自己或許不再有機會坐在這麼豪華、舒適的大廳了。阮氏花身旁的位置放了一個背包，一件外套，再過去坐著的是容貌俏麗的春桃，她被公司指派到越南去拓展水菓飲據點，春桃的表情凝重，雙手抱胸，一直沒有說話。她是和一位有婦之夫的牙醫之間出了事，鬧得不小，不肯去越南就得離職，想想離開一陣子也是好，就出來了。登機時間一刻刻過去，還是沒有消息，風雨沒有停止的跡象，春桃臉孔顏色逐漸發白，眉頭緊皺，鼻孔不時蠕動一下。一會，終於忍不住了，開始打起噴嚏，聲音很大，讓附近的人們吃了一驚。接著，又打了一個，隔了不到五秒又發出很大的聲音。旁邊的阮氏花看了春桃一眼，站起來離開了。有人盯著她看，有人掩起鼻子。春桃沒有用手或手巾掩住嘴巴，又繼續「碰！」發了一聲，人們發出嗡嗡的議論聲。春桃的眼睛滲出淚水，鼻頭紅通通的，她再發出「碰！」一聲。有人受不了出聲說：「喂，喂，小姐——」「你小聲一點好嗎？」「不衛生！」

春桃大聲喊起來：「我過敏！那麼嚴重，你們是在不高興什麼！」……「不衛生！」「你也遮一下。」更多人起身離開了，春桃用衛生紙擤著鼻涕，抹起眼淚，又打了很大的一聲……

下午風雨變小了。其實早上風雨就沒有很大，只是氣象播報員在電視上說：「白鷺颱風威力驚人，平均風力可達八級以上，雨量也有可能是三年來最大的。」台南市政府很明快地在昨天便宣布停止上班、上課，但是風雨不大，甚至偶爾出現太陽。市區的百貨公司沒有放假，個樓層燈火通明，感到無聊的人們紛紛湧進那兒，在十層樓內看電影，唱KTV，吃美食，買東西。串流青春男streaming拿著手機在做實況轉播，告訴大家這裡人潮壅擠，美食攤擠滿了人，沒風雨的颱風假，大家都感覺賺到了。

千葉優子來到百貨公司四樓的「海宮珊瑚珠寶」專賣店。前一陣子她無意間在這裡看到好多精美的珊瑚寶石，實在太喜歡了。不論是鐲子還是墜子，有好幾樣令她目不轉睛，連續好幾天都不能忘記。於是上網蒐集了珊瑚珠寶的資料，擬了一份計畫，趁著颱風天人較少的日子，來到專賣店。向店長說：「我是日本NHK的記者，想要來採訪出產於台灣的紅色珊瑚，這是世界知名的寶貝，一定要好好介紹。這是我的護照、身分證和採訪計畫，請你們……」

新任的上庄里里長德欽，和一位記者、兩名農民，冒著風雨，站在被水沖壞的閘門前面。這裡原來五、六公尺長的止水橡膠皮，因為不堪衝擊而破損，流失了一大塊。水圳裏水流湍急，不斷沖刷水閘門。岸壁也有一些崩塌，水泥塊、砂土不斷掉入混濁的溪水中。接獲通報不久，載著機具搶修小組的車輛和人員，已經陸續抵達現場。德欽上前攔住他們，說記者正在連線報導，等一下再請他們進行搶修。

記者穿著雨衣、膠鞋，搖搖晃晃地站在風雨中，拿著麥克風說：「要趕快請防災搶救小組過來，但遲遲沒有回應。農民擔心災情擴大，損失難以估計。有關單位應該早有警覺，做好防患措施，應變能力也該加強。」一陣風雨吹來，記者隨勢搖晃了一下，繼續說：「各位在現場連線可以看到，風雨實在很大，記者都無法站穩身體。這次風災帶來的農漁損失難以估計，氣象局提醒大家……以上是記者林敷榮在溪底里的現場連線報導。」

德欽等記者收拾好轉播器材，離開後，才招呼載著機具的工程車開過來，準備搶修沖壞的止水橡膠皮和水閘門。

〔記者王駿翔／台北報導〕中央氣象局指出，白鷺颱風中心目前在鵝鑾鼻的西南方約 260 公里海面上。7 級風暴風半徑 150 公里，預測未來將以每小時 24 轉 27 公里速度，向西北西進行。雖颱風逐漸遠離，不過仍持續影響台灣。中央氣象局也持續針對花東及屏東地區發布豪雨特報，……局部大雨發生的機率很高，請注意坍方、落石、土石流。另一個位於南海熱帶性低氣壓，未來幾天發展順利恐形成第 28 號颱風天劍。

錦城穿著雨衣頂著風雨，騎車上街，準備代表公司去鏡照宮，參加中元普度的籌備會。馬路上空蕩蕩的，天空灰暗，街道潮濕，大部份的店家都關閉了。經過了黯濁濁的「圓星大廈」，沒有人蹤的「東魚公園」，來到大正路十字路口，是紅燈，但沒停就右轉了。一轉過來就看到兩個紅白色尖形圓柱，然後是一輛黑白色的亮著霧燈的警車。一位穿警勤反光雨衣的警察，揮動手中紅色的交管棒，示意要他過來；另一位則站在旁邊看著他。錦城懊惱的騎了過去，有必要在這樣的天氣做這樣的事嗎？竟然在這個時候抓交通違規。錦城停了下來，熄火，下車。這位大約有五十歲的警察，臉上都是雨水：「先生颱風天還出門歐，你知道違規了嗎？」「知道，知道。」「有帶證件嗎？」錦城想該怎麼說才好，警察的無線電發出聲音，「吱吱——嘰嘰——院長車隊再延後，大約二十五分鐘。」原來是院長出來巡視災區，他們在路口維持交通。「先生，你——」警察忽然抓住自己胸口，向前倒下，錦城本能的向前扶住他「怎麼——怎麼了？」警察癱軟下來，錦城撐不住，兩人就一起倒下來，狼狽的坐在水裡。另一位警察趕忙過來，一面喊道：「老李，老李。」被稱作老李的警察閉著眼，表情痛苦。「他有高血壓，值勤三、四天了，實在受不了。」另外一位年紀也不輕的警察嘴裡嘟囔幾聲，低下頭撥打電話叫救護車。錦城扶著的這位警察，嘴裡發出呻吟聲，身體無意識地扭動，錦城只能用力地抓住他。兩人坐在水裡，又濕又冷，警察癱軟的身體感覺愈來愈沉重。風雨一陣陣的襲來，忽大忽小。「真不該出門啊，這種天氣。」錦城懊惱的說著。

麥慶夫倒了一杯昂價的麥卡倫十二年威士忌，放在電腦旁邊；這瓶酒香醇順口，非常怡人。這是那天和駱文峰，洪朝偉總經理、幾位議員、建商一起在「粉鴿子」吃飯，沒喝完就帶回來了。新興里的發勝窯、青雲窯是否是古蹟，該不該拆除，已經爭議了三個多月。因爲一位搞不請楚狀況的文史工作者，不滿意開設新的五十米外環道，就要拆這兩座窯，因此廣發新聞稿，鬧絕食抗議。接到訊息的全台灣搞古蹟搶救的文化運動人士、社運團體、大學社團，陸續來這邊聚集，喊口號，唱歌謠。其實這兩座窯重修很多次，不符合古蹟的認定。開了幾次協調會，補償金也領了，剛開始動工拆了一部分，又殺出這麼個人物，只好停工。駱文峰頭痛不已，縣政府也被拉白布條、噴漆、丟雞蛋。他跟縣長請辭了幾次，縣長沒答應，說很討厭帶頭的幾個熟面孔，不想跟他們妥協。那天在「粉鴿子」，大概是喝多了，駱文峰竟然脫口說：「最好來個颱風吧，雨下大點，倒掉就沒事了。」麥慶夫看看窗外的風急雨驟，局長的願望會實現吧？這一段兩公里多的五十米路已經規畫了六、七年，能夠有效紓解上班時間堵塞的交通狀況，好不容易終於可以興建了，這下又得延遲了。麥慶夫比較意外的是，有双城市第一名筆、破壞王之稱的范醒之，〇大尖角社的社長楊美航，被收買了、威脅了還是納編了，竟然沒出現帶頭來鬧，有點讓人納悶。「應該有什麼原因吧？」麥慶夫喝一口威士忌，閉上眼，喃喃自語的說。

〔記者劉宇欣／台北報導〕中央氣象局表示，預計今天下午5點30分將解除13號颱風白鷺的海上颱風警報。根據最新氣象資料顯示，另一個天劍颱風過去3小時強度略為增強，暴風半徑亦稍擴大，預期未來速度也會增快，目前中心位置在鵝鑾鼻西南方海面，向西南移動，……另29號颱風天劍預計將在明後天，由高雄北上侵襲南部地區，中央氣象局密切注意中。

麥慶夫的手機「叮」的一聲響起，然後又一聲。麥慶夫戴上老花眼鏡，滑動食指，是「双城市媒體人聯誼會」傳來的，點開來，出現一連串訊息。

「呂國賢議員十點半將於服務處召開記者會，揭發涂市長圖利日美商城，官商勾結弊案最新發現。」

「呂國賢議員服務處槍擊案，警方宣布破案，幕後指使人呼之欲出。」

「双城市將成爲『區域級急重症醫院』，發展全方位精準癌症診療、智慧醫療、新式醫療。」

「環球高科技晶體製造公司宣佈將投資二十億於本縣科學園區設封測廠，縣府表達將盡力協助取得土地等相關事宜。」……

麥慶夫的手機「叮」的一聲響起，停了一兩秒又一聲「叮」，然後又一聲，這是高敏仁發訊息的方式。麥慶夫戴上老花眼鏡，滑動食指，點開一連串訊息。

「麥天錫是令尊嗎？有人查到資料，說他曾經在白色恐怖時代，做過一些事。」

「是被害人後代家屬查到的。」

「一個基金會在支持的調查團體。」

「要找你，對質。」

「接受嗎？」

麥慶夫拿下眼鏡，父親麥上尉死了二十多年，遺物也只剩下一些證件、照片和骨灰罈而已。他活著的那個時代，不過就是你害我，我害你，我不殺你，你就殺我，沒什麼大驚小怪的。麥慶夫戴上眼鏡，用不太靈光的手指回覆：

「歡迎，我那麼老了，走不了，看他們查到什麼。」

想了一想，然後繼續打字：

「他們要什麼，我知道的就說，有的資料就提供。」

隔了一會。

「你確定嗎？」高敏仁說。

「不然呢？我也逃不掉，不是美國人、紐西蘭人。希望不會爲難到我的家人，大概也很難。」

「搞政治的人物就像在演A片，雜交、亂倫、獸交，愈變態愈好，愛看的人愈多。」高敏仁說。

「塔位也買好了，就放在老爸旁邊。」

隔了好一會。

「做記號，道歉，賠款，沒收財產，還是坐牢？」

「又一個颱風來了。」高敏仁說。

「總是會有。」

「好吧，我通知他們。」高敏仁說。

手機沒再發出聲音。

麥慶夫拿下眼鏡，爲自己再倒了一杯威士忌，搖了搖杯子，輕輕地喝了一口。

〈全書完〉

台灣廣場
中華民國
2000 — 2020
團 結
林投姐
阮要出頭天
play
LET'S WIN
JUST
王幼華 2022.11.25
2022.12.2 彩繪

福爾摩沙疲憊

作者　王幼華
繪者　林纓
封面設計　林纓
編輯　張家嘉
校對　林佳瑩
美術編輯　林纓

出版者　布里居出版
公關　君羊叔叔
行銷企劃　張家嘉
法律顧問　林聖荃

總經銷　紅螞蟻圖書有限公司
地址　台北市內湖區舊宗路二段121巷19號
電話　02-2795-3656
傳真　02-2795-4100
網址　http://www.e-redant.com/

印刷　漾格科技股份有限公司　花錦堂

出版日期　2022年12月　一版一刷
定價　NT 420元

國家圖書館出版品預行編目（CIP）資料

福爾摩沙疲憊/王幼華作. -- 一版. -- 臺北市：布里居出版,
2022.12-
冊；　公分. --　()
ISBN 978-986-97528-5-5（平裝）

863.57　　111018876